Simone Dorra

Nachtruhe

Ein Baden-Württemberg-Krimi

Silberburg-Verlag

Simone Dorra erblickte 1963 in Wuppertal das Licht der Welt und ist seit 1983 in Baden-Württemberg zu Hause. Die gelernte Buchhändlerin arbeitete zunächst in einem Stuttgarter Verlag und gestaltete dann als Sprecherin und Journalistin Radioprogramme für den Privatrundfunk. Mit ihrem Mann und ihren drei Kindern lebt sie in Welzheim, wo sie heute als Lokaljournalistin für die örtliche Tageszeitung arbeitet.

1. Auflage 2015

Umschlaggestaltung: Christoph Wöhler, Tübingen.
Coverfoto: © haveseen – iStockphoto.
Druck: CPI books, Leck.
Printed in Germany.

ISBN 978-3-8425-1430-0

Simone Dorra

Nachtruhe

Ich sah den Galgen steh'n.
Sie zwangen mich zu gehn.
Sie wollten meinen Tod,
keiner half mir in der Not.
Wenn der Nebel auf das Moor sich senkt,
der Piet am Galgen hängt.
Erik Martin

Ausgebrannt

Es war genau 11.05 Uhr an einem wolkenverhangenen Samstagmorgen in Hamburg, als Kriminalhauptkommissar Malte Jacobsen das Mädchen im Seitenspiegel sah.

Um 11.03 Uhr waren die Nachrichten vorbei. Der gutgelaunte Sprecher aus dem Radio betete die übliche Litanei von Staus und Baustellen herunter und versprach wärmere Temperaturen am Nachmittag. Um 11.04 Uhr begann die gepflegte Reibeisenstimme von Bon Jovi einen Leonard-Cohen-Klassiker zu singen. *Gar nicht mal schlecht,* dachte Jacobsen. Und um 11.05 Uhr fuhr er über einen Zebrastreifen und entdeckte das Mädchen.

Sie stand links von ihm am Straßenrand, das blonde Haar zu einem akkuraten Pagenkopf geschnitten, der weder zu ihrem mit Glitzerschrift verzierten, hellblauen T-Shirt passte noch zu der engen Röhrenjeans an den dünnen Beinen. Er schätzte sie auf etwa dreizehn. Ihr Gesicht war sommersprossig und ernst, ihre Haut kaum gebräunt und die Zehen in den schwarzen Ledersandalen nackt. Eine Tasche hing an einem langen Riemen von ihrer rechten Schulter. Er fuhr über den Zebrastreifen an ihr vorbei und für einen Sekundenbruchteil glaubte er, dass sie ihn anschaute.

Wieso trägt sie diese Tasche? Wo ist ihr Geigenkasten abgeblieben?

Der Schock traf ihn mit Verspätung, und er fuhr ihm wie ein kurzer, trockener Haken direkt in die Magengrube. Im nächsten Moment registrierte er mit einer Art trägem Staunen, dass sein Wagen – ein nicht mehr ganz taufrischer Toyota, der dringend neue Reifen brauchte – nach rechts ausbrach und auf den Gehsteig zuschlingerte. Die Stimme von Bon Jovi wurde leiser und erstarb.

Er hörte weder das Quietschen der Bremsen noch das wütende Hupen der Autofahrer hinter sich. Der Teil seines Verstandes, der noch funktionierte, dankte dem Schicksal, dass die große Kreuzung gute hundert Meter weiter vorne lag und dass in der Seitenstraße, die er als Abkürzung genommen hatte, kaum jemand unterwegs war. Dann prallte der rechte Vorderreifen gegen die Bordsteinkante, der Wagen kam mit einem Ruck zum Stehen und gleichzeitig ging der Motor aus.

Das Erste, was Jacobsen wieder mitbekam, war das Ticken unter der warmen Motorhaube. Er spürte den eigenen Herzschlag als pulsierendes Pochen im Mund. Langsam schwamm die Welt in sein Bewusstsein zurück. Ein verirrter Strahl helles Sonnenlicht leuchtete auf dem Armaturenbrett, hinter ihm hupte jemand und Bon Jovi sang *»... it's not a cry that you hear at night ...«*. Wie im Traum drehte er den Kopf nach links und sah einen klapprigen alten Opel an sich vorbeifahren. Eine Faust wurde geschüttelt, ein wutverzerrtes Gesicht starrte ihn an und verschwand. Jacobsen richtete sich auf, die Hände immer noch im Klammergriff um das Lenkrad, und starrte in den Rückspiegel.

Das Mädchen war weg.

Sie hatte ausgesehen wie Beeke Brehm.

Ganz genau wie Beeke.

* * *

Gestern Mittag hatte Kriminalrat Adler ihn angerufen und ihn zu sich ins Büro gebeten. Jacobsen hatte sich missmutig gefragt, was um Himmels willen der Chef eigentlich von ihm wollte. Er hatte eine dieser zahllosen Nächte ohne Schlaf hinter sich, seine Augen brannten und sein Kopf dröhnte.

Das Büro von Kriminalrat Dr. Helge Adler war trostlos; selbst bei langem und wohlwollendem Nachdenken fiel Jacobsen kein besseres Wort dafür ein. Der Boden war mit grünlichem Linoleum ausgelegt, die Wände in einem wenig ansprechenden Graubraun gestrichen und die beiden Fenster so hoch und schmal, dass an trüben Tagen – und von denen gab es in Hamburg viele – ständig das Licht brannte. Den Schreibtisch hatte Adler sich selbst ausgesucht – ein pompöses Ungetüm aus Mahagoni mit einer Platte aus schwarzem Marmor. Anstatt den Raum aufzuwerten, thronte er übermächtig und düster an der Stirnseite und machte die allgemeine Stimmung womöglich noch trübsinniger.

Obendrein besaß Dr. Adler nicht die Statur, um sich hinter einem derartig wuchtigen Möbelstück zu behaupten. Er war lediglich mittelgroß, sein Haupthaar lichtete sich nicht nur an Stirn und Schläfen, sondern sehr zu seinem Leidwesen auch am Hinterkopf, und obwohl seine Anzüge nicht billig waren, sahen sie immer so aus, als wären sie ihm ein wenig zu weit.

Allerdings hatte er schöne Hände, mit langen, eleganten Pianistenfingern; das wusste er und schmückte seine Rechte gern mit einem schweren, goldenen Siegelring. Sein Gesicht war lang und schmal, mit einer kühn geschwungenen Nase und eingefallenen Wangen; es hätte besser zu einem Gelehrten gepasst als zu einem Polizisten. Jetzt richtete er aus schwerlidrigen Augen einen nachdenklichen Blick auf Jacobsen und wartete geduldig, bis der vor dem Schreibtisch Platz genommen hatte.

»Wissen Sie eigentlich, wann Sie das letzte Mal Urlaub gemacht haben?«

Jacobsen blinzelte. Mit dieser Frage hatte er nicht gerechnet.

»Ich sage es Ihnen«, meinte Adler und blätterte säuberlich den Kalender auf, den er vor sich liegen hatte. »Das war vor zwei Jahren, im September. Genau vierzehn Tage.«

Jacobsen sank das Herz. Damals vor zwei Jahren im September ... da hatte ein Familienrichter gerade seine Scheidung von Katrin ausgesprochen. Und ein mitfühlender Kollege aus Kiel hatte ihn auf einen Segeltörn mitgeschleppt. Zum Glück verfügte Jacobsen über Seemannsbeine, aber besagter Kollege hatte es außerdem für eine hilfreiche Therapie gehalten, ihn Abend für Abend in der Bootskajüte mit Grog abzufüllen. Aus diesem Grund war Jacobsen sein letzter Urlaub nur noch als eine Reihe alkoholgetränkter, verschwommener Bilder im Gedächtnis, und er hatte ihn so rasch wie möglich verdrängt, genau wie seine misslungene Ehe.

»Jacobsen? Hören Sie mir eigentlich zu?«

Er hatte kein Wort von dem mitbekommen, was sein Chef gesagt hatte.

»Wie bitte?«

»Genau das meine ich.« Die Stimme von Dr. Adler hatte jetzt mehr als einen Hauch von Schärfe. »Sie rennen durch die Gegend wie ein Zombie, und langsam, aber sicher machen Sie Ihre Kollegen nervös. Mich auch, übrigens.«

Jacobsen blieb stumm.

»Ein Urlaub allein reicht nicht, um Sie wieder auf die Spur zu bringen. Ich denke, Sie brauchen einen Tapetenwechsel. Dringend.«

»Was meinen Sie damit?«

»Ich denke, Sie sollten weg aus Hamburg. Und zum Glück gäbe es im Moment die Möglichkeit, Sie zur Kriminalpolizei in Baden-Württemberg zu versetzen ... nach Waiblingen, genau genommen. Ein Kollege von dort würde gern nach Hamburg umziehen, weil seine Frau hier seit einem halben Jahr bei Gruner & Jahr die Karriereleiter hinaufklettert und er von einer Wochenendehe genauso die Nase voll hat wie seine beiden Kinder. Das ist Ihre Chance für einen Neuanfang, Jacobsen. Sie könnten dort mit Ihren Fähigkeiten ganz neu durchstarten ... und die sind zum Glück ja beträchtlich.«

»Wie schön, dass Sie mir einen Neuanfang überhaupt noch zutrauen.« Zu mehr fehlte Jacobsen schlichtweg die Energie. *Schwaben?*, dachte er. *Wieso ausgerechnet Schwaben? Wahrscheinlich, weil aus Bayern keiner mehr wegwill, der einmal dort gelandet ist. Verdammt noch mal.*

»Ihre Schwester wohnt doch in Stuttgart, nicht?«

»Backnang«, erwiderte Jacobsen. »Dreiunddreißig Kilometer von Stuttgart weg. Mit dem Auto braucht man eine knappe halbe Stunde ... wenn man nicht im Stau steckenbleibt.«

»Na prächtig. Dann haben Sie doch gleich eine Anlaufstelle und können in Ruhe herausfinden, wie Sie klarkommen. Mit den Kollegen und mit den Leuten da unten. Die Schwaben sind ein ziemlich ... spezielles Völkchen, hab ich mir sagen lassen.«

Jacobsen verkniff sich jeden Kommentar. Seine Schwester Heike lebte jetzt seit fast fünfzehn Jahren in Schwaben. Sie war Physiotherapeutin und hatte ihren Zukünftigen bei einer Schulung im Schwarzwald kennengelernt. Es hatte fast sofort gefunkt ... und zwar so heftig, dass Heike binnen sechs Monaten ihren Job an einer Hamburger Klinik kündigte, ihre Wohnung auflöste und mit ihrem Mann Kurt ganz neu anfing. Jetzt hieß sie Heike Voigt, hatte einen Sohn und war nach wie vor sehr glücklich – jedenfalls soweit ihr Bruder das beurteilen konnte. Er hatte seinen Schwager erst bei der Hochzeit kennengelernt, die ein Riesenfest mit genau achtzig Voigts und zwei Jacobsens gewesen war. Der Jacobsen, der nach der Trauung übrig blieb, hatte sich gefühlt wie auf einem fremden Planeten. Einem fremden Planeten, auf den sein Chef ihn gerade abzuschieben gedachte.

»Ich hab bei dieser Versetzung doch auch mitzureden, oder?«, fragte er.

»Ja, das haben Sie.« Dr. Adler schürzte die Lippen. »Ich gebe allerdings zu bedenken, dass Sie angesichts der Prognose des Therapeuten und seines Berichtes«, er klopfte mit den Fingerspitzen auf die Mappe, die vor ihm lag, »wirklich nichts Klügeres tun können, als sich eine Auszeit zu nehmen und dann mit frischen Kräften woanders neu anzufangen.«

Neu anfangen. Mit frischen Kräften. Um Himmels willen!

»Wie Sie meinen«, sagte Jacobsen laut.

»Deswegen haben Sie, bevor es losgeht, noch drei Wochen Urlaub … zum Durchatmen sozusagen. Ich an Ihrer Stelle würde so schnell wie möglich mein Zeug zusammenpacken und danach zu Ihrer Schwester fahren. Das lässt Ihnen gleich noch ein bisschen Zeit zum Akklimatisieren.« Dr. Adler beugte sich leicht vor. »Schauen Sie nicht so drein, als würde ich Sie in ein Straflager deportieren lassen. Sie wissen genauso gut wie ich, dass Sie so wie in den letzten Wochen unmöglich weitermachen können. Die Kollegen machen sich Sorgen. *Ich* mache mir Sorgen. Ihr gesamtes Potential können Sie wahrscheinlich erst dann wieder ausschöpfen, wenn Sie die Geschichte vom letzten Winter endgültig verkraftet haben.«

Die Geschichte vom letzten Winter. Nein, er hatte sie nicht verkraftet … weder allein noch gemeinsam mit dem Traumatherapeuten, zu dem der Polizeiarzt ihn geschickt hatte. Ganze zwanzig erfolglose Sitzungen lang.

»Dann sollte ich mich jetzt wohl besser beeilen. Ich hab Arbeit auf dem Schreibtisch liegen, die muss ich noch fertig machen.«

Jacobsen stand auf und ging hinaus.

In sein eigenes Büro zurückgekehrt, schrieb er in grimmigem Schweigen zwei Abschlussberichte fertig, den ersten über einen Mord, den anderen über einen grauenvoll danebengegangenen Raub mit Todesfolge. Das hielt ihn bis zum späten Nachmittag beschäftigt. Dann speicherte er die Akten ab, schaltete den Computer aus und fuhr nach Hause, um seine Koffer zu packen. Seit der Scheidung von Katrin war das keine große Sache mehr; in einer halben Stunde war er fertig und trat hinaus auf den winzigen Balkon seiner Wohnung in der Schiffbeker Höhe.

Dort setzte er sich auf den mitgenommenen Kunststoffgartenstuhl, den er eigentlich seit zwei Jahren gegen ein anständiges Modell austauschen wollte. Er trank starken Kaffee und rauchte, während hinter ihm im Wohnzimmer leise der Fernseher lief. Die Sonne berührte die Dächer der Häuser und verwandelte die Fensterscheiben in feurig rote Spiegel. Die zwei Zimmer hinter ihm waren die Höhle gewesen, in die er sich nach Dienstschluss verkriechen konnte. Jetzt würde er sie aufgeben und eine neue finden müssen.

Er ging erst wieder hinein, als drinnen das Telefon klingelte. Es war seine Schwester. Er erklärte ihr die Lage und rechnete nicht wirklich damit, dass sie sich freute. Aber Heike überraschte ihn.

»Gar kein Problem – natürlich kannst du erst einmal bei uns wohnen«, sagte sie. Sie klang gleichzeitig energisch und liebevoll. »Wir haben Platz genug … und für deinen Erholungsurlaub kannst du unser Ferienhaus haben, wenn du möchtest. Kurt hat es von seinem Vater geerbt. Es liegt in der Nähe von Murrhardt mitten im Wald; da hast du deine Ruhe. Ich richte alles für dich her, bevor du kommst. Und um eine Wohnung für dich können wir uns später immer noch kümmern.«

Die Idee mit dem Ferienhaus erleichterte ihn; die Vorstellung, während des Zwangsurlaubs sofort mit Heike und ihrer Familie klarkommen zu müssen – die er vor sechs Jahren das letzte Mal gesehen hatte –, bereitete ihm Bauchschmerzen. Er wünschte sich selbst mehr Begeisterung für Heikes Wärme und Freundlichkeit, aber es gelang ihm nicht. Er dachte an seinen Schwager, zu dem er weder bei Heikes Hochzeit noch danach einen guten Draht gefunden hatte, und sein Herz sank.

»Danke«, sagte er langsam. »Danke, Heike.«

»Schon gut.« Er konnte hören, dass sie lächelte. »Ich freu mich schrecklich auf dich, Malte. Bis bald, ja?«

»Bis bald.« Er legte auf.

* * *

Wieder hupte es, diesmal dicht an seinem Ohr … und mit einem Schlag landete Jacobsen wieder in der Gegenwart. Er wandte den Kopf und sah, dass ein blauer VW-Bus an ihm vorbeiknatterte. Hinter dem Beifahrerfenster zeigte ihm jemand den Vogel.

Ein blauer VW-Bus. Lieber Gott.

Er drehte den Schlüssel im Zündschloss, und glücklicherweise sprang der Wagen an. Er biss die Zähne zusammen und trat vorsichtig aufs Gas. Der Toyota rumpelte von der Bordsteinkante herunter, und kurz darauf war er über die Kreuzung. Ein kleines Stück weiter gab es einen Fastfood-Drive-in. Jacobsen bog in den Parkplatz ein, stellte den Motor ab und spürte, wie ihm die Kraft aus Armen und Beinen wich. Er tastete ungeschickt nach der Zigarettenpackung in seiner Jackentasche. Die Hand, die das Feuerzeug hielt, zitterte so heftig, dass es drei quälende Versuche brauchte, bis er den ersten erlösenden Zug tun konnte. Er schloss die Augen.

Wenn Adler das hier mitbekommen hätte, er würde dich nie im Leben versetzen … weder nach Schwaben noch sonst wohin. Er würde dich in das Zimmer von diesem Traumatherapeuten schleifen, dich dort einsperren und den Schlüssel wegwerfen.

Das Bild des Mädchens hatte sich in seine Netzhaut eingebrannt wie die Helligkeit nach einem unvorsichtigen Blick direkt in die Sonne … blonder Pagenkopf, blaues Glitzershirt, Röhrenjeans, bloße Füße in Sandalen … und jetzt wurde es von dem Bild des anderen Mädchens überlagert, das ihr so verblüffend glich.

Aber Beeke Brehm hatte einen dunkelblauen Wintermantel getragen auf dem Foto, das monatelang in jeder Zeitung abgedruckt worden und bei jeder Nachrichtensendung über den Bildschirm geflimmert war. Einen dunkelblauen Wintermantel, weil es kalt war und Schnee lag. Sie hielt ihren Geigenkasten unter dem Arm und ihre Augen lächelten unter dem blonden Pony ihrer Pagenfrisur.

»Beeke (13) auf dem Heimweg vom Geigenunterricht entführt!«, hatten die Schlagzeilen im letzten Jahr geschrien, zwei Tage vor Weihnachten.

Beeke war pünktlich und verlässlich gewesen, also machte ihr Vater Wilhelm Brehm, ein pensionierter Marineoffizier, sich schon eine knappe Stunde nach ihrem Ausbleiben auf die Suche. Von Beeke fand er keine Spur, stattdessen entdeckte er ihren Geigenkasten, den jemand offenbar achtlos in ein verschneites Gebüsch geworfen hatte, und wenige Meter weiter ihren zerrissenen Mantel.

Die Medien zeigten das Patrizierhaus in Blankenese, wo Beeke allein mit ihrem Vater lebte, sie gruben Porträts von Wilhelm Brehm in seiner schmucken Marineuniform aus, und sie sezierten jedes Detail von Beekes Leben. Die Zuschauer erfuhren, dass Beekes Mutter nach nur kurzer Ehe an Krebs gestorben war – »Alleinerziehender Vater verzweifelt: Gebt mir mein Kind zurück!« –, dass ihre Mitschüler auf dem Gymnasium sie mochten, und die Fernsehsender zeigten ergreifende Bilder von einer Mahnwache mit Kerzenschein und vielen bedrückten Klassenkameraden am Marion-Dönhoff-Gymnasium, das Beeke seit zwei Jahren besuchte.

Er erinnerte sich an die frustrierende Analyse der fast nicht vorhandenen Spuren – ein braunes Haar auf Beekes Mantel, der Teilabdruck eines Daumens auf dem Geigenkasten – und an die Hoffnung, die in der »SOKO Beeke« aufflammte, als sich ein Rentner meldete, der beim Gassigehen mit seinem Dackel am Tat-Abend einen Schrei gehört und einen blauen VW-Bus gesehen haben wollte, der mit quietschenden Reifen um die Ecke der Allee verschwand. Fortan geisterten blaue VW-Busse durch die Medien, jeder Besitzer eines solchen Fahrzeuges im Großraum Hamburg wurde überprüft, aber ohne Ergebnis. Dann wurde der Radius erweitert, und ein groß angelegter Speicheltest in Hamburg und Umgebung war der Presse noch einmal ein paar dramatische Schlagzeilen wert. Da war es schon Anfang Februar.

Das Gesicht von Beekes Vater war Jacobsen aus dieser Zeit noch am deutlichsten in Erinnerung. Der höfliche, stets beherrschte alte Soldat verfiel förmlich vor seinen Augen; er verlor an Gewicht, und jedes Mal, wenn Jacobsen ihn aufsuchte, um ihn über die Fortschritte der Ermittlungen zu informieren, von denen es bestürzend wenige gab, sah er ein wenig grauer und erschöpfter aus.

Und dann – Ende Februar – kam der Paukenschlag. Ein blauer VW-Bus prallte vor dem Elbtunnel gegen eine Mauer; die Polizisten, die den Unfall aufnahmen, meldeten den Fahrer, dem der Wagen gehörte, routinemäßig an die Sonderkommission. Er wurde wie alle Besitzer blauer VW-Busse zum Speicheltest gebeten und stimmte nach kurzem Zögern zu. Der Mann war noch nicht straffällig geworden, aber das Haar von Beeke Brehms Mantel und der Daumenabdruck auf dem Geigenkasten stammten von ihm. Obendrein fand sich in den gerade erst analysierten Proben des Speicheltestes von Anfang des Monats eine, die teilweise mit der von dem Haar auf Beekes Mantel übereinstimmte. Es stellte sich heraus, dass ein Cousin des Mannes sie abgegeben hatte, der in Hamburg wohnte. Beekes Mörder hatte das Weihnachtsfest im vergangenen Jahr bei ihm verbracht ... und Beeke war drei Tage vor dem Heiligen Abend verschwunden.

Jacobsen griff erneut nach der Packung. Die Bilder in seinem Kopf waren wie ein Mühlrad mit scharfkantigen Speichen, das sich hinter seinen Schläfen drehte. Er steckte sich die zweite Zigarette an. Seine Hand zitterte jetzt nicht mehr ganz so stark, und er dachte an den Apfelhof im Alten Land.

Er hatte diesen Hof, wo Beekes Leiche schließlich gefunden wurde, nur auf Bildern gesehen, und in einem sehr verborgenen Winkel seines Herzens empfand er immer noch eine tiefe Dankbarkeit dafür. Das Kind lag kaum einen halben Meter tief im Lehmboden eines Lagerschuppens verscharrt; die Polizeibeamten mussten erst ein Dutzend vollbeladener Apfelkisten beiseiteschaffen, bevor sie anfangen konnten zu graben und endlich auf die in einen grauen Müllsack gewickelte Leiche stießen.

Sein Kollege Geert Terheugen, der im Gegensatz zu ihm mit auf dem Hof gewesen war, hatte sich nach Aufklärung des Falles vorzeitig in den Ruhestand verabschiedet; er hätte ohnehin nur noch zwei Jahre Dienst vor sich gehabt, liebte seine Familie innig und ganz besonders seine Enkeltochter. Eines Abends hatten sie zusammengesessen, und plötzlich hatte Terheugen sich geschüttelt und gesagt: »Als wir diesen verdammten Sack aufgemacht haben, da dachte ich einen Augenblick, es wäre das Gesicht von meiner Lütten. Und jetzt träume ich dauernd davon.«

Wovon Beekes Vater träumte, hatte Jacobsen nie erfahren. Er sorgte dafür, dass die Presse den Mann weitgehend in Ruhe ließ, und er stand neben ihm, als Beeke zwei Wochen nach ihrer Entdeckung auf dem Apfelhof endgültig begraben wurde. Danach brachte er ihn in sein leeres Haus zurück. Der alte Soldat bedankte sich mit einem Handschlag bei ihm und dem Pfarrer, der sie begleitet hatte, und schickte sie beide nach Hause. An diesem Abend holte Jacobsen die Flasche »Jack Daniels« heraus, die seit Jahren unangetastet in seiner untersten Schreibtischschublade verstaubte, und ließ sich mit finsterer Entschlossenheit volllaufen.

Am nächsten Morgen erreichte ihn ein Anruf von Brehms Nachbarin, die seit dem Tod seiner Frau jeden dritten Tag bei ihm putzte; sie hatte in der Küche einen Kaffee gekocht, den die beiden immer gemeinsam tranken, und war dann zu Brehms Schlafzimmer hinaufgegangen, weil er noch nicht heruntergekommen war. Die Tür war nur angelehnt, die Vorhänge nicht zugezogen.

Eine halbe Stunde später stand Malte Jacobsen in diesem Schlafzimmer, unrasiert, verkatert und bleich. Hinter ihm bemühte sich der bestürzte Pfarrer, die schluchzende Nachbarin zu beruhigen, und vom Nachttisch lächelte aus einem silbernen Fotorahmen Beeke in ihrem Wintermantel, den Geigenkasten unter dem Arm.

Wilhelm Brehm lag in seiner Ausgehuniform auf dem Bett. Die Pistole, mit der er sich erschossen hatte, hielt er noch in der Hand.

Es dauerte fast eine halbe Stunde, bis Jacobsen das Gefühl hatte, weiterfahren zu können, ohne sich oder anderen irreparablen Schaden zuzufügen.

Er fädelte sich in den dichten Verkehr nach Süden ein, die Augen gegen jede Ablenkung starr geradeaus auf die Straße gerichtet. Keine Mädchen am Straßenrand mehr. Niemand mit den trostlosen Augen von Wilhelm Brehm oder dem runden, harmlosen Bauerngesicht des Täters, hinter dem der Tod lauerte. Allerdings würde die Tatsache, dass er zwischen sich und seine Erinnerungen mehr als 600 Kilometer brachte, ihn nicht notwendigerweise schützen. Das Mühlrad hatte einstweilen aufgehört sich zu drehen, aber er machte sich keinerlei Illusionen. Es war immer noch da, und es war entsetzlich leicht, es zum Laufen zu bringen.

Hamburg blieb hinter ihm zurück, Häuser und Hafen grau unter einem neu einsetzenden Nieselregen.

* * *

»Du kannst also bei der Feier wirklich *nicht* dabei sein?«

Peter von Weyen spürte, wie sich sein Rücken versteifte. In letzter Zeit geschah das automatisch, wann immer seine Frau mit ihm sprach.

»Das Lager«, erinnerte er sie und registrierte abwesend, wie überdrüssig seine Stimme klang. Es war so verdammt anstrengend, sich ihr gegenüber ständig um Geduld zu bemühen. »Wir haben es seit Monaten vorbereitet, und das weißt du, Yvonne.«

»Manchmal glaube ich, Lukas kann von Glück sagen, dass er auf die Pfadfinderarbeit mindestens so sehr abfährt wie du.« Yvonne sprach leise und heftig. »Denn wenn dem nicht so wäre, dann würdest du ihn genauso links liegen lassen wie mich.«

»Ich lasse dich nicht links liegen, Liebling.«

Selbst für ihn hörte es sich an wie eine Floskel … ein Zauberwort, das dazu dienen sollte, sie zu beruhigen. Nur dass dieser Zauber schon lange nicht mehr funktionierte.

Er betrachtete sie. Eigentlich hatte Yvonne sich in fünfzehn Jahren Ehe gar nicht so sehr verändert. Sie achtete auf ihre Figur, besuchte regelmäßig ein Fitnessstudio und aß gesund. Das warme Weizenblond, das sie ihrem gemeinsamen Sohn vererbt hatte, wuchs inzwischen nicht mehr ganz natürlich nach, aber die Farbe, die sie benutzte, um es aufzufrischen, war geschickt gewählt und stand ihr gut. Eigentlich war sie noch genauso schön wie an dem Tag, als sie sich zum ersten Mal begegnet waren. Eigentlich. Wenn da der bittere, unzufriedene Zug um ihren Mund nicht gewesen wäre. Früher tauchte er nur ab und an einmal auf, wenn er ein gemeinsames Essen oder einen Ausflug zu dritt mit Lukas absagen musste, weil die Termine, die die Arbeit im Pfadfinderbund ihm auferlegte, dazwischenkamen. Inzwischen hatte er sich so tief eingegraben, dass er überhaupt nicht mehr verschwand.

»Ich lasse dich nicht links liegen, Liebling«, wiederholte er. »Wenn das Lager erst einmal vorbei ist …«

»… dann machst du es wieder gut. Aber gewiss doch.« Yvonne zog eine Grimasse. »Wieso kommt mir das bloß so bekannt vor? Und wieso kann ich es nicht glauben?«

Plötzlich und vollkommen ungebeten ging ihm Susanne durch den Kopf … ihre leise Stimme, der demütige Blick, der ihm ständig folgte, als wagte sie es nicht, ihn auch nur für einen Moment aus den Augen zu lassen, aus lauter Angst, dass er dann verschwand. Er fühlte, wie sich sein Gewissen regte. Yvonne und er, sie hatten einander ganz zu Anfang versprochen, sich niemals anzulügen. Und inzwischen fiel es ihm immer leichter, sie zu hintergehen.

Er schüttelte das Bild ab.

»Ich kann nichts dafür, dass du mir nicht glaubst«, antwortete er, und diesmal gab er sich keine Mühe mehr, seine Ungeduld zu verbergen. »Ich tu mein Bestes … und das wäre dir auch klar, wenn du irgendwann einmal aufhören würdest, dich aufzuführen wie ein verwöhntes, egoistisches Kind.«

»*Ich* bin egoistisch?« Sie starrte ihn an, so fassungslos wie feindselig. »Du bist doch derjenige, der jedem vernünftigen Gespräch aus dem Weg geht und sich hinter seinen Pflichten verschanzt! Nicht nur dass du dich keinen Deut mehr um die Firma kümmerst, du benutzt außerdem die Pfadfinder wie einen Schild ... damit du nicht mehr Zeit mit mir verbringen musst als nötig. Und damit du nicht mit mir reden musst. Das ist erbärmlich.«

Verdammt! Konnte sie nicht endlich den Mund halten?

»Der ganze Streit ist erbärmlich«, erwiderte er schroff. »Und überflüssig obendrein. Ich hab wirklich keine Zeit für diesen Blödsinn.«

Er wollte nur noch weg aus diesem Zimmer ... weg von der erdrückenden Atmosphäre aus enttäuschten Erwartungen und immer denselben Vorwürfen. Nur seine lang antrainierte Rücksichtnahme brachte ihn dazu, sich noch einmal umzudrehen, bevor er hinausging.

Yvonne stand mitten im Zimmer, starr wie ein Ladestock. Ihr Gesicht war bleich, mit hochroten Flecken auf den Wangen. Verzweiflung und Wut strahlten von ihr aus wie Hitze von einem Backofen.

»Wir unterhalten uns später«, versprach er. »Wenn ich wieder zurück bin. Vielleicht hast du dich ja bis dahin beruhigt.«

Besser, er verließ sich nicht allzu sehr darauf.

Als er die Tür hinter sich schloss, geschah es mit einem nachdrücklichen Knall.

* * *

Das Zimmer war dämmerig, die Jalousien gegen das helle Sonnenlicht heruntergezogen. Susanne Steffens stand in ihrem Zimmer vor dem Bett und betrachtete den offenen Rucksack, der auf der Matratze stand.

Vor jedem Pfadfinderlager gab es eine Packliste mit Dingen, die in diesen Rucksack gehörten, und mit anderen Dingen, die darin nichts zu suchen hatten. Isomatte, Schlafsack, Hosen und Shirts, Wäsche zum Wechseln, Zahnpasta, Zahnbürste und Seife – absolut erwünscht. Schreibzeug, Tasse, Teller und Besteck – unbedingt notwendig. Handys und Gameboys – strikt verboten. »Wenn ich der Generation Smartphone dabei zuschauen will, wie sie ununterbrochen auf ihr Display stiert, dann muss ich dazu kein Lager veranstalten«, sagte Malenga immer. »Während der paar Tage, die wir gemeinsam um das Lagerfeuer sitzen, möchte ich eure Gesichter sehen. Und sicher sein, dass ihr es mitkriegt, wenn ich etwas sage.«

Susannes Handy lag neben dem Rucksack. Sie hatte kein Smartphone, nur ein älteres Nokia-Modell, mit dem man telefonieren und SMS schicken konnte. Zum Surfen im Internet taugte es nicht.

Dieses ganze Online-Schlamperzeugs gewöhnst du dir gar nicht erst an. Denn sonst kommen erst die schlechten Noten und dann der liederliche Umgang mit all den notgeilen, lüsternen Jungs, die dich in den Dreck ziehen.

Susanne war es gewöhnt, die Stimme ihres Vaters als ständiges Flüstern in ihrem Hinterkopf zu hören. *Du musst mehr lernen*, mahnte sie. *Wir wollen, dass du ein ordentliches Mädchen wirst*, raunte sie leise. *Hilf Mama beim Wäschezusammenlegen, Susannchen. Räum dein Zimmer auf. Wenn in der Schule Unterricht ausfällt oder die Pfadfinderstunde länger dauert, ruf unbedingt zuhause an. Wir wollen wissen, wo du bist, Susannchen, sonst machen wir uns Gedanken.* Flüsterflüsterflüster.

»Ordentlich« war ein Wort, das ihr Vater ständig im Munde führte. Ordnung bedeutete für ihn nichts weniger als ein Lebensprinzip, dessen starre Regeln er allein festlegte. Ein Abweichen davon war in seiner Vorstellung schlichtweg ausgeschlossen. Als Resultat lebten Susanne und ihre Mutter in einem eng gezurrten Korsett, aus dem es kein Entkommen gab. Ihre Mutter hatte sich damit abgefunden ... Susanne nicht. Noch nicht.

Zwei saubere Hosen. Ein Klufthemd zum Wechseln, dunkelgrün mit der schwarz gestickten Lilie auf dem goldenen Pfadfinderabzeichen. Susanne faltete die Kleidungsstücke säuberlich zusammen und verstaute sie in dem entsprechenden Fach. Morgen begann das Lager; bevor es losging, würde sie noch ihr Essgeschirr einpacken.

Sie dachte an den Mann mit dem gebräunten Gesicht und den lachenden, blauen Augen. Sie dachte an Arme, die sie hielten, und an eine weiche Stimme, die zur Gitarre zahllose Lieder sang und ihr wunderbare Dinge versprach. Dinge wie Glück – und Freiheit.

Aber nur, solange ihr Vater zuließ, dass sie die Gruppenstunden und Lager besuchte. Sein Verbot war Gesetz, und die Angst davor hing über ihr wie das Damoklesschwert, von dem sie einmal in einem Sagenbuch gelesen hatte. Ein Schwert, das nur von einem dünnen Pferdehaar daran gehindert wurde, den, der darunter saß, aufzuspießen.

Noch erlaubte er ihr, ein Teil des Pfadfinderbundes zu sein. Noch hatte sie die Chance, sich zu dem Mann mit der Gitarre davonzustehlen.

Noch.

Voll daneben

Jacobsen wachte auf und stellte fest, dass ihm die Sonne voll ins Gesicht schien. Er wusste nicht, wo er war, setzte sich auf und erhielt als Antwort das resignierte Quietschen eines alten Lattenrosts. Niedlich karierte und gerüschte Vorhänge rahmten das große Fenster gegenüber vom Bett ein; Raffhalter in Blumenform hielten sie zur Seite. Seine Exfrau Katrin hatte ihm erklärt, wie die Dinger hießen, mit denen man Gardinen da hielt, wo sie sein sollten; es gehörte zu ihrem Job als

Innenarchitektin, so etwas zu wissen. Allerdings wäre sie lieber gestorben, als solche Vorhänge in irgendeiner Wohnung aufzuhängen, die sie eingerichtet hatte. »Landhaus-Petersilie« hatte sie diesen Stil abfällig genannt. Er konnte ihre Stimme beinahe hören ... hell, scharf und immer ein bisschen unzufrieden.

Schwaben ... natürlich. Er war in Schwaben. In Heikes und Kurts Feriendomizil.

Gestern war er am frühen Abend angekommen. Er hatte keinen Blick auf die Altstadt von Backnang verschwendet, die in Touristenführern als »gut erhalten« und »malerisch« angepriesen wurde, sondern sich von seinem Navi zum Einfamilienhaus seines Schwagers am Stadtrand dirigieren lassen. Sauber gestutzte Hecke, sorgsam gemähter Rasen, Terrasse mit Holzboden und Loungemöbeln, Sonnenkollektoren auf dem Dach. Heike und ihr Mann, die ihn mit Käseplatte, frischen Baguettes und Wein willkommen hießen. Ein vierzehnjähriger Neffe, von dem er zunächst nicht viel mehr mitbekam als einen kurzen, abschätzenden Blick aus blauen Augen unter einer tiefschwarz gefärbten Haartolle hervor, ehe er wieder in seinem Zimmer verschwand. »Er erinnert sich kaum an dich«, meinte Heike, »und er ist mitten in einer Emo- und Manga-Phase. Lass ihm Zeit, das wird schon.« Sie luden ihn ein, erst einmal eine Nacht im Gästezimmer zu verbringen, aber er lehnte ab und ließ sich lieber von Kurt die genaue Adresse des Ferienhauses für sein Navi geben.

Das Haus lag tatsächlich mitten im Wald, auf einer Lichtung, die man erst nach reichlich Serpentinenkurverei den Berg hinauf erreichte – ein schlichtes Holzgebäude mit einem kleinen Stück Rasen davor und einer Grillstelle. Es gab ein Schlafzimmer, ein Wohnzimmer mit Kaminofen, Fernsehsessel und Sofa und eine Küche, die alles enthielt, was man brauchte, um sich selbst zu versorgen. Heike hatte ihm einen Picknickkorb mitgegeben; Jacobsen machte mit dem Inhalt fast vollständig kurzen Prozess. Einkaufen würde er trotzdem nicht so schnell müssen – der Kühlschrank war wohlgefüllt, die winzige Speisekammer auch.

Zum ersten Mal nahm er die ruhige Fürsorge, mit der Heike und Kurt alles für ihn vorbereitet hatten, richtig zur Kenntnis, und plötzlich schämte er sich dafür, dass er so wenig Dankesworte gefunden hatte. Er würde das nachholen, so bald wie möglich. Aber zunächst legte er sich im Schlafzimmer in das frisch bezogene Bett und schlief fast sofort ein. Nach ungezählten durchwachten Nächten in Hamburg stellte sich allein schon das als positive Überraschung heraus.

Das Badezimmer war klein, wirkte aber ganz neu und sehr modern. Es gab sogar eine verblüffend geräumige Dusche. Um beim Rasieren in den Spiegel schauen zu können, musste er sich allerdings ganz leicht bücken. Ein müdes Gesicht starrte ihm entgegen, mit Dreitagebart, grimmigen Augen und schmallippigem Mund unter einem zerzausten, kurz geschnittenen Haarschopf. Kriminalhauptkommissar Malte Jacobsen, Besoldungsgruppe A 12, Beamter im gehobenen Dienst, dreiundvierzig, seit zwei Jahren geschieden.

»Alter, du hast auch schon besser ausgesehen«, knurrte er sein Spiegelbild an und gähnte.

Das Spiegelbild gähnte schlecht gelaunt zurück. Er seufzte, schaltete den Rasierer ein und dachte dankbar daran, dass sich in Heikes Küchenschrank auch ein Pfund Kaffee befand.

Die Kaffeemaschine funktionierte, der Gasherd auch; zwei Becher voll starkem, schwarzen Gebräu und vier Spiegeleier später trat er ins Freie, zog sich einen der Kunststoffstühle neben die Terrassentür und rauchte.

Es war sehr ruhig; Jacobsen war gewöhnt an das Quietschen der U-Bahn auf den Schienen, das jaulende Auf und Ab der Polizeisirenen und das ständige Rauschen vorbeifahrender Autos, und jetzt dröhnte ihm die Stille in den Ohren. Rings um die kleine Lichtung lag Mischwald wie ein grüner Gürtel. Die Kuckucksrufe hinter den Bäumen und das geschäftige Schnabelgehämmer eines Spechts klangen beinahe exotisch.

Seine Besitztümer waren in ein Dutzend Umzugskartons verpackt und warteten größtenteils noch in Hamburg darauf, dass er sie nachholte, ebenso wie seine Möbel. Er hatte nur einen Koffer mit Kleidung und ein paar Schmöker mitgebracht, die seit Jahren ungelesen in seinen Regalen verstaubten. Außerdem gab es hier einen Fernseher, und Heike war nur einen Anruf weit entfernt. Theoretisch musste er sich auch ohne sie und ihre Familie nicht langweilen, aber er konnte sich nicht erinnern, wann er das letzte Mal so lange mit sich allein gewesen war.

Der Himmel überzog sich mit einer Wolkenschicht, und ein kurzer Regenschauer scheuchte ihn wieder nach drinnen. Er holte sich eines der Bücher, die er am Abend zuvor säuberlich im Regal aufgereiht hatte – alphabetisch, weil er es hasste, nach irgendetwas suchen zu müssen. »Fräulein Smillas Gespür für Schnee« fiel ihm in die Hände, von Peter Høeg; irgendwie fand er es auf schräge Weise witzig, in einem Ferienhaus in Süddeutschland zu sitzen und einen Krimi zu lesen, der von einem dänischen Autor geschrieben war und teilweise in Grönland spielte.

Er ließ sich in dem bequemen Sessel nieder, der vor dem Kaminofen stand, und versank binnen Minuten in der Geschichte der Heldin, die ihre Identität verloren hatte und herauszufinden versuchte, wer einen kleinen Jungen ermordet hatte, den sie liebte. Høegs Sprache packte ihn mit ihrer Kraft, und die stille, leidenschaftliche Härte von Smillas Kampf um die Wahrheit hielt ihn so lange fest, bis ihn irgendwann am frühen Nachmittag die Müdigkeit erneut überkam und er zum zweiten Mal in Heikes Ferienhaus einschlief.

* * *

Ein lautes, splitterndes Klirren.

Jacobsen fuhr jäh hoch und spürte, wie das aufgeschlagene Buch von seinen Knien auf den Fußboden rutschte.

Gleichzeitig hüpfte ein Ball über den Teppichboden auf ihn zu, prallte von seinem Schienenbein ab und hinterließ eine feuchte Schmierspur auf den Buchseiten.

Er hob den Kopf, sah das ausgezackte Loch in der Terrassentür und war aufgesprungen, noch ehe er richtig wusste, was er tat. Der Instinkt war so gut antrainiert, dass seine rechte Hand automatisch nach der Stelle griff, wo seine Dienstwaffe im Schulterhalfter saß.

Sie war nicht da, genauso wenig wie das Schulterhalfter. Natürlich nicht.

Einige der Spinnweben in seinem Kopf lösten sich auf. Er ging zu dem Loch in der Scheibe hinüber; ihm fiel ein, dass er barfuß war, und er wich vorsichtig den verstreuten Scherben aus. Schon bevor er die Tür öffnete, hörte er draußen leise Stimmen.

»... wenn Malenga das mitkriegt ...«

»... ich werde es ihm sagen müssen, besser, *er* erzählt es meiner Mutter als *ich* ... oh, da kommt jemand!«

Vor Jacobsen standen auf der kurz geschorenen Rasenfläche zwei Jungen, das tiefgoldene Licht des Spätnachmittags im Rücken. Es dauerte eine Weile, bis er ihre Gesichter deutlich erkennen konnte, und im ersten Moment sahen sie sich in ihrem gemeinsamen Schrecken verblüffend ähnlich. Auf den zweiten Blick hätten sie allerdings kaum unterschiedlicher sein können. Sie waren dreizehn, vielleicht vierzehn, der eine schlank und hochgewachsen für sein Alter, der andere einen halben Kopf kleiner und kompakt, ohne wirklich dick zu sein. Der Kleinere hatte einen zerzausten, hellbraunen Stoppelkopf, eine Stupsnase und sommersprossige Haut. Der andere trug sein Haar länger; es war sonnenblond und fiel ihm bis fast auf die Schultern. Sein Gesicht hatte schon viel von seinem Babyspeck verloren, und die Knochenstruktur unter der gebräunten Haut versprach, dass aus dem hübschen Kind in nicht allzu ferner Zukunft ein sehr gut aussehender Mann werden würde. Einer mit Führungsqualitäten obendrein, denn der kleinere Junge war jetzt schon von Kopf bis Fuß sein Gefolgsmann.

Erst jetzt bemerkte Jacobsen, dass die beiden gleich angezogen waren – nicht T-Shirt und Jeans, die allgemein anerkannte »Uniform« aller Jugendlichen, sondern robuste, schwarze, knielange Hosen, dazu dunkelgrüne Hemden mit aufgekrempelten Ärmeln und sauber zusammengerollten Halstüchern in kräftigem Gelb und Blau. Aufnäher auf der Brusttasche zeigten eine stilisierte schwarze Lilie auf goldenem Grund. *Pfadfinder.*

Er kratzte sich die rauschenden Bartstoppeln am Kinn und betrachtete die beiden mit zusammengekniffenen Augen. »Hallo Jungs. Wenn das eure tägliche gute Tat war, dann bin ich alles andere als beeindruckt.«

Sie liefen gleichzeitig rot an, aber der Größere erholte sich zuerst – ganz, wie er es erwartet hatte.

»Es … es war keine Absicht. Ich wollte bloß die Hauswand treffen, und dann hab ich danebengeschossen.«

Der andere Junge öffnete den Mund, als wollte er etwas sagen, dann schlug er die Augen nieder und klappte ihn wieder zu.

»Sehr nobel«, erwiderte Jacobsen trocken. »Ich hoffe, die Eltern von deinem Kumpel haben eine gute Haftpflichtversicherung.«

»Woher wussten Sie …«, platzte der Kleinere heraus, dann verstummte er und errötete erneut.

»Weil du mit deinem ehrlichen Gesicht so schlecht lügen kannst«, meinte Jacobsen, »und weil dein Freund die blauen Flecken an den Beinen hat und nicht du. Er hat offenbar viel mehr Übung beim Fußballspielen, und wenn er geschossen hätte, wäre die Terrassentür noch heil. Du wirst oft gefoult, oder?«, fragte er, an den Größeren gewandt.

Der Junge grinste, eine Mischung aus Verlegenheit und Stolz. »Ziemlich«, sagte er, »und der Bluterguss da ist von letzter Woche, kurz bevor wir auf das Lager gefahren sind. Wir haben aber trotzdem gewonnen, 3 : 0.« Er hielt inne und betrachtete den Mann vor sich neugierig. »Was sind Sie – Detektiv oder so was?«

»Kriminalhauptkommissar«, sagte Jacobsen, »aber auf Urlaub. Was für ein Lager? Seid ihr hier in der Nähe?«

Der Kleinere deutete unbestimmt in Richtung Waldrand. »Noch einen Kilometer weiter den Berg hinunter«, sagte er. »Unser Stammeslager.«

»Aha. Und was sollte das hier werden – ein Hajk, eine Übung mit dem Kompass, oder seid ihr abgehauen?«

»Eine Übung mit dem Kompass«, sagte der Größere, »und den Ball haben wir mitgenommen ... für alle Fälle.« Wieder dieser neugierige Blick. »Sie wissen aber gut Bescheid über Pfadfinder.«

»Weil ich selber mal einer war«, erwiderte Jacobsen gelassen, »wenn auch nicht lange.«

»Mein Vater sagt, wenn man einmal Pfadfinder ist, dann bleibt man das sein ganzes Leben«, konterte der Junge ebenso gelassen.

Jacobsen musste sich ein anerkennendes Grinsen verkneifen. *Gut pariert, alle Achtung.*

»Ist dein Vater auf dem Lager?«

Der Junge nickte.

»Dann bestell ihm einen schönen Gruß von mir. Er soll hier vorbeikommen, dann können wir die Einzelheiten wegen der Versicherung klären; vielleicht hat euer Stamm ja eine, die für so was zuständig ist. Ich bin heute und morgen den ganzen Tag hier. Ach, und übrigens – ich heiße Malte Jacobsen.«

»Lukas von Weyen«, sagte der Junge automatisch.

Jacobsen hätte sich nicht gewundert, wenn der Vorstellung eine schwungvolle Verbeugung gefolgt wäre ... vielleicht weil dieser Junge mit seiner natürlichen Eleganz genauso gut in ein früheres, weit förmlicheres Zeitalter gepasst hätte.

»Ich sag ihm Bescheid, und er kommt dann zu Ihnen, spätestens morgen.«

»Und du? Wie heißt du?«, fragte Jacobsen, an den anderen Jungen gewandt.

Der war der Unterhaltung stumm und aufmerksam gefolgt, offensichtlich kein bisschen überrascht, dass man ihn ignorierte.

»Sven«, sagte er schüchtern. »Sven Bender.«

»Okay, Sven.« Jacobsen betrachtete ihn aufmerksam. »Sag mal ... wer ist Malenga?«

»Das ist der Vater von Lukas«, erwiderte Sven nach einer kurzen, überraschten Pause, und Jacobsen fragte sich, ob die Heldenverehrung in seinen Augen wohl eher von Weyen senior oder von Weyen junior galt. »Malenga ist sein Fahrtenname.«

»Ach so.« Jacobsen drehte sich um, stieg zum zweiten Mal behutsam über die Scherben hinweg und sammelte den Ball auf. Er warf ihn durch die offene Tür nach draußen. »Ab zurück ins Lager mit euch!«, rief er. »Sonst bekomme ich es noch vor dem Abendessen mit einer Rettungsexpedition zu tun.«

»Auf Wiedersehen!«, riefen zwei Stimmen gehorsam im Chor, dann rannten die Jungen über die kleine Wiese davon und verschwanden im Wald.

Hoffentlich nicht so bald, dachte Jacobsen gähnend und machte sich auf die Suche nach einer Kehrschaufel. Er würde notgedrungen Heike anrufen müssen wegen der zerbrochenen Scheibe. *So ein Mist.*

* * *

Wie leicht wir zu dem Umgangston zurückgefunden haben, der zu Beginn unserer Freundschaft gang und gäbe war. Wie leicht, dir zuzuschauen, während du so geschickt wie immer ein kleines Feuer angezündet hast. Wie leicht es war, mich scheinbar entspannt dir gegenüber niederzulassen und dir zuzuhören, während du von den Abenteuern der Kinder erzählt hast, die ihre Eltern dir so bedenkenlos anvertrauen.

Sie wissen nicht, wer du wirklich bist. Aber ich weiß es. Und nach dieser Nacht wirst du keinem Kind jemals wieder schaden.

Nachtwanderung

Sven öffnete die Augen und blinzelte zu dem schwarzen Tuch über seinem Gesicht hinauf. Es war irgendwie komisch … es fühlte sich so ganz anders an als zuhause in seinem Bett wach zu werden. Keine Leuchtsterne auf einer blau gestrichenen Decke – seine Mutter hatte sie vor drei Jahren als Geschenk zu seinem zehnten Geburtstag aufgeklebt –, nirgendwo die vertrauten Umrisse der Möbel in seinem Zimmer. *Klar,* dachte er, *das ist ja auch nicht mein Zimmer. Ich bin seit einer Woche auf einem Pfadfinderlager.* Zwanzig Minuten hatte die Fahrt in dem Kleinbus gedauert, der dem Pfadfinderbund *Impeesa* gehörte, und er dankte noch jetzt, Tage später, seinem Schicksal, dass ihm trotz der vielen Haarnadelkurven nicht schlecht geworden war. Nichts konnte peinlicher sein, als vor aller Augen in eine Papiertüte zu kotzen, auf der stand: »Das sollten Sie besser für sich behalten.« Seine Mutter sammelte diese Tüten auf ihren Flugreisen, denn »man weiß ja nie, wann man sie mal wieder braucht«. Das sagte sie gern und oft.

Die Luft war kalt und roch nach Holzrauch; als er sich vorsichtig weit genug aus seinem Schlafsack herausgeschlängelt hatte, um sich aufzusetzen, konnte er den schwachen, rötlichen Schimmer des Feuers sehen, das in der Mitte der Jurte fast ausgegangen war. Er fummelte in der Hosentasche seines Jogginganzuges nach seiner Armbanduhr. Die grün leuchtenden Zeiger sagten kurz vor fünf. Die Sonne würde bald aufgehen, und in dem Rauchloch über den mit Seilen zum Dreibein zusammengeschnürten Holzstangen, die die Jurte trugen, färbte sich der Himmel zu einem schwachen

Graublau. Seine Blase hatte allerdings entschieden, dass es Zeit war, sich nachdrücklich zu melden – was in diesem Fall hieß, dass er so leise wie möglich den Reißverschluss aufziehen und neben der Isomatte nach seinen Sandalen tasten musste. Er konnte sich nicht erinnern, wo die kleine Taschenlampe lag, die ihm seine Oma kurz vor Beginn des Lagers geschenkt hatte, und als er nach reichlichem Herumgetaste die Sandalen endlich fand, musste er sie unter Lukas hervorziehen, der neben ihm lag und sie im Tiefschlaf halb unter sich begraben hatte.

Lukas war sein bester Freund. Für Sven, der von Natur aus eher schüchtern war, blieb diese Tatsache nach wie vor ein Wunder. Denn Lukas war der unbestrittene Star der siebten Klasse auf der Schule. Als Sven mit seiner Mutter vor einem Jahr nach Backnang gezogen war, hatte er das Schlimmste befürchtet, aber aus Gründen, die für ihn immer noch unbegreiflich waren, hatte Lukas ihn auf der Stelle unter seine Fittiche genommen. Fortan blieb die Gefahr, gemobbt zu werden, verschwindend gering. Außerdem war Lukas in den Fächern, die Sven am meisten Kopfschmerzen bereiteten – Mathematik und Musik –, weit über dem Durchschnitt und erklärte sich gern bereit, ihm auf die Sprünge zu helfen. Svens Mutter war entzückt und erleichtert, und sie freute sich noch mehr, als Lukas Sven zum ersten Mal zu den Pfadfindern einlud.

Die Sache hätte durchaus schiefgehen können, denn trotz der Tatsache, dass Sven mittlerweile fast nichts mehr in Frage stellte, was sein neuer Freund vorschlug, war er misstrauisch. Schon wieder ein Rudel unbekannter Kinder, und er war sich alles andere als sicher, ob Lukas' Zauber ihn dort genauso beschützen würde wie im Klassenzimmer. Immerhin, er wagte einen Versuch und landete an einem kühlen Herbstabend im Jahr zuvor zum ersten Mal auf dem privaten Lagerplatz des Pfadfinderbundes *Impeesa*. Zwei Stunden später kehrte er mit gerötetem Gesicht und abenteuerlich dreckigen Jeans nach Hause zurück; er hatte sich die Zunge und die rechte

Hand an dem Stockbrot verbrannt, das er über dem Feuer gegrillt hatte, er hatte soeben gelernt, dass man bei den Pfadfindern eine mehrtägige Wanderung als »Hajk« bezeichnete, und seiner Jacke haftete bereits das Aroma an, an das sich seine Mutter in den kommenden Monaten gewöhnen sollte. »Du riechst wie eine Räuchersalami«, sagte sie, aber sie lachte dabei.

Er hatte das Kunststück fertiggebracht, den Eingang zu erreichen, ohne auf einen seiner Kameraden zu treten. Vorsichtig löste er die Schlaufen der Vierecksplane am Eingang und stand endlich im Freien. Inzwischen hatte sich die Morgendämmerung genauso leise und behutsam zwischen die Kohten und Jurten geschlichen wie er. Die dunklen Planen waren grausilbern vom Tau, die Luft frisch und erfüllt von einem herben Geruch nach Laub, Tannennadeln und Erde. Sven stakste über die straff gespannten Zeltschnüre zwischen zwei Kohten hinweg wie ein Storch. Etwa zweihundert Meter direkt voraus befand sich ein kleines Waschhaus mit mehreren Klos, gerade weit genug abseits, dass der Toilettengeruch nicht störte. Wenn man von dort aus dem holperigen Weg in das Wäldchen dahinter folgte, kam man zum Hackplatz, wo immer ein Holzwagen bereitstand, um den frisch geschlagenen Nachschub für das Feuer zu transportieren. Gestern hatte er den Wagen selbst gefahren, und Peter von Weyen war neben ihm hergegangen und hatte gesungen.

Peter von Weyen war Lukas' Vater, und seit Sven die Gruppenstunden von *Impeesa* besuchte, war er immer Herz und Seele jeder Wochenendfahrt und jedes Lagers gewesen. Er hatte eine schöne Stimme, er war ein Zauberer auf der Gitarre, und welches Lied auch immer man darauf begleiten konnte, er kannte es, Strophe für Strophe. Das hatte ihm den Fahrtennamen *Malenga* eingetragen, ein Wort aus der afrikanischen Sprache Kisuaheli, das »Sänger« bedeutete. Sven fand, dass es passte, und er fand auch, dass Malenga sich ziemlich gut gehalten hatte für einen Erwachsenen jenseits der Dreißig – und das war aus seiner Perspektive nun wirklich alt. Mit seinem dunklen, widerspenstigen Haarschopf und den leuchtend blauen Augen sah Lukas' Vater ein bisschen so aus wie eine jüngere Ausgabe von diesem Schauspieler, für den seine Mutter früher einmal eine heimliche Schwäche gehabt hatte. *Cruise*, dachte Sven, *Tom Cruise heißt der.*

Er war am Waschhaus angekommen und verschwand in einer der Klokabinen. Fünf Minuten später kam er wieder heraus. Eine Viertelstunde war vergangen, seit er sich aus seinem Schlafsack geschält und das Zelt verlassen hatte. Als er daran dachte, dass er auf dem Rückweg wieder über alle anderen hinwegklettern musste, um sich bis zum Wecken noch einmal für zwei, drei Stunden schlafen zu legen, stellte er fest, dass er nicht müde genug war dazu … jedenfalls nicht im Moment. Vielleicht würde es helfen, wenn er noch ein bisschen herumwanderte.

Er schlenderte den leicht abschüssigen Weg entlang in Richtung Hackplatz und zog eine Grimasse, als er spürte, wie ihm kleine Steinchen in die Sandale rutschten und sich schmerzhaft in seine Fußsohlen drückten. Vor ihm lagen sauber gestapelt ein halbes Dutzend entrindeter Baumstämme und rechts davon ein großer, umgekippter Hackklotz, von einer dicken Schicht Holzschnitzeln und Sägespänen umgeben. Gleich daneben stand der kleine Holzwagen. Obwohl auf Lagern Strom normalerweise verpönt war, wurde das kleine Gefährt elektrisch betrieben und man musste es nach Gebrauch immer mit einer Hülle abdecken. Aber diese Hülle war nirgendwo zu sehen.

Sven runzelte die Stirn. Das war komisch.

Als er gestern Abend den Holzwagen hatte ins Lager fahren dürfen, war der mit frisch geschlagenen Scheiten beladen gewesen. Er erinnerte sich ganz genau … an Malenga, der neben ihm »Country Roads« sang und lachte, an Lukas, der ihm half, den Wagen abzuladen, an den Duft heißer Würstchen in einem der vielen Töpfe in der Lagerküche und den scharfen, kräftigen Geruch nach Zwiebelwürfeln und Gurken für den Kartoffelsalat, den es zu den Würstchen gegeben hatte. Sie waren erst gegen halb acht von einer Wanderung zurückgekommen und bis das Essen fertig und das Holz verteilt war, war es spät geworden und die Sonne ging unter. Deswegen …

Jetzt wusste er es wieder. Der Wagen war ordnungsgemäß zugedeckt worden und auf dem Lagerplatz stehen geblieben. »Wir wollen erst mal essen«, hatte Malenga zu ihm gesagt, »wir bringen das Ding morgen früh zurück.« Vorhin war es ihm nicht aufgefallen, aber jetzt entdeckte er in der weichen Erde die Spuren der dicken Gummireifen, die vom Zeltkreis zum Hackplatz führten; es war inzwischen schon wieder hell genug, dass er sehen konnte, wie tief sie sich in den weichen Boden eingedrückt hatten.

Wieder komisch.

Sven hatte nur wenige Hobbys; eins davon waren Kriminalromane. Er las an Krimis buchstäblich alles, was ihm unter die Finger kam, und seine Mutter hatte sich inzwischen abgewöhnt, ihn danach zu fragen, wen er wohl für den Täter hielt, einfach deswegen, weil er es spätestens nach der Hälfte des Buches schon wusste. Das war besonders ärgerlich, wenn sie die Geschichte gerade selber las. »Du verdirbst mir den ganzen Spaß daran!«, sagte sie dann immer, halb verstimmt und halb beeindruckt.

Sven dachte an den Kommissar, den er und Lukas erst vor vier Tagen kennengelernt hatten. Malte Jacobsen. Er hatte zwar ausgesehen wie ein Landstreicher, aber schließlich sah niemand gut aus, wenn man ihn dadurch weckte, dass man ihm mit einem Ball die Scheibe zerdepperte. Den hätte er jetzt gern bei sich gehabt, mit seinem Kombinationsvermögen und seinen scharfen Augen. Sven bückte sich über die Reifenspuren, drehte sich um und folgte ihnen mit dem Blick. Zu seiner Überraschung stellte er fest, dass die Spuren nicht etwa auf dem Hackplatz aufhörten, wie er erwartet hatte. Stattdessen führten sie geradewegs in den Wald hinein, und die Abdrücke sahen auf dem Boden unter den Bäumen genauso tief aus wie auf dem Weg, der vom Lager hierherführte. Allerdings waren sie hier deutlicher zu erkennen, weil es hinter dem Hackplatz viel weniger Fußspuren gab als weiter vorn in der Nähe der Zelte. Und dicht neben den tiefen Rillen der Reifenspuren waren noch andere, nicht annähernd so tiefe ... als wäre der Wagen auf der Hinfahrt beladen gewesen und auf der Rückfahrt leer.

Jetzt war sein Jagdinstinkt geweckt. Er folgte den Spuren in den Schatten der Tannen; die meisten waren hoch aufgeschossen und nackt bis ungefähr zu seiner doppelten Körperhöhe; darüber breiteten sich die Nadelzweige aus wie dunkle Fächer. Die Reifenabdrücke schlängelten sich zwischen den Stämmen hindurch immer tiefer in das Wäldchen hinein; hier war das Licht schwächer, und nach etwa fünf Minuten fürchtete Sven, die »Fährte« zu verlieren, weil er sie nicht mehr gut genug erkennen konnte.

Doch dann sah er etwas auf dem Boden, ein paar Meter von ihm entfernt. Er trat vorsichtig näher und erkannte, was es war. Ein weißer Sportschuh lag auf dem Teppich aus trockenen Nadeln; er leuchtete hell vor dem stumpfen Braun des Bodens. Der Schuh befand sich direkt neben den Wurzeln einer besonders kräftigen Fichte, und Svens Blick folgte instinktiv dem Stamm aufwärts in Richtung Himmel.

Etwas schwang sachte am untersten Ast hin und her. Etwa dreißig Zentimeter über seinem Kopf sah Sven eine Frotteesocke und daneben den zweiten Schuh. Es dauerte ein paar Sekunden, bis er begriff, was er da vor sich hatte, und dann traf ihn der Schock wie ein heftiger Schlag vor die Brust. Er stolperte ein paar Schritte rückwärts und starrte, fassungslos und mit offenem Mund.

Peter von Weyen – Malenga – baumelte leblos vom Baum herab. Er trug die Sporthose und das T-Shirt mit dem »Nike«-Aufdruck, das er wenige Stunden zuvor schon angehabt hatte, als er alle Kinder in die Schlafsäcke schickte, die allgemeine Nachtruhe ausrief und allein die erste Wache antrat. Sein Gesicht war eine Maske mit halb geöffneten Augen, die farblos schimmerten, das vorher so leuchtende Blau verwaschen, glasig und leer. Sven ertappte sich dabei, dass er den Blick dieser toten Augen wie gebannt erwiderte, und eine Welle der Übelkeit schwappte über ihn hinweg. Eine Schlinge lag um Malengas Hals und führte straff gespannt über den Ast, an dem er hing. Wo und wie sie befestigt war, konnte Sven nicht sehen, aber in diesem Moment war ihm das auch herzlich egal.

Er spürte den Schrei, der in seiner Brust festsaß, aber kein Laut kam aus seiner Kehle. Als er sich endlich wieder bewegen konnte, rang er pfeifend nach Luft und wich noch ein Stück weiter zurück. »Nein ...«, flüsterte eine panische Stimme, die er kaum als seine eigene erkannte, »nein, nein, *nein* ...«

Er drehte sich um und rannte.

Der erste Fall

Sein Erholungsurlaub ging vorüber, ohne dass Jacobsen es richtig bemerkte. Heike rief jeden zweiten Abend an, um sich zu erkundigen, ob es ihm gut ging oder ob er Gesellschaft wollte, und sie tat es so liebevoll und unaufdringlich, dass er sich nicht darüber ärgerte oder sich gestört fühlte. Deswegen fand er es auch nicht unangenehm, als sein Zwangsurlaub in der selbst gewählten Isolation zu Ende ging und es Zeit wurde, wieder nach Backnang zurückzufahren. Die Strecke führte durch dörflich klingende Orte wie Oppenweiler und Sulzbach, und die Straßen mäanderten bergauf und bergab an Streuobstwiesen vorbei und durch viel dichten Wald. Auf der Hinfahrt war er zu überreizt und müde gewesen, um die Fahrt richtig wahrzunehmen, jetzt stellte er fest, dass die liebliche Landschaft ihm gefiel.

Auch Heikes und Kurts Haus hatte nach zwei Wochen Ruhe und ausreichend Schlaf deutlich an Charme gewonnen. Genau wie bei seiner Ankunft wurde er mit einem leckeren

Abendessen erwartet, und diesmal bekam er von seinem vierzehnjährigen Neffen Paul etwas mehr zu Gesicht. Er besuchte ein Gymnasium in Backnang – diese Information ließ er sich allerdings nur mit Hilfe seiner Mutter aus der Nase ziehen, ebenso wie die Tatsache, dass seine Zeugnisse ausgezeichnet waren.

»Passt nicht zu seinem hart erabeiteten Image«, meinte Heike später, als sich ihr Filius wieder in seine Höhle im ersten Stock zurückgezogen hatte. »Weltschmerz und gute Noten – gar keine stylische Kombi, weißt du.«

Kurt hatte Wein aus dem Keller geholt. »Lauffener Katzenbeißer Samtrot« stand auf der Flasche, und er ging Jacobsen erstaunlich weich und sanft die Kehle hinunter. Mittlerweile fühlte er sich so entspannt, dass selbst der Transfer nach Schwaben sich nicht mehr anfühlte wie eine niederschmetternde Verbannung.

»Wenn du morgen nach Waiblingen fährst, lass den Wagen stehen und nimm die S-Bahn«, meinte Kurt, beugte sich vor und goss ihm noch einmal nach. »Du sparst dir eine Menge Stress, und ich kann dich zum Bahnhof fahren, wenn du magst.«

»Fände ich prima«, meinte Jacobsen. »Danke schön.«

Als er sich in das gemütliche Gästezimmer zurückzog, war er müde, erstaunlich hochgestimmt und nicht mehr ganz nüchtern. Es würde schon alles gut gehen. Es musste einfach.

* * *

Die Fahrt mit der S-Bahn nach Waiblingen verlief ohne jedes Missgeschick, und auch den richtigen Bus zur Kriminalpolizei fand Jacobsen mühelos. Um kurz vor neun stand er vor dem Bau am Alten Postplatz. Hellgrauer Beton, scharfe Kanten und reichlich Glas … gegen so viel nüchternes Pflichtbewusstsein hatten die sommergrün belaubten Birken daneben wenig Chancen.

Gegenüber vom Haupteingang stand eine Skulptur aus rötlichem Stein, die ihm Rätsel aufgab: eine hohe Gestalt, die aus einem grob behauenen Felsen herauswuchs und scheinbar die Hände vor der Brust faltete. An ihrer linken Seite waren Oberkörper, Arm und Kopf eines Mannes zu sehen, der nachdenklich in die Weite blickte. »Odysseus in Waiblingen« stand auf der kleinen Metallplakette zu Füßen der Skulptur.

Ganz schön vom Kurs abgekommen, Alter, dachte Jacobsen mit einem Anflug von Galgenhumor. *Willkommen im Club.*

Er widerstand der Versuchung, sich die dritte Zigarette an diesem Morgen anzustecken, um die Sache hinauszuzögern, und betrat das Gebäude mit geradem Rücken und dem Gefühl, eine Strafe anzutreten.

Drinnen musste er einen Moment im abgetrennten Eingangsbereich warten, bis der schnauzbärtige Beamte am Empfang aus einem hinteren Raum an die Glasscheibe kam und ihn bemerkte.

»Jacobsen«, stellte er sich ihm vor. »Malte Jacobsen. Ich glaube, ich werde erwartet – von einem Ersten Kriminalhauptkommissar Stefan Finkbeiner.«

Der Beamte nickte. »Der isch vor ra halbe Schtond komma ond müsst jetzt en seim Büro sei«, meinte er freundlich. »I ruf den mol schnell a, gell?«

Keine fünf Minuten später öffnete sich die schwere Glastür, die in das eigentliche Gebäude führte, und ein Mann stand vor ihm, der schätzungsweise fünf, sechs Jahre älter war als er. Höchstwahrscheinlich verheiratet – schlichter Goldreif am rechten Ringfinger – und möglicherweise sogar mit einer Ehefrau, die zu Hause geblieben war, um die Kinder großzuziehen – säuberlich gebügelte Hemden, eine etwas sehr »stramm« sitzende Hose, die von guten und regelmäßigen Mahlzeiten sprach, und eine mit fröhlichen Luftballons verzierte Krawatte, die aussah, als hätte sie eine einigermaßen begabte Tochter auf Seide handgemalt. Er hatte ein freundliches, offenes Gesicht und blaue Augen.

»Finkbeiner, grüß Gott.« Ein fester Händedruck. »Schön, dass Sie da sind.«

Weitere fünf Minuten später saß Jacobsen Finkbeiner in dessen Büro im ersten Stock gegenüber, vor dem aufgeräumtesten Schreibtisch, den er je gesehen hatte. Neben einem Becher mit gespitzten Stiften und Kugelschreibern stand ein kleiner Bilderrahmen, den Jacobsen allerdings nur von hinten sah. Die drei übereinandergestapelten Ablagekörbe waren leer und vollkommen staubfrei, den meisten Raum nahm ein großer Computerbildschirm ein.

Finkbeiner förderte aus einer Schublade einen flachen Ordner zutage und legte ihn auf den Schreibtisch.

»Ich hab eine Menge interessanter Sachen über Sie gelesen«, sagte er. »Unter anderem, dass Sie sich in Ihre Fälle verbeißen und sich gerne mal mit Vorgesetzten anlegen.«

»Keine Ahnung, wo Sie das herhaben. Ich bin durchaus teamfähig. Meistens jedenfalls.« Jacobsen grinste schwach. »Und wenn ich tatsächlich so ein schwieriger Kandidat bin, was mache ich dann eigentlich hier?«

»Wieder auf die Beine kommen. Tut mir leid, aber ich hab mir die Unterlagen über Sie wirklich sehr genau angeschaut.« Finkbeiner betrachtete ihn nachdenklich. »Und wenn ich die Statistik Ihrer Fälle in den letzten zehn Jahren bedenke, dann glaube ich, dass wir Sie hier sehr gut brauchen können. Sie schauen gerne unter die Oberfläche, heißt es. Irgendwo war auch von Empathie die Rede.«

Stimmt, dachte Jacobsen. *Genau deswegen habe ich gerade zwanzig Sitzungen auf der Couch eines Therapeuten hinter mir.* Er antwortete nicht, sondern gab einen unverbindlich zustimmenden Laut von sich.

»Jedenfalls sind Sie ein Mann der Praxis«, fuhr Finkbeiner fort, »und wir werden hier sicher gut zusammenarbeiten, wenn Sie sich erst mal eingewöhnt haben. Lust auf einen Kaffee?«

»Ja, gern.«

»Latte, Cappuccino oder Espresso?«

»Espresso, wenn Sie haben«, erwiderte Jacobsen milde erstaunt. »Aber ein ganz normaler Filterkaffee tut's auch.«

Finkbeiner stand auf und ging hinaus. Als er wenige Minuten später zurückkam, trug er ein kleines Kantinentablett mit einer Espressotasse und einem Glas mit Latte macchiato.

»Die Maschine hat mir meine Frau geschenkt«, erklärte er mit einem schwachen Lächeln. »Die Kollegen freut's, die haben auch was davon.«

Jacobsen griff nach der Tasse und nahm einen kräftigen Schluck. Der Espresso war ausgezeichnet, und das Koffein traf wie ein sanfter Kick mitten ins Nervenzentrum.

»Ich zeig Ihnen nachher Ihren neuen Arbeitsplatz«, meinte Finkbeiner, »und die Kollegin, mit der Sie hauptsächlich zusammenarbeiten werden, lernen Sie auch noch kennen, die ist im Moment unterwegs. Der Fall, bei dem sie gerade ermittelt, ist eine gute Chance für Sie, wieder einzusteigen.«

Jacobsen stürzte den Rest Espresso hinunter, suchte nach einem gönnerhaften Unterton in Finkbeiners Stimme und fand keinen. »Was für ein Fall ist das?«

»Das Opfer wurde am 28. Mai erhängt in einem Waldstück aufgefunden, auf einem privaten Zeltplatz in der Nähe von Murrhardt.« Finkbeiner hatte wieder hinter seinem Schreibtisch Platz genommen, beugte sich vor und nippte an seinem Glas. Er zog ein Tuch aus der Hosentasche und tupfte sich den Milchschaum von der Oberlippe. »Zu dem Zeitpunkt fand dort gerade ein Pfadfinderlager statt, und der Tote war als Leiter mit von der Partie.«

Jacobsen runzelte die Stirn, als sein in knapp zwei Monaten Schockstarre leicht eingerosteter Instinkt sich plötzlich überdeutlich zurückmeldete. »Wie heißt der Mann?«

»Peter von Weyen.« Finkbeiners Blick wurde scharf. »Moment mal. Kennen Sie ihn?«

Jacobsen schüttelte den Kopf. »Kennen ist zu viel gesagt. Während das Lager stattfand, habe ich ganz in der Nähe Urlaub gemacht, im Ferienhaus meiner Schwester. Zwei junge Pfadfinder haben beim Ballspielen aus Versehen eine Scheibe in dem Haus zerdeppert. Einer der beiden Jungs hieß Lukas von Weyen.«

»Kommt hin.« Finkbeiner nickte. »Das ist der Sohn des Opfers.«

Jacobsen erinnerte sich an den großgewachsenen Jungen mit der blonden Haarmähne und dem klaren, intelligenten Gesicht und an seinen Begleiter, der neben ihm gewirkt hatte wie sein ergebener Vasall. Und er erinnerte sich an Lukas' Vater, der am Tag nach dem Malheur mit der Terrassentür zu Heikes Ferienhaus gekommen war, um sich die ganze Geschichte noch einmal für die Haftpflichtversicherung erzählen zu lassen und sich zu entschuldigen. Peter von Weyen hatte gut ausgesehen, mit dunklem Haar und der kräftigen, gesunden Gestalt eines Menschen, der sich oft und gern bewegte und sich noch lieber an der frischen Luft aufhielt. Ihm war auf der Stelle klar gewesen, dass Lukas von Weyen sowohl Ausstrahlung als auch Führungsqualitäten von seinem Vater geerbt hatte. Und der war jetzt tot … gestorben, während Jacobsen sich ahnungslos ganz in der Nähe aufhielt.

»Hat der Mann sich das Leben genommen?«

»Kaum.« Finkbeiner nippte wieder an seinem Glas. »Vielleicht wollte der Mörder es ursprünglich ja mal so aussehen lassen – aber er hat den kleinen Elektrokarren, der auf dem Lager zum Holzholen verwendet wurde, offensichtlich dazu benutzt, den Mann an einem Seil auf den Baum zu ziehen. Dabei hat sich das Seil praktischerweise in einer Astgabel verhakt, und er ist zur Sicherheit noch ein paarmal mit dem Karren im Kreis um den Baum gefahren, damit es sich zusätzlich um den Stamm wickelt. So was kriegt jemand, der sich das Leben nehmen will, unmöglich selbst hin.«

»Stimmt.« Jacobsen runzelte die Stirn. »Ich kann mir das ehrlich gesagt auch nicht wirklich vorstellen. Der Mann hat auf mich nicht gewirkt wie jemand, der Depressionen hat oder sich in irgendeiner ausweglosen Notlage befindet.«

Finkbeiner musterte ihn interessiert. »Aha? Wie hat er denn dann auf Sie gewirkt?«

Jacobsen zögerte und rief sich die Begegnung mit Peter von Weyen ins Gedächtnis. Ihm war klar, dass Finkbeiner seine Menschenkenntnis auf die Probe stellte, und er hatte keine Lust, sich gleich am ersten Tag zu blamieren.

»Wie jemand, der genau wusste, was er wollte«, antwortete er langsam. »Jemand, der mit sich so ziemlich im Reinen war und der Schwierigkeiten mit einer guten Dosis Humor anging und gemeistert hat. Ganz und gar nicht wie jemand, der die Absicht hatte, sich das Leben zu nehmen. Ich fand ihn ... beeindruckend.«

»Da sind Sie nicht der Erste«, meinte Finkbeiner. »Das kriegen wir im Moment überall zu hören, wo wir die Leute fragen, die ihn gekannt haben. ›Engagiert‹, sagen die meisten, ›freundlich‹, ›zupackend‹. Konnte außerordentlich gut mit Kindern umgehen – Kunststück, das sollte er als Pfadfinder, oder?«

»So etwas ist durchaus nicht die Regel«, versetzte Jacobsen. »Sie würden sich wundern.«

»Wieso – haben Sie Ahnung von der Materie?«

»Nicht wirklich.« Jacobsen zog eine Grimasse. »Ich war mal Pfadfinder ... ein, zwei Jahre lang.«

Ihm fiel die Bemerkung von Lukas von Weyen wieder ein: »Mein Vater sagt, wenn man einmal Pfadfinder ist, dann bleibt man das sein ganzes Leben.«

»Aber um dabeizubleiben, muss man sich einfügen und anpassen. Und das war nicht so ganz mein Fall.«

»Ach so.« Wieder dieser scharfe Blick, den er schon einmal gesehen hatte.

Na prima. Erst versicherst du ihm, du wärst teamfähig, und ein paar Minuten später behauptest du das genaue Gegenteil. Jacobsen, du bist doch echt dumm wie Brot.

»Zelten im Freien war leider auch nicht mein Ding«, fügte er in betont leichtem Ton hinzu. »Macht Spaß, wenn es warm und trocken ist ... wenn es regnet und Sie durch den Schlamm zu Ihrem Schlafsack waten dürfen, lässt das Vergnügen rapide nach.« Er runzelte die Stirn, als ihm plötzlich etwas einfiel. »Wieso hatte der Stamm eigentlich einen Elektrokarren? Das ist bei Pfadfindern nicht gerade üblich.«

»Haben die Zeltlager-Mitarbeiter mir auch gesagt«, erwiderte Finkbeiner. »Aber offenbar wollten sie die Sache behindertengerecht gestalten; einer der Jungen auf dem Lager war auf den Rollstuhl angewiesen, und weil der Karren ganz einfach mit einem Hebel und ein paar Knöpfen gesteuert wird, konnte er genauso wie die anderen das Holz für die Lagerfeuer durch die Gegend fahren. Die meinten, Peter von Weyen hätte das Ding deswegen extra angeschafft – auf eigene Kosten.«

Plötzlich fing das Telefon auf Finkbeiners Schreibtisch an zu klingeln. Er wollte gleichzeitig das Glas abstellen und an den Apparat gehen, und das Ganze endete damit, dass ihm Latte macchiato auf die mit Luftballons bemalte Krawatte tropfte. Finkbeiner nahm ab, lauschte kurz, sagte »Ja?« und »Natürlich!« und legte wieder auf. Das Tuch von vorhin kam erneut zum Einsatz, und er rieb mit verlegenem Grinsen auf dem Kaffeefleck herum.

»Meine Frau wird mich köpfen«, sagte er. »Die Krawatte ist von ihr. Sie hat ein Architekturbüro in Stuttgart. Seidenmalerei macht sie immer bloß dann, wenn sie sich endlich mal entspannen will. Sagt sie jedenfalls. Und auf dieses Ding hier war sie richtig stolz ... ich fürchte bloß, ich hab's ruiniert. Das verzeiht sie mir nie.«

So viel zum Thema Ehefrau, die zu Hause die Kinder großzieht und ihren Mann bekocht.

»Haben Sie Kinder?«, fragte Jacobsen.

»Ja. Einen Sohn. Hat gerade angefangen, Medizin zu studieren.«

»Kann ich mir die Akte von dem Fall mal ansehen?«

»Klar können Sie. Ich bring Sie gleich rüber in Ihr Büro; sämtliche relevanten Dateien sind auf Ihrem Dienstcomputer.« Finkbeiner streckte ihm zum zweiten Mal die ausgestreckte Hand hin. »Übrigens – willkommen in Schwaben.«

Jacobsen nahm seine Hand, drückte sie und lächelte ein wenig matt. »Herzlichen Dank.«

Das blinde Huhn hatte wenigstens ein Korn gefunden. Dann war die Sache ja vielleicht nicht ganz und gar hoffnungslos.

* * *

Wie in jeder Kultur braucht auch in der unseren die Trauer Riten und Traditionen. Wir sind daran gewöhnt, dass Männer und Frauen sich bei Beerdigungen und Gedenkfeiern schwarz kleiden und flüstern, als könnten sie, wenn sie zu laut sprechen, die Toten wieder aufwecken. Wir wissen, dass man über die, die gestorben sind, nur Gutes reden soll.

Und wenn wir wissen, dass alles Gute, was man sagen könnte, eine Lüge ist? Dann sind wir besser still, weil es uns zutiefst widerstrebt, die Regeln zu brechen.

Ich habe alle Regeln gebrochen. Aber ich schweige trotzdem.

Zwei Witwen

Malte Jacobsen saß an seinem neuen Schreibtisch und wartete. Warten gehörte wahrlich nicht zu seinen Lieblingsbeschäftigungen, aber an diesem Morgen im Juni blieb ihm nichts anderes übrig. Er hatte bereits eine ausführliche Besprechung mit Stefan Finkbeiner hinter sich, und jetzt stand eine Fahrt zur Villa der Weyen-Familie auf dem Programm. Die sollte er nicht allein antreten, sondern mit seiner bislang noch unbekannten Kollegin, die allerdings noch nicht eingetroffen war. Immerhin ließ ihm das die Zeit, an dem Rest Kaffee in seiner Tasse zu nippen und die Akte im Geist noch mal durchzugehen.

Eigentlich hatte er das schon am Abend zuvor getan, in seinem Gästezimmer in Heikes Haus. Er arbeitete immer so, nahm sich Stapel von Ausdrucken mit nach Hause, übersäte sie mit gekritzelten Anmerkungen und Querverweisen. Er versuchte, sich schon im Voraus Gesichter, Daten und Fakten zu merken, damit er den Menschen, die in eine Ermittlung verwickelt waren, nicht unvorbereitet gegenübertrat. Das Mordopfer – das *vermutliche* Mordopfer, korrigierte er sich penibel im Stillen, schließlich lagen noch nicht alle Autopsieergebnisse vor – war Anwalt gewesen, mit einer erfolgreichen Kanzlei in Backnang, einem wohlgeratenen Sohn, fünfundvierzig Jahre alt und seit fünfzehn Jahren verheiratet mit Yvonne von Weyen, deren Namen er interessanterweise angenommen hatte. Sein Geburtsname war Stappenberg. Jacobsen hatte sich gefragt, wieso ein Mann so etwas tat, aber je mehr er über die Familie von Weyen herausfand – das Internet war eine reichhaltige Quelle –, desto weniger wunderte er sich.

Konrad von Weyen, der inzwischen verstorbene Patriarch und Schwiegervater von Peter von Weyen, war 1940 in Backnang geboren und aufgewachsen, als Spross einer erfolgreichen und wohlhabenden Fabrikantenfamilie. Auf ausgedehnten Reisen nach England und Skandinavien, die er als junger Mann unternahm, hatte er die Pfadfinderbewegung kennengelernt und sich immer mehr dafür begeistert. Sein Enthusiasmus gipfelte 1966 in der Gründung eines eigenen Pfadfinderbundes, *Impeesa*. Jacobsen erinnerte sich dunkel, dass das irgendeine Art Spitzname für den Stammvater der Pfadfinder, Lord Baden-Powell, gewesen war – noch ein weiterer Name für einen Mann, der Robert Louis Stevenson Baden-Powell of Gilwell hieß ... als ob er damit nicht schon mehr als genug Namen hatte.

Wie viele kleine Bünde war *Impeesa* nicht in den Ring Deutscher Pfadfinderverbände aufgenommen worden, aber das schien Konrad von Weyen keine Probleme bereitet zu haben. Sein Name tauchte regelmäßig in den Chroniken der drei vom Weltbund anerkannten deutschen Organisationen auf und wurde ausgesprochen positiv erwähnt. Er hatte ihre Lager besucht und auf zahlreichen Veranstaltungen viel beachtete Reden gehalten. Es war ihm eindeutig gelungen, sich mit einem bemerkenswerten diplomatischen Geschick wenig Feinde und viele Freunde zu machen.

In der einen Stunde auf der sehr professionell aufgemachten Website von *Impeesa* hatte Jacobsen sich bereits einen Eindruck von dem Haus verschafft, das er heute zum ersten Mal von innen sehen würde; eine schöne, alte Jugendstilvilla, von einem Garten umgeben, der eigentlich eher die Bezeichnung »Park« verdiente. Es gab sogar einen kleinen Lagerplatz mit Waschräumen und ein Nebengebäude, in dem die Stammesmitglieder bei übermäßig schlechtem Wetter in zwei Schlafsälen übernachten konnten.

Im selben Haus war – den Bildern nach zu urteilen – so etwas wie ein kleines Museum des Bundes untergebracht, wo man Pfadfinderhemd und -hut bewundern konnte, die Konrad von Weyen zu Lebzeiten getragen hatte. Außerdem gab es zahlreiche historische Fotos und Andenken aus einem Leben, das der Mann offenbar hauptsächlich der Pfadfinderidee gewidmet hatte – zum Glück war das ererbte Familienvermögen groß genug, um das zuzulassen, und die Verwalter der elterlichen Firma, die spezialisierte Baumaschinen herstellte, sorgten offensichtlich nach wie vor dafür, dass das Geld zuverlässig floss.

Es klopfte.

Jacobsen klappte die Fallakte zu und hob den Kopf. »Ja, bitte?«

Die Tür öffnete sich, und eine Frau kam herein. Sie war hochgewachsen und schlank, mit einem freundlichen, offenen Gesicht voll blasser Sommersprossen. Ihr glattes, glänzendes Haar hatte sie zu einem lockeren Knoten aufgesteckt, und es hatte fast dieselbe Farbe wie die schokoladenbraune Wildlederjacke, die sie über einer gebleichten Jeans trug.

»Grüß Gott«, sagte sie mit einer klaren, dunklen Altstimme und streckte ihm die Hand hin. »Kommissarin Melanie Brendel. Sie sind Malte Jacobsen, oder?«

Stimme und Händedruck waren gleichermaßen angenehm; Jacobsen entschied, sie bis auf weiteres erst einmal sympathisch zu finden.

»Ja, das bin ich. Sehe ich das richtig, dass Sie die Kollegin sind, mit der ich zu den von Weyens fahren soll?«

Melanie Brendel warf einen bedauernden Blick auf die Uhr. »Ganz genau, und zwar schon vor einer Viertelstunde. Ich hab Sie warten lassen, und das gleich am ersten Tag, an dem wir miteinander zu tun haben. Tut mir echt leid. Der Motor von meinem Wagen hat ein bisschen gezickt.«

»Dann ist vielleicht ein neues Auto fällig«, meinte Jacobsen gelassen. »Können wir jetzt los?«

»Natürlich.«

Zum Glück mussten die beiden nicht auf den zickenden Motor von Melanie Brendels Golf vertrauen, sondern stiegen in einen Dienstwagen, den ein schwäbischer Autohersteller in Untertürkheim zusammengeschraubt und für den Polizeieinsatz ausgestattet hatte. Bei moderatem Verkehr brachten sie die Strecke nach Backnang in etwas mehr als zwanzig Minuten hinter sich, durchquerten die Innenstadt und hatten den Ort eigentlich schon hinter sich gelassen, als Melanie Brendel blinkte und nach rechts abbog. Sie bremste vor einem reich verzierten, schmiedeeisernen Tor. Jacobsen erkannte es sofort vom Titelbild der Website, die er am Vorabend so gründlich studiert hatte. Dahinter schwang sich eine gekieste Auffahrt bis zu der Jugendstilvilla der von Weyens hinüber, und ein saftig grüner, sehr gepflegter Rasen breitete sich auf beiden Seiten davon aus, begrenzt von Blumenrabatten in voller Sommerblüte.

Jacobsen stieg aus und betätigte die Türglocke; über seinem Kopf entdeckte er eine Kamera, die höchstwahrscheinlich im Haus anzeigte, wer vor dem Tor stand. Er war ausgeschlafen und überraschend hochgestimmt; was immer ihn in der Villa erwartete, in diesem Moment fühlte er sich der Sache absolut gewachsen. Und er war neugierig – zum ersten Mal seit Monaten wieder.

Ein verdammt gutes Zeichen.

»Hallo?« Die Stimme aus dem Lautsprecher wurde von leisem atmosphärischem Knistern begleitet.

»Jacobsen und Brendel, Kripo Waiblingen«, sagte er. »Wir sind angemeldet, glaube ich.«

»Moment.«

Es piepste, dann sprang das Tor auf, und die ziselierten Flügel schwangen langsam zurück. Jacobsen ließ sich wieder auf dem Beifahrersitz nieder und zog die Tür zu; der Wagen rollte die Auffahrt hinauf und kam ein zweites Mal direkt vor dem Haupteingang der Villa zum Stehen.

Seite an Seite mit Melanie Brendel ging er zum Haus. Ehe er klingeln oder jemand ihnen öffnen konnte, hielt seine neue Kollegin ihn kurz zurück.

»Bevor wir hineingehen, sollten Sie vielleicht noch etwas wissen.«

Er betrachtete sie stirnrunzelnd. »Was denn?«

»Die von Weyens haben in Backnang einen sehr guten Ruf«, sagte Melanie Brendel. »Früher hätte man das wahrscheinlich ›Stützen der Gesellschaft‹ genannt. Und deswegen erwarten unsere Vorgesetzten von uns ein bisschen … Feingefühl.«

»Und besagte Vorgesetzte fürchten, dass ich nicht genug davon habe?« Sein Stirnrunzeln vertiefte sich. »Und deswegen werden Sie vorgeschickt, weil die hoffen, bei einer Frau zieht das merkwürdige Nordlicht eher mit?«

Da war definitiv ein Gespräch mit Finkbeiner fällig.

»Keine Ahnung.« Melanie Brendel blickte leicht peinlich berührt drein. »Vielleicht wollte man Ihnen zu Dienstbeginn nicht gleich auf die Zehen treten.«

»Und deswegen überlässt man diese zweifelhafte Aufgabe einfach Ihnen.« Jacobsen schnaubte. »Wirklich *super.* Aber keine Sorge … Ich kann überaus höflich sein, wenn ich muss. Und wenn ich will.«

Melanie Brendels Lippen verzogen sich zu etwas, das beinahe als spitzbübisches Lächeln durchging, doch bevor Jacobsen herausfinden konnte, ob er recht hatte, öffnete sich die Tür. Vor ihnen stand eine Frau mittleren Alters in einem schlichten Baumwollkleid, über dem sie eine ebenso schlichte und makellos saubere, weiße Schürze trug.

»Sen Sie die Herrschafte vo dr Kripo?«, wollte sie wissen. »Na, dann kommet Se halt rei.«

Jacobsen dankte nicht zum ersten Mal dem Schicksal, dass er bei Dialekten noch nie irgendwelche Verständnisprobleme gehabt hatte.

Sie folgten der Frau ins Innere des Hauses und geradewegs in ein Vestibül, das diese Bezeichnung zur Abwechslung einmal tatsächlich verdiente. Es war angenehm hell. Licht strömte durch große Bogenfenster aus Buntglas, malte vielfarbige Kreise auf den schön gemusterten Parkettboden und auf die elegant geschwungene Freitreppe mit dem schimmernden Eichenholzgeländer, die hinauf in den ersten Stock führte. Noch hatte Jacobsen sonst nichts von dem Haus gesehen, aber dieser erste Eindruck sprach schon von altem Reichtum und viel Geschmack. Geradeaus öffnete sich eine gläserne Tür mit elegantem Blumendekor in ein großes, sonnendurchflutetes Wohnzimmer, und dorthin wurden er und Melanie Brendel nun geführt.

Auf einer ausladenden Sofagarnitur in diesem Wohnzimmer saßen zwei Frauen, beide hoch aufgerichtet und mit steif angespanntem Rücken; das war allerdings schon die einzige Ähnlichkeit zwischen den beiden. Die eine Frau war Mitte bis Ende sechzig, trug das weiße Haar zu einem flotten Kurzhaarschnitt gestutzt und eine lange, schwarze Tunika über einer schmalen Samthose. Das musste Klara von Weyen sein, die Schwiegermutter des Opfers. Die zweite Frau war ebenfalls in Schwarz gekleidet, allerdings hatte sie sich für eine enge Kombination aus Jacke, Bluse und schmalem Rock entschieden. Ihr blondes Haar war zu einem straffen Knoten aufgesteckt, und im Gegensatz zu der Kleidung der älteren

Frau sah das Kostüm sehr unbequem aus. Yvonne von Weyen, die Witwe. Jacobsen hatte sie auf der Website gesehen, in legerer Pfadfinderkluft fotografiert, während sie lächelnd zu ihrem Mann aufschaute – Peter von Weyen, der vor nunmehr zwölf Tagen in einem Wald bei Murrhardt tot an einem Baum gehangen hatte. Er registrierte ihren wachsamen, nervösen Blick und begriff, dass sie sich mit ihrer formellen Kleidung wie mit einem Panzer zu schützen versuchte.

»Mein Name ist Malte Jacobsen, ich komme von der Kripo Waiblingen«, sagte er. »Und das hier ist meine Kollegin, Melanie Brendel. Es tut mir sehr leid, dass wir Sie belästigen. Aber wir müssen Ihnen ein paar Fragen stellen.«

Es war Klara von Weyen, die zuerst sprach. »Wir haben keine Ahnung, wer ihn genügend gehasst haben könnte, um ihm so etwas anzutun«, sagte sie mit Nachdruck. »Er hatte keine Feinde.«

Melanie Brendel räusperte sich diskret. »Frau von Weyen … ich begreife, dass Sie sich das nicht vorstellen können. Aber dass Sie beide ihn lieben, muss nicht automatisch bedeuten, dass ihn *alle* geliebt haben.«

»Sie kannten ihn nicht.« Klara von Weyen musterte sie durchdringend. »Als vor vier Jahren mein Mann starb, da hat er die Leitung von *Impeesa* als Bundesführer übernommen. Seither ist … *war* er Herz und Seele des Bundes; die Kinder hingen außerordentlich an ihm, und er hatte große Freude an der Arbeit. Er war ein überaus positiver Mensch, und er hatte viele Pläne … *wir* hatten Pläne.«

Yvonne von Weyen zuckte leicht zusammen und öffnete den Mund, als wollte sie etwas sagen, entschied sich aber zu schweigen. Ihr Gesicht wirkte störrisch, und zum ersten Mal fiel Jacobsen auf, dass sie zu ihrer Mutter einen kleinen, aber deutlichen Abstand hielt.

»Ist Ihnen etwas aufgefallen?«, fragte er die Tochter. »Haben *Sie* vielleicht etwas bemerkt?«

»Nein.« Ihre Stimme klang leise und heiser. »Ich … Peter hatte so viele Freunde. Ich hätte nie geglaubt …« Sie brach ab und gab ein zorniges, kleines Schluchzen von sich. »Und ich *will* es auch nicht glauben!«

Mit einem Mal stand sie auf. Ihre Hände zitterten, ihr ganzer Körper war verkrampft.

»Entschuldigen Sie mich bitte. Das wird mir alles zu viel.«

Sie hastete an ihm und Kollegin Brendel vorbei und verschwand im Vestibül. Jacobsen hörte das harte Klackern ihrer Absätze auf der Treppe, dann schlug oben im ersten Stock eine Tür zu. Die Stille, die sie hinter sich zurückließ, war alles andere als angenehm.

Endlich seufzte Klara von Weyen. »Meine Tochter ist vom Tod ihres Mannes sehr mitgenommen«, sagte sie. »Ihre Nerven sind nicht übermäßig belastbar, müssen Sie wissen, und ein Trauerfall ist da alles andere als hilfreich. Obendrein haben wir zur selben Zeit, als Peter starb, auch noch ein Stammeskind verloren ... Iris Schäuble, eins unserer Mädchen. Das arme Ding ist hier in Backnang nachts in den Mühlkanal gestürzt und ertrunken.«

»Mein Beileid«, erwiderte Jacobsen. »Sie sagen ›Stammeskind‹ – wie alt war sie denn?«

»Sechzehn.« Klara von Weyens Lippen wurden schmal. »Viel zu jung, um zu sterben.«

Jacobsen dachte an Beeke Brehm und gab ihr im Stillen recht. Doch bevor er eine passende Antwort parat hatte, klingelte Melanie Brendels Handy.

»Ja?« Sie lauschte eine ganze Weile, und ihr Gesicht war plötzlich angespannt und sehr aufmerksam. »Du hast ... tatsächlich? Gut. Danke fürs Bescheidgeben, Lothar. Ade!«

Sie beendete das Gespräch und steckte das Handy zurück in die Tasche ihrer Wildlederjacke; dann ließ sie ihren Blick von Jacobsen zu Klara von Weyen wandern.

»Das war der Pathologe«, sagte sie ruhig. »Das endgültige Ergebnis der Autopsie ist da. Am Abend seines Todes hat jemand Peter von Weyen Wein zu trinken gegeben, der mit einem starken Betäubungsmittel versetzt war. Das heißt, der Mörder hat ihn erst eingeschläfert und danach erhängt.«

Detektive unter sich

Die Kellnerin stellte den tiefen Teller schwungvoll vor Jacobsens Nase ab. »An Guada!«, sagte sie freundlich, drehte ab und verschwand durch die ein wenig altmodisch eingerichtete Gaststube in Richtung Küche.

Jacobsen betrachtete die dampfende Suppe. Klein gehackte Petersilie war darüber verstreut und verlieh mehreren bleichsüchtigen, großzügig gefüllten Teiggebilden wenigstens ein wenig grüne Farbe.

»Maultaschen in der Brühe«, erklärte Melanie Brendel hilfsbereit. Sie hatte dieses Lokal ausgesucht und darauf bestanden, für ihn zu bestellen. »Muss man so ziemlich als Erstes probieren, wenn man in Schwaben landet. Gleich vor dem Zwiebelrostbraten mit Kartoffelsalat, den Spätzle und den Laugenbrezeln.«

Die Kellnerin tauchte wieder aus der Küche auf; sie trug einen weiteren tiefen Teller vor sich her und bedachte einen Gast am Nebentisch damit. Jacobsen erspähte zwei Würstchen, einen Spätzle-Hügel und daneben eine undefinierbare, dunkelbraune Masse. Er beobachtete, wie besagter Gast – ein älterer Herr im Anzug – eine kleine Glaskaraffe mit grünlicher Flüssigkeit aus einem Gestell nahm, einen ordentlichen Schwung daraus zielsicher über die Masse goss, ihn sorgsam unterrührte und dann anfing, die verdächtige Mischung mit offensichtlichem Genuss zu vertilgen.

»Ich werde mich jetzt gleich als kompletter Ignorant outen«, sagte Jacobsen halblaut. »Aber ich wüsste wirklich gern, was der Mann da drüben gerade isst. Es sieht entschieden … *merkwürdig* aus.«

Melanie Brendel schaute unauffällig hin, dann zog sie hastig die Serviette unter ihrem Besteck hervor und verbarg einen Laut dahinter, der sich anhörte wie eine Mischung aus Kichern und Hustenanfall.

»Das«, erklärte sie, »sind Linsen mit Spätzle. Mit Essig. Ist in Schwaben sehr beliebt, aber definitiv nichts für Anfänger.«

»Wie recht Sie haben.«

Jacobsen brachte es fertig, nicht zu offensichtlich zu schaudern, tunkte den Löffel in die Brühe und teilte damit ein Stück Maultasche ab. Er kostete vorsichtig und war positiv überrascht. Die Brühe war offensichtlich keinem schnöden Würfel zu verdanken, und unter dem blässlichen Teig kam eine schmackhafte Füllung zum Vorschein.

»Prima!«, sagte er. »Fast wie die Suppe, die ich immer von meiner Mutter bekommen habe, wenn ich als Kind krank war. Allerdings waren da Buchstabennudeln drin und keine Maultaschen.«

»Dann hab ich ja das Richtige für Sie ausgesucht.« Melanie Brendel lächelte.

Sie hatte das gleiche Mittagessen vor sich stehen wie er, und eine Weile aßen sie schweigend. Jacobsen fand es sehr angenehm, dass sie nicht mit aller Gewalt versuchte, ein Tischgespräch zu führen. Das gab ihm die Gelegenheit, die Szene in der Villa noch einmal an seinem inneren Auge vorbeiziehen zu lassen und erste behutsame Schlüsse zu ziehen.

»Ist Ihnen an den zwei Frauen etwas aufgefallen?«, fragte er. »An Klara von Weyen und ihrer Tochter?«

Melanie Brendel legte ihren Löffel hin und überlegte.

»Sie haben kein wirklich gutes Verhältnis«, antwortete sie nach einer Weile. »Man merkt, dass sie das Opfer beide geliebt haben … aber sie trauern nicht gemeinsam, und sie trösten sich auch nicht gegenseitig. Während der gesamten Befragung – bis zu dem Moment, als Yvonne von Weyen fluchtartig das Zimmer verlassen hat – haben sie Abstand voneinander gehalten. Sie haben sich nicht berührt, sich nicht an den Händen genommen. Als …« Sie zögerte. »Als wären sie zornig aufeinander.«

Sie hatte es also auch gesehen. Jacobsen nickte.

»Übrigens – wer ist Lothar? Der Kollege vorhin am Handy?«

»Lothar Brendel«, erwiderte Melanie Brendel. »Professor Lothar Brendel, Rechtsmediziner an der Uni in Tübingen. Und mein Onkel. Den Onkel hab ich aber vorhin weggelassen, das wirkt sonst so unprofessionell.« Sie schaute drein, als wäre ihr die Sache ein bisschen peinlich.

Wahrscheinlich darf sie sich ständig lahme Pathologenwitze anhören, dachte Jacobsen.

»Dann hoffe ich, dass bald der vollständige Bericht auf dem Tisch liegt.«

Er bückte sich zu seiner Ledermappe, die an einem Tischbein lehnte, holte den Ordner mit seinen Ausdrucken heraus und schlug sie auf.

»Schauen wir mal, was wir schon haben …« Er blätterte die Seiten durch. »Das hier ist interessant. Einer der Jungs, die auf dem Lager waren, hat gesagt, dass er glaubt, man hätte den Transportwagen für das Feuerholz dazu benutzt, die Leiche in den Wald zu schaffen. Und zwar, ich zitiere wörtlich: ›weil der Wagen eigentlich auf dem Lagerplatz hätte stehen bleiben sollen, aber stattdessen ist er am Hackplatz gestanden, und zugedeckt war er auch nicht, und die Reifenabdrücke auf dem Weg zum Hackplatz hin waren tief und deutlich zu sehen, wahrscheinlich weil etwas Schweres auf dem Karren gelegen hat. Außerdem gingen sie noch weiter als bis zum Hackplatz. Bis in den Wald hinein … bis zu der Stelle, wo ich Malenga gefunden hab.‹ Schlaues Kerlchen.« Er stutzte. »Moment mal, Sven Bender heißt der? Den kenne ich! Der hat mir im Ferienhaus meiner Schwester ein Loch in die Terrassentür gekickt.«

»Stefan – der Kollege Finkbeiner – hat mit den Kindern geredet, am Morgen nachdem die Leiche gefunden worden war«, meinte Melanie Brendel. »Und es ist Sven Bender gewesen, der sie entdeckt hat … ganz früh, weil er mal austreten musste. Der arme Kerl war vollkommen neben sich.«

»Aber nicht so sehr, dass ihm das Detail mit den Reifen nicht aufgefallen wäre«, gab Jacobsen zu bedenken. »Es gab auch Reifenspuren im Wald – tief eingedrückte auf dem Weg zum Fundort der Leiche, weit schwächere auf dem Rückweg. Und jemand mit Turnschuhen in Größe 38 oder 39 hat diesen Wagen gezogen. Wenigstens war das im Wald noch deutlich zu erkennen. Das war's dann aber auch schon, und auf dem Lagergelände und dem Hackplatz wird die Spurensicherung nicht viel gefunden haben. Es ist schon Glück, dass wenigstens die Reifenabdrücke noch übrig geblieben sind. Wo ein paar Sippen Pfadfinder regelmäßig durchtrampeln, wächst normalerweise kein Gras mehr, und Indizien auch nicht. Leider.«

Er machte kurzen Prozess mit der letzten Maultasche, löffelte die verbliebene Brühe aus dem Teller und winkte die Kellnerin, die inzwischen an der Theke Gläser polierte, an den Tisch. Dann sah er Melanie Brendel an und lächelte.

»Ich darf Sie doch einladen, ja?«, fragte er. »Sie können sich gerne irgendwann revanchieren, mit einem Kaffee. Oder mit einem Zwiebelrostbraten.«

»Einverstanden.« Sie erwiderte das Lächeln, und er zahlte für sie beide.

Als die Kellnerin gegangen war, schlug er die Akte noch einmal auf. »Sven Bender wohnt in der Mörikestraße, hier in Backnang. Ist das in der Nähe?«

»Fünf Minuten mit dem Auto.«

»Können wir da hinfahren? Die Ferien sind zwar vorbei, aber er müsste doch inzwischen aus der Schule zurück sein.«

»Ich fahre Sie hin«, sagte Melanie Brendel. »Und dann würde ich vorschlagen, dass Sie ohne mich mit dem Jungen reden. Er kennt Sie schon und wird sich wahrscheinlich leichter tun, wenn ich nicht auch noch auf der Matte stehe. Außerdem haben Sie ja offenbar Ahnung von Pfadfindern. Das macht es vielleicht noch ein bisschen einfacher. Was halten Sie davon?«

»Keine schlechte Idee.« Jacobsen betrachtete sie nachdenklich. »Vielleicht können Sie das ganze Material noch mal durchgehen, um festzustellen, mit welchem von den Kindern und Mitarbeitern man noch ein zweites Mal sprechen sollte. Und ich hätte den Autopsiebericht wirklich gern so schnell wie möglich. Wenn das hier also keinen vorgegebenen Dienstweg verletzt und Ihnen keine Probleme macht, könnten Sie Ihren Onkel darauf anspitzen?«

Melanie Brendel seufzte. »Ich denke schon. Soll ich Sie nachher bei dem Jungen abholen?«

»Nein, nicht nötig.« Jacobsen verstaute seine Papiere wieder in der Ledermappe. »Ich wohne hier in Backnang, bei meiner Schwester. Wenn ich mit Sven geredet habe, gehe ich zu ihr nach Hause. Und es ist wahrscheinlich ganz gut, wenn ich allmählich auch ohne Navi da hinfinde.«

* * *

Fünf Minuten später sah er dem Mercedes hinterher, der langsam davonfuhr, dann wandte er sich ab und lief über graue Steinplatten auf die Eingangstür des Hauses zu, in dem Sven Bender wohnte. Rechts von ihm führte ein Türchen aus Holzlatten in einen Garten voll halbherzig gestutzter Büsche, und mitten in der grünen Wildnis stand ein Gartenzwerg mit Schubkarre und zeigte ihm mit einem sonnigen Grinsen auf dem Keramikgesicht den Stinkefinger.

Sehr witzig, dachte Jacobsen und drückte den Klingelknopf.

Schritte waren zu hören, dann schwang die Tür auf und vor ihm stand eine Frau Mitte dreißig. Ihr hellbraunes Haar war zu einem Pferdeschwanz zusammengebunden, sie trug einen Handwerkeroverall, und über ihre Wange zog sich ein roter Farbschmierer. Sie hatte die gleiche sommersprossige Stupsnase wie der Junge, wegen dem er gekommen war.

»Frau Bender?«, fragte er. »Mein Name ist Malte Jacobsen, ich bin von der Kripo Waiblingen. Ist Ihr Sohn zuhause, und könnte ich vielleicht mit ihm reden?«

Ihr Blick wurde wachsam. »Ja, mein Sohn ist daheim. Was wollen Sie von ihm?«

»Nach meinen Informationen hat er nach dem … Todesfall auf dem Lager die Leiche von Peter von Weyen gefunden. Ich ermittle seit Neuestem in dem Fall, ich habe das Gesprächsprotokoll gelesen und hätte noch ein paar Fragen.« Er lächelte und hoffte, dass es vertrauenerweckend wirkte. »Sie müssen sich keine Sorgen machen.«

Es war deutlich zu erkennen, dass sie das ganz anders sah als er, aber sie trat beiseite und ließ ihn ins Haus. Er wurde durch einen von Bücherregalen gesäumten Korridor geführt; rechts öffnete sich ein runder Bogen in ein Zimmer, in dem der Boden und mehrere unkenntliche Möbelstücke mit Folie bedeckt waren. In einem Topf mit roter Farbe steckten ein Abtropfgitter und ein langer Pinsel.

»Ich hab heute frei und hatte gerade angefangen, das Wohnzimmer zu streichen«, erklärte Svens Mutter, dann blieb sie stehen und klopfte an eine Tür. »Sven?«

»Ja?«

Jacobsen trat hinter ihr in ein Kinderzimmer mit Hochbett, Schreibtisch und dunkelblauem Teppichboden. Die Wände waren ebenfalls blau, wenn auch deutlich heller, an der Decke klebten unzählige Sterne und eine Jalousie verdeckte ein großes Fenster. Sven Bender saß auf einem Drehstuhl am Schreibtisch, vor sich einen Computerbildschirm. Er sah erst seine Mutter an, dann entdeckte er Jacobsen, und seine Augen wurden kugelrund.

»Sie?«, platzte er ohne jegliche Präliminarien heraus. »Ich dachte, Sie machen hier Urlaub!«

»Der ist vorbei«, erwiderte Jacobsen, »und ich arbeite jetzt bei der Kripo in Waiblingen. Außerdem soll ich herausfinden, wer für den Tod von Malenga verantwortlich ist.«

Sven schaute seine Mutter an und errötete. »Das ist der Polizist, von dem ich dir erzählt hab, Mama«, sagte er. »Der, dem ich den Fußball in die Terrassentür geschossen hab.«

»Ach so.« Svens Mutter entspannte sich sichtlich. »Dann kennt ihr euch bereits. Ich würde bei dem Gespräch gern trotzdem dabei sein. Das darf ich doch, oder?«

»Selbstverständlich. Und ich nehme die Antworten Ihres Sohnes auf, wenn es Ihnen nichts ausmacht.« Jacobsen zog sein kleines digitales Diktiergerät heraus und schaltete es ein.

Sven war offenbar erleichtert darüber, dass seine Mutter blieb. Kein Wunder – der plötzliche Tod eines Menschen, den er gekannt und bewundert hatte, musste ein gewaltiger Schock gewesen sein. Jacobsen erinnerte sich daran, was Melanie Brendel vorhin im Gasthaus gesagt hatte: »Der arme Kerl war vollkommen neben sich.«

Svens Mutter hatte inzwischen auf dem ordentlich gemachten Bett Platz genommen. »Was wollen Sie denn von meinem Sohn wissen?«

»Du hast mit einem Kollegen von mir gesprochen, an dem Morgen nach Malengas Tod«, sagte Jacobsen, bewusst an Sven gewandt. »Stefan Finkbeiner – das ist mein neuer Chef. Und er hat ein paar ziemlich interessante Aussagen von dir aufgeschrieben. Du hast den Elektrowagen für das Feuerholz erwähnt und dass er an der falschen Stelle stand. Erinnerst du dich?«

Svens Augen blitzten auf. »Stimmt!«, sagte er eifrig. »Der hätte nämlich auf dem Lagerplatz sein müssen, wissen Sie. Weil wir doch schon genügend Holz geholt hatten, für die Feuer der Nachtwache und in den Kohten. Malenga meinte, wir müssten ihn nicht mehr zurückbringen. Es war schon ziemlich spät und wir hatten noch nichts gegessen. Aber als ich dann morgens ganz früh mal musste und vom Klo zurückkam, da hab ich den Wagen bei den Baumstämmen stehen sehen und irgendwer hatte ihn bis in den Wald hineingezogen. Die Reifen hatten sich ganz tief in den Boden gedrückt, und daneben waren noch andere Abdrücke, aber die waren nicht mehr so tief. Als hätte was Schweres auf dem Wagen gelegen, als er in den Wald gefahren wurde. Und als er wieder zurückgerollt ist, da war es nicht mehr da.«

»Du bist neben der Spur hergelaufen, nicht?«, fragte Jacobsen. »Damit du sie nicht aus Versehen verwischst. Sehr umsichtig von dir, muss ich sagen.«

»Danke schön!« Sven strahlte. »Sonst findet die Polizei sie doch nicht mehr, oder man kann sie nicht mehr auswerten.« Er wurde wieder ernst. »Obwohl ... als ich den Wagen und die Abdrücke zuerst gesehen hab, da wusste ich ja noch nicht, was passiert war. Dass ... dass jemand Malenga umgebracht hat, meine ich.« Seine Stimme war jetzt sehr leise.

Jacobsen warf Svens Mutter einen kurzen Seitenblick zu und sah, dass sie den Jungen nicht aus den Augen ließ.

»Was denkst du – wieso ist Malenga umgebracht worden?« Jacobsen sprach mit sachlicher Neugier, als würde er den Fall mit einem Kollegen diskutieren. »Kanntest du Leute, die ihn nicht mochten – die ihn vielleicht sogar gehasst haben?«

»So jemanden gibt es nicht.« Sven sprach im Brustton der Überzeugung. »Nicht im Stamm, und auch nicht woanders. Jeder konnte ihn gut leiden. Wenn man was nicht gleich begriffen hat, dann hat er's eben nochmal erklärt. Er ist immer ruhig geblieben. Nicht so wie der Herr Ebert. Das ist der Sportlehrer auf unserer Schule, und wenn der sich aufregt, dann schreit er gleich herum. Malenga hat nie geschrien, und er hat immer allen zugehört, wenn sie was von ihm wollten.«

»Schade, dass ich ihn nicht besser gekannt habe«, sagte Jacobsen, und er meinte es ehrlich. Er zögerte einen Moment, dann fuhr er fort: »Aber obwohl ihn angeblich alle gut leiden konnten, gab es doch jemanden, der ihn genügend gehasst hat, um ihn erst zu betäuben und dann aufzuhängen.«

Auf dem Bett zuckte Svens Mutter zusammen und schnappte leise nach Luft; der Junge wurde bleich.

»Wer macht so was Furchtbares?«

»Noch haben wir keine Ahnung«, erwiderte Jacobsen. »Dazu ist es noch zu früh, und wir wissen zu wenig. Aber du hast mir mit deiner Beobachtungsgabe schon ein Stückchen weitergeholfen, und ich verspreche dir, wir finden es heraus.«

* * *

Freundschaften und Beziehungen bestehen zu einem Großteil aus Erinnerungen. Man sieht sich an und denkt an dieselben Ereignisse, lacht über alte Witze, die man unter anderem deshalb so komisch findet, weil man sie so gut kennt. Genau wie den jeweils anderen, mit dem einen viele Erinnerungen verbinden, gute und schlechte … und manche färben wir uns schön, um einander nicht weh zu tun.

Aber wenn die guten und die schlechten und die schöngefärbten Erinnerungen überlagert werden von der Wahrheit – dann schwindet die Zuneigung wie Sand, der einem durch die Finger rieselt. Dann bleibt nichts mehr übrig als Zorn, Enttäuschung und Angst.

Und Hass.

Impeesa

»Das hier«, sagte Klara von Weyen, »ist das erste Klufthemd meines Mannes. Ich hab's für ihn genäht, aus drei Metern Baumwolle. Die hat gekratzt, und man musste den Kragen stärken, damit er nicht wie ein Lappen zusammenfiel. Außerdem hielt die Farbe nicht richtig, und nach einem Jahr war es eher grau als grün.«

Malte Jacobsen stand in dem Anbau der Weyen-Villa, in dem sich das kleine Museum des Pfadfinderbundes *Impeesa* befand, und betrachtete den Inhalt der Vitrine vor sich. Draußen fiel ein dichter, unablässiger Juniregen, drinnen war es trocken und warm. Kleine, helle Deckenstrahler setzten die liebevoll angeordneten Erinnerungsstücke ins rechte Licht. Klara von Weyen, bei der er sich am Vorabend telefonisch angemeldet hatte, war sofort bereit gewesen, ihn durch die Ausstellung zu führen. Das Hemd, von dem sie gerade gesprochen hatte, war tatsächlich sehr verwaschen und an mehreren Stellen offensichtlich ausgebessert worden. Jetzt hing es sorgsam gebügelt auf einer Schaufensterpuppe, die außerdem das gelb-blau geringelte Halstuch des Bundes, knielange Lederhosen und Wanderstiefel trug. Ein Pfadfinderhut saß keck und etwas schief auf dem Plastikkopf.

»Inzwischen arbeiten wir mit einer Schneiderei zusammen, die die Hemden für unseren Bund auf Bestellung näht«, erklärte Klara von Weyen. »Bei den üblichen Pfadfinderausrüstern haben wir es nicht in die Kataloge geschafft, dafür ist *Impeesa* einfach zu klein. Aber für die Firma ist es ein netter, regelmäßiger Auftrag, und wir unterstützen damit gleichzeitig das regionale Handwerk.«

Sie hatte eine kräftige, vom Alter keineswegs geschwächte Stimme, die ganz bestimmt immer noch über jeden Lagerplatz hinweg zu hören war. Sie sprach langsam, jedes Wort gewählt und frei von peinlichem Pathos. Jeder Satz hätte mühelos in eine öffentlich gehaltene Rede gepasst. Jacobsen vermutete, dass es ihr so sehr in Fleisch und Blut übergegangen war, eine Symbolfigur für die Idee ihres Mannes zu sein, dass ihr das möglicherweise gar nicht mehr auffiel.

»Schauen Sie.« Sie deutete auf eine vergrößerte Schwarzweiß-Fotografie, die an der Wand ein Stück entfernt von der Vitrine hing.

Die Aufnahme zeigte einen Mann in Pfadfinderuniform, ganz offensichtlich ein noch ziemlich junger Konrad von Weyen. Er stand stolz lächelnd neben einer alten Dame auf einem weitläufigen grünen Rasen. Sie hatte ein kluges, herbes Gesicht, ihr weißes Haar war aus dem Gesicht zurückfrisiert und wurde von einem flachen, dunkelblauen Hut verdeckt.

»Mein Mann, auf einer Reise durch England, 1970. Und das neben ihm ist Olave Baden-Powell, die Witwe von Robert Baden-Powell, dem Gründer der Pfadfinderbewegung. Damals war Konrad dreißig und Olave achtzig. Man hatte gerade festgestellt, dass sie an Diabetes litt, und der Arzt verbot ihr ein für alle Mal das Reisen. Konrad sagte immer, dass sie das anmaßend und alles andere als komisch fand. Er hat sie sehr bewundert.«

Jacobsen betrachtete Klara von Weyen und hatte den Eindruck, dass sie sich durchaus für die Olave ihres eigenen kleinen Pfadfinder-Universums hielt. Und genau wie Olave hatte sie ihren »Robert« überlebt und sah sich nun in der Pflicht, seine Aufgabe weiterzuführen, eine Pflicht, die ihr offenbar keine Mühe machte. Er beschloss, dass dies der richtige Zeitpunkt war, ein bisschen nachzuhaken.

»Ihre Tochter wurde 1972 geboren, nicht?«, erkundigte er sich. »Zwei Jahre nachdem dieses Bild aufgenommen wurde. Hat sie genauso begeistert mitgearbeitet wie Sie und Ihr Mann – und wie Ihr Schwiegersohn?«

Klara von Weyen seufzte. »Anfangs vielleicht«, erwiderte sie. »Sie ging mit sechs zu unseren jüngsten Kindern, den Wölflingen. Normalerweise wird die Stufe von sieben bis zehn Jahren in Wölflinge und Wichtel aufgeteilt – Jungen und Mädchen –, aber wir arbeiten koedukativ. Yvonne wurde Jungpfadfinderin, und als sie mit dreizehn in das Alter kam, um das Pfadfinderversprechen abzulegen, da ist sie plötzlich ausgestiegen, von einem Tag zum anderen. Konrad war alles andere als begeistert, das können Sie sich sicher vorstellen. Wir haben beide versucht, sie umzustimmen, aber sie hat sich kategorisch geweigert, uns ihre Entscheidung zu erklären oder sie wenigstens noch einmal zu überdenken. Dummerweise hatten wir beide damals entsetzlich viel zu tun. Konrad hat nebenbei noch die Firma seines Vaters leiten müssen, also blieb viel von der Bundes- und Stammesarbeit notgedrungen an mir hängen. Deswegen konnten wir uns nicht so intensiv um Yvonne kümmern, wie wir es gerne getan hätten. Ohne Walter wäre es noch viel schwieriger gewesen.«

Jacobsen horchte auf. »Wer ist Walter?«

Frau von Weyen führte ihn zu der Wand gegenüber. Dort hing ein ebenfalls vergrößertes, gerahmtes Foto; Jacobsen schätzte, dass es etwa zehn Jahre nach der Aufnahme aus England geknipst worden war. Klara war darauf zu sehen, daneben ihr Mann und zwischen ihnen beiden ein zweiter Mann um die vierzig, mit einem freundlichen, sanften Gesicht und hohem Haaransatz. Vor ihm hockte auf einem kleinen, grasbewachsenen Hügel ein Mädchen in geblümtem Kleid, mit einem trotzigen, hübschen Gesicht und straffen blonden Zöpfen. Die Kleine sah aus, als hätte sie überhaupt keine Lust darauf, fotografiert zu werden.

»Walter Staiger«, erläuterte Klara von Weyen. »Der beste Freund meines Mannes, sie kannten sich schon seit der Schulzeit. Er hatte die Anwaltskanzlei in Backnang, in die später mein Schwiegersohn einstieg, kurz bevor er Yvonne kennenlernte. Als diese Aufnahme gemacht wurde, war sie erst acht und ein bisschen ... schwierig.«

»Was meinen Sie mit schwierig?«

Klara von Weyen seufzte zum zweiten Mal. »Ich meine damit, dass sie aggressiv war. Sie stritt sich mit den anderen Sipplingen und wurde manchmal sogar handgreiflich. Wir haben damals eine Zeitlang überlegt, einen Erziehungsberater oder einen Psychologen zu Rate zu ziehen, aber Konrad war dagegen. Er meinte, das würde sich mit dem Alter von allein auswachsen. Zum Glück kam Walter wesentlich besser mit Yvonne zurecht als er, trotz ihrer merkwürdigen Launen und Wutanfälle. Die beiden haben sich immer gut verstanden; deswegen konnte ich oft mit Konrad reisen, wenn es zu Vorträgen, Schulungen oder Jamborees ging – Jamborees sind Lager, bei denen sich sämtliche offiziell anerkannten Pfadfinderbünde der ganzen Welt treffen, wissen Sie.«

»Weiß ich, danke.« Jacobsen nickte. »Hat sich Ihre Tochter jemals gewünscht, dass Sie beide häufiger zuhause gewesen wären?«

Klara von Weyen musterte ihn so überrascht, als sei ihr der Gedanke vollkommen neu.

»Wenn ja, dann hat sie nie etwas gesagt«, antwortete sie schließlich. »Walter gab sich sehr viel Mühe mit ihr; es ist hauptsächlich ihm zu verdanken, dass ihre Aggressionen sich endlich legten. Sie wurde viel ausgeglichener, und wir merkten, dass sie sich endlich wohlfühlte. Wenn wir zuhause waren, haben wir uns so viel Zeit wie möglich für sie genommen. 1982 haben wir unsere Haushälterin eingestellt, mit der sie sich bis heute ausgezeichnet verträgt. Walter war derjenige, der zu ihren Schulaufführungen ging, dafür besuchte mein Mann jeden einzelnen Elternabend. Zu manchen Zeiten war ein Drittel von Yvonnes Klasse als Pfadfinder in unserem Bund vertreten, und Konrad kannte die Kinder besser als die Lehrerin.«

Sie trat ans Fenster und blickte hinaus in den Regen.

»Nach dem Abitur ging Yvonne nach Tübingen, um Germanistik und Kunst zu studieren, und ein paar Jahre ließ sie sich recht selten zuhause sehen. Sie reiste viel, aber nicht mit uns zusammen, sondern allein oder mit Freunden, zum Beispiel in die USA, wo sie in einem Bus von der kanadischen Grenze bis nach Florida fuhr. Sie verbrachte auch ein paar Monate in Indien, in einem Meditationszentrum. Wir hofften, danach würde sie zu uns zurückkommen; stattdessen mietete sie sich ein Cottage in Irland und malte. Konrad wollte ihr Geld schicken, aber sie nahm es nicht an; irgendwie brachte sie es fertig, sich mit ihrer Kunst über Wasser zu halten.« Sie hielt inne und betrachtete ihn nachdenklich. »Mein Mann hatte nicht wirklich einen Sinn für Yvonnes Art von Malerei – mir haben ihre Bilder aber eigentlich immer sehr gefallen. Möchten Sie mal welche davon sehen?«

»Gerne.«

»Ich bin gleich wieder da.«

Sie ging mit raschen Schritten davon und verschwand durch eine Seitentür. Während er auf sie wartete, betrachtete Jacobsen ein Ausstellungsstück in einer Glasvitrine, das neben einer pelzbesetzten, schwarzen Lederscheide lag. Der Griff bestand aus streifig gemasertem Holz und einem tiefdunklen Material, das er nicht identifizieren konnte. »Konrad von Weyens Fahrtenmesser / Griff handgeschnitzt aus Kirschholz und Wasserbüffelhorn / Klinge Edelstahl Solingen 1980« stand auf dem kleinen Schildchen daneben.

Er hörte, wie sich die Tür öffnete, als Klara von Weyen zurückkam. Sie trat neben ihn und legte eine große Mappe auf die Vitrine. Sie wurde von zwei zu Schleifen gebundenen Bändern zusammengehalten und war ziemlich verstaubt, als wäre sie lange nicht mehr herausgeholt und angesehen worden. Die alte Dame löste die Bänder und klappte die Mappe auf.

Groß- und kleinformatige Papierbögen befanden sich darin, manche mit Aquarelltechnik bemalt, andere mit Buntkreide, Acryl oder Bleistift. Offenbar hatte Yvonne von Weyen, was die Technik anging, keinerlei Präferenzen. Jacobsen blätterte die Bögen durch. Er sah grün wogende Landschaften mit weißen Cottages und dem Meer im Hintergrund, darüber Wolken, denen man den Wind ansah, der sie über den Himmel trieb. Er entdeckte Felsen in kräftigen Rot-, Orange- und Violetttönen, die ihn an bestimmte Gegenden in Amerika erinnerten.

»Da war sie mit ein paar Freunden am Grand Canyon«, erklärte Klara von Weyen, als sie seinen fragenden Blick bemerkte.

Er entdeckte das Acrylgemälde eines orientalischen Schlosses, fremdartig und schön wie ein Gebilde aus Tausendundeiner Nacht, das über den Wassern eines Sees zu schweben schien. Diesmal musste er nicht fragen: den Jal Mahal, der um 1800 bei Jaipur im indischen Rajasthan erbaut worden war, hatte er erst vor ein paar Tagen in einer Fernsehdokumentation gesehen.

Er stellte fest, dass es ihm wie Klara von Weyen ging – ihm gefielen diese Bilder. Die Frau, die sie gemalt hatte, besaß Phantasie und echtes Talent, und manch eines dieser Kunstwerke hätte er sich ohne weiteres zuhause gerahmt an die Wand gehängt.

Während er sich dem Boden der Mappe näherte, wurden die Bilder kindlicher. Bäume, Gärten, Häuser … nicht so ausgereift, aber immer noch detailreich genug, um ihn zu faszinieren. Er fand Wachsmalzeichnungen mit Pfadfinderkohten und skizzierten Gestalten, die wahrscheinlich Yvonnes Eltern darstellen sollten; sie trugen Pfadfinderhüte, und die Figur mit den gelb gemalten blonden Zöpfen, als die Yvonne sich wahrscheinlich selbst sah, befand sich stets in einem kleinen, aber fühlbaren Abstand zu ihnen. Einige der Bilder waren offenbar entstanden, als das kleine Mädchen wütend oder beunruhigt war; der Hintergrund war dunkel und stürmisch, das gemalte Gesicht ängstlich, mit großen Augen und aufgerissenem Mund.

»Die wollte ich immer wegwerfen«, sagte Klara von Weyen leise neben ihm. »Weil sie mich traurig machen, wenn ich sie anschaue. Aber sie gehören ebenso zu Yvonne wie die anderen, also hab ich sie behalten.«

Jacobsen erinnerte sich daran, wieso er hergekommen war, riss sich von den Bildern los und klappte die Mappe wieder zu.

»Irgendwann kam Ihre Tochter aber dann doch nach Hause zurück, oder?«

»Ja«, erwiderte Klara von Weyen. »Das war 1995, da war Walter gerade ganz plötzlich gestorben, an einem heimtückischen Lymphdrüsenkrebs, den man viel zu spät erkannt hatte. Ich glaube, es tat ihr unheimlich leid, dass sie in den vergangenen Jahren nicht heimgekommen war und keine Chance mehr gehabt hatte, sich von ihm zu verabschieden.«

»Wann lernte sie ihren Mann kennen?« Jacobsen unterbrach sie ungern, aber er musste das Gespräch endlich wieder in Richtung Opfer steuern.

»Das war 1998«, erwiderte Klara von Weyen, und der Ausdruck der Melancholie, der während der Erzählung über ihre unruhige Tochter immer stärker geworden war, verschwand. »Yvonne hatte sich in den Kopf gesetzt, Golf spielen zu lernen. Dafür fuhr sie regelmäßig zu einem Golfplatz in der Nähe von Alfdorf. Dort sah sie Peter zum ersten Mal und verliebte sich Hals über Kopf in ihn, was mich absolut nicht wundert. Er hatte Charme und Ausstrahlung, er lachte gern und konnte andere führen und mitreißen. Mein Mann mochte ihn sofort, ich auch. Vielleicht …« Sie lächelte versonnen. »Vielleicht haben wir uns ja *alle* ein bisschen in ihn verliebt.«

»Hatte er Erfahrung in der Pfadfinderarbeit?«

»Eigentlich gar keine.« Sie lachte leise. »Aber das machte überhaupt nichts. Er wollte uns unbedingt kennenlernen, und Yvonne brachte ihn mit nach Hause, obwohl ich glaube, dass sie ihn lieber noch ein Weilchen für sich allein behalten hätte. Aber er kam zu uns in die Villa, und Konrad zeigte ihm das Museum und erklärte ihm seine Arbeit. Ich glaube, am ersten Abend – Weihnachten 1998 war das – hat Peter mehr Zeit mit Konrad verbracht als mit Yvonne.«

»Hat Ihre Tochter sich daran gestört?«

»Damals noch nicht.« Klara von Weyen schüttelte den Kopf. »Sie himmelte ihn an, und in ihren Augen konnte er gar nichts falsch machen. Solange er bei ihr blieb, hatte er absolute Narrenfreiheit, und als er sich immer mehr in der Stammesarbeit engagierte, tat sie es auch – seit mehr als zehn Jahren zum ersten Mal wieder. Konrad war überglücklich darüber. Im Winter 1999 machte Peter Yvonne den Heiratsantrag, auf den inzwischen die ganze Familie sehnsüchtig wartete, nicht bloß sie. Und im Sommer 2000 wurde Hochzeit gefeiert. Kein halbes Jahr später war Lukas unterwegs.«

»Sie sagten, damals hat es ihr noch nichts ausgemacht«, sagte er beiläufig. »Das klingt, als hätte sich das mit der Zeit geändert.«

»Zuerst ging alles gut«, meinte Klara von Weyen. »Lukas kam auf die Welt, und jeder konnte sehen, wie glücklich die beiden miteinander waren. Yvonne hatte, was sie wollte – einen Mann und ein Kind. Und in den ersten Jahren bemühte sich Peter sehr, ganz für Yvonne und Lukas da zu sein. ›Sie hat einiges nachzuholen‹, meinte er immer. Vielleicht hat er recht gehabt – wahrscheinlich, er irrte sich selten. Mit der Zeit übernahm er aber immer mehr Aufgaben bei *Impeesa*. Mein Mann wurde krank und musste sich langsam zurückziehen, und Peter wurde Stück für Stück zu seinem Nachfolger. Er machte das hervorragend – er hatte diesen Draht zu Kindern, den man nicht lernen kann, und die Arbeit machte ihm großen Spaß. Yvonne gefiel das nicht. Sie wurde zunehmend eifersüchtig auf die Zeit, die er ohne sie verbrachte. Immer häufiger bekam sie heftige Migräneanfälle, bei denen sie tagelang im Bett liegen musste, und es gab … unschöne Szenen.«

»Was für unschöne Szenen? Hatten die beiden Streit miteinander?«

»Wie meinen Sie das?« Sie starrte ihn an, plötzlich alarmiert. »Denken Sie allen Ernstes, meine Tochter hat mit Peters Tod irgendetwas zu tun? Stellen Sie mir deswegen all diese Fragen über sie?«

»Nein«, sagte Jacobsen. »Ich will wissen, wen Ihr Schwiegersohn liebte und wen er hasste, und wer seinerseits ihn geliebt und gehasst hat. Wenn ich nicht so viel wie möglich über sein Leben herausfinden kann, werde ich kaum erfahren, wieso er sterben musste. So funktionieren Ermittlungen, Frau von Weyen, auch wenn Ihnen das nicht gefällt. Und Ihre Tochter steht nicht unter Verdacht. Im Moment steht noch niemand unter Verdacht.«

Klara von Weyen atmete tief durch. »Natürlich. Entschuldigen Sie bitte … aber das hier ist eine Katastrophe, und nicht bloß für uns als Familie. Peter fehlt uns auch in der Arbeit des Bundes, und wir hatten ihn alle sehr lieb. Und ich kann ebenso wenig wie Yvonne begreifen, dass jemand ihn genügend verabscheut hat, um ihm so etwas anzutun.«

»Wer macht so was Furchtbares?«, hatte Sven Bender gefragt.

Mit einem Mal tat Jacobsen diese Frau, die so eisern Haltung bewahrte, leid. Er konnte den fassungslosen Kummer und den Schrecken hinter der ruhigen Fassade deutlich sehen, und er hätte sie gern getröstet. Aber das Einzige, was er wirklich für sie tun konnte, war, den Mörder zu finden.

Eine halbe Stunde später ließ er die Jugendstilvilla, Klara von Weyen und das Museum hinter sich und fuhr durch den dichten Feierabendverkehr zurück zu Heikes Haus. Dort durfte er sich zu seinem ersten schwäbischen Zwiebelrostbraten an den Tisch setzen, es gab handgeschabte Spätzle und grünen Salat und sein Neffe tauchte aus seiner Schweigsamkeit auf und erklärte, dass er und Lukas von Weyen auf das gleiche Gymnasium gingen.

»Lukas ist cool«, verkündete er. »Jeder mag ihn – genau wie seinen Vater. Den fand ich übrigens genauso cool.«

»Das war gewissermaßen ein Ritterschlag«, erklärte Heike ihm später, als Kurt zu einem Schachabend mit einem alten Schulfreund verschwunden war und Paul sich in sein Zimmer zurückgezogen hatte. »Aber Lukas ist wirklich klasse – der geborene Anführer, genau wie Peter von Weyen es war. Ohne Lukas wäre jemand wie Sven in seiner Klasse unter die Räder geraten, aber Lukas hat ihn unter seine Fittiche genommen.«

Der Starke schützt den Schwachen, dachte Jacobsen, der sich an die Symbolik des Pfadfindergrußes erinnerte. Offenbar nahm der Junge die Regeln ernst.

»Kennst du die Familie gut?«, fragte er Heike, die an der Spüle stand und einen Soßentopf abschrubbte.

Sie warf ihm einen fast mitleidigen Blick zu. »Die kennt in Backnang *jeder*«, sagte sie. »Die von Weyens haben einen makellosen Ruf. Sie sind nicht arrogant oder schickimicki, ihre Arbeit holt viele Kinder von der Straße und hinter ihren Computern hervor, und nebenbei haben erst Konrad und dann Klara auch noch reichlich für gute Zwecke gespendet. Wenn man ohne Zuhilfenahme der Kirche Heiligenscheine verteilen könnte, sie hätten längst welche.«

»Yvonne auch?«

Heike zuckte die Achseln und legte die Spülbürste beiseite. »Die vielleicht nicht«, meinte sie. »Aber ich versteh schon, dass man bei so viel Perfektion rings um sich her irgendwann die Krallen ausfährt. Trotzdem – die hat ihren Mann geliebt, oder ich hab keine Ahnung mehr von Frauen.«

Jacobsen blieb in der Küche sitzen, bis Heike fertig aufgeräumt hatte und im großen Wohnzimmer den Fernseher einschaltete. Er hatte keine Lust auf amerikanische Krimiserien, die ihn mehr irritierten, als sie ihn unterhielten; stattdessen ging er hinauf in sein Zimmer. Alles war aufgeräumt und ordentlich; Heike hatte sein Bett gemacht und ihm einen kleinen Blumenstrauß auf den Nachttisch gestellt. Seine Unterlagen auf dem Schreibtisch hatte sie allerdings nicht angerührt.

Er trank ein letztes Glas von dem weichen schwäbischen Rotwein, den Kurt zum Abendessen serviert hatte, und dachte nach. Über eine Familie, die von ihrer Umgebung gerühmt wurde und an der sich scheinbar kein Makel finden ließ. Er dachte an Yvonne von Weyen, die von ihren so überaus angesehenen Eltern jahrelang immer wieder bei Freund und Haushälterin geparkt worden war und die später so ruhelos durch die Welt zog, als sei sie auf der Suche nach etwas, das sie zuhause nicht gefunden hatte. Und merkwürdigerweise konnte er die Frau in dem steifen, schwarzen Trauerkostüm vom Vortag nicht mit dem Mädchen zusammenbringen, das durch Amerika gondelte, in Indien meditierte und in Irland Bilder malte.

Er würde mit ihr reden müssen. Sehr bald.

De Mortuis

An einem sonnigen, kühlen Morgen zwei Tage später saß Malte Jacobsen in seinem neuen Büro und nippte an dem ausgezeichneten Espresso, den er Stefan Finkbeiner zu verdanken hatte.

Im Stillen segnete er nicht nur die wundertätige Kaffeemaschine des Kollegen, sondern auch die akribische Vorarbeit, die der bereits geleistet hatte. Jacobsen stellte fest, dass er Finkbeiner gut leiden konnte; der warf ihn bei seinem ersten Fall in Schwaben nicht etwa ins kalte Wasser, sondern hielt zahlreiche Rettungsringe für ihn bereit, damit er nicht zwischendurch unterging.

Er musterte auf seinem Computerbildschirm die Titelseite des Ordners mit der Liste von Zeugen, die Finkbeiner bereits befragt hatte. Hinter jedem stand eine Seitenzahl, damit sich das Gesprächsprotokoll leichter finden ließ. Sven Bender … Eugen Häberle (Platzverwalter) … Susanne Steffens (Mitglied von PvWs Mädchensippe) … Julian Maurer (Mitarbeiter) … Lukas von Weyen.

Lukas. Mit dem Jungen würde er sich genauso noch zusammensetzen müssen wie mit seiner Mutter. Es war schlimm genug, seinen Vater in so jungem Alter zu verlieren; dass es ein heimtückischer Mord gewesen war, machte die Sache vollends unerträglich. Außerdem hatten die beiden offenbar ein sehr gutes Verhältnis gehabt. Selbst in dem kurzen Gespräch, das er damals mit Lukas vor dem Ferienhaus geführt hatte, war das mehr als spürbar gewesen. Irgendwie traf es immer die Falschen.

Jacobsens eigener Vater war gestorben, als er sich gerade entschieden hatte, in den Polizeidienst zu gehen. Es hatte deswegen einen erbitterten Streit gegeben, an den sich Jacobsen auch jetzt noch, mehr als zwanzig Jahre später, von Zeit zu Zeit mit einem gewissen Schuldgefühl erinnerte. Sein Vater hatte sich für den Sohn eine akademische Karriere gewünscht, während Jacobsen die bloße Vorstellung von einem Job zwischen Bücherregalen und Hörsälen zum Davonlaufen fand. Also hatte er sich die von Sarkasmus und Enttäuschung triefende Rede seines Vaters angehört und danach ohne ein weiteres Wort das Haus verlassen. Kontakt mit der Familie hatte er erst drei Wochen später wieder gehabt, als Heike ihn in seiner neuen Bleibe anrief und ihm schluchzend mitteilte, dass ihr Vater soeben einen tödlichen Herzinfarkt erlitten hatte.

Jacobsen zog eine Grimasse und schüttelte die Erinnerung an die tränenerstickte Stimme seiner Schwester ab. Er wandte sich wieder der Liste zu, und sein Blick blieb an der Anmerkung »Mitglied von PvWs Mädchensippe« hängen. Es kam ihm ein wenig merkwürdig vor, dass hier ein Mann für eine Gruppe Mädchen zuständig war; normalerweise achtete man darauf, dass die Sippenführer das gleiche Geschlecht hatten wie ihre Sipplinge.

Er überflog das Protokoll des Gesprächs mit Susanne Steffens. Die war gerade sechzehn geworden, knapp ein Jahr älter als Lukas, und von ihr stammte die Information, dass die ursprüngliche Sippenführerin durch ihre Ausbildung plötzlich keine Zeit mehr gehabt hätte, sich um ihre Gruppe zu kümmern. Weil sich so rasch kein Ersatz finden ließ, war Peter von Weyen eingesprungen. Er hatte auf dem Lager allerdings nicht in der Kohte bei den Mädchen geschlafen, sondern die Nächte im Küchenzelt verbracht, was den Vorteil hatte, dass er gleichzeitig Kochgeräte und Lebensmittel im Auge behalten konnte.

Ein paar Dinge fielen ihm an den Aussagen von Susanne Steffens auf. Finkbeiner hatte extra notiert, dass sie schockiert gewesen war und fast die ganze Zeit geweint hatte – so heftig, dass er mehrfach überlegte, das Gespräch abzubrechen. Außerdem hatte sie ausgesprochen verängstigt gewirkt. Und als die Rede auf die Tatsache gekommen war, dass ein männlicher Sippenführer in diesem Fall doch ein wenig ungewöhnlich gewesen war, hatte sie einen Namen erwähnt: Iris Schäuble. Jacobsen erinnerte sich an das, was ihm Klara von Weyen erzählt hatte – dass eines ihrer Stammeskinder im Backnanger Mühlkanal ertrunken war. Das war Iris Schäuble gewesen. Und Susanne Steffens hatte zu Finkbeiner gesagt: »Die Iris hätte unheimlich gern die Sippenführung übernommen, aber Malenga hat sie nicht gelassen. Es hat einen Riesenkrach gegeben, als er ihr das gesagt hat, und danach ist sie in den Sippenstunden nicht mehr aufgetaucht, und vom Lager hat sie sich auch abgemeldet.«

Die Tür öffnete sich, und Melanie Brendel kam herein. Diesmal war ihr Haar zu einem festen Zopf geflochten, und unter der Wildlederjacke, die er schon kannte, trug sie zu seiner Überraschung eine Bluse aus Baumwollspitze und einen fast knöchellangen, geblümten Rock.

»Was wird das denn?«, fragte Jacobsen amüsiert. »Gehen Sie nachher zum Tanz auf der Tenne?«

Melanie Brendel schnaubte. »Nein, Kollege, es ist Sommer. Für Röcke ist das genau die richtige Jahreszeit. Was Sie wüssten, wenn Sie nicht dauernd im Büro hocken würden.«

Sie setzte sich ihm gegenüber an ihren Schreibtisch, der fast so gut organisiert und makellos aufgeräumt war wie der von Finkbeiner.

Dann warf sie einen Blick auf den Ordner, den er in der Hand hielt. »Haben Sie was entdeckt, das uns weiterhilft?«

»Keine Ahnung«, erwiderte Jacobsen, »aber ich find's interessant. Eine gewisse Susanne Steffens war eine von Peter von Weyens Sipplingen. Normalerweise werden Mädchensippen grundsätzlich von Mädchen oder jungen Frauen geführt. Aber Susanne hat Finkbeiner erzählt, er hätte den Job lieber selbst übernommen, obwohl es eine Anwärterin auf den Posten gab – Iris Schäuble, und die ist laut Aussage von Klara von Weyen offenbar in derselben Nacht, als unser Opfer ermordet wurde, im Mühlkanal ertrunken.«

Melanie Brendel warf ihm einen ironischen Blick zu. »Sie glauben doch nicht, dass sie sich aus lauter Enttäuschung ins Wasser gestürzt hat, oder?«

»Wohl kaum.« Jacobsen grinste schwach. »Nach allem, was ich bisher darüber weiß, war das ein Unfall. Aber es gab wohl gewaltigen Stunk zwischen ihr und von Weyen, und dann kam sie nicht mehr zu den Pfadfindern, und sie nahm auch nicht am Lager teil, obwohl sie schon angemeldet gewesen war. Ich glaube nicht, dass der Mann die Entscheidung, ihr die Sippenführung nicht zu überlassen, willkürlich getroffen hat – alles, was wir über ihn wissen, spricht dagegen. Die Sache ist die: dass Jugendliche bei den Pfadfindern Sippen führen, deren Mitglieder nicht älter sind als sie selbst, ist vollkommen normal. Führung lernt man, indem man führt. Und während die Kids es ausprobieren, können erfahrenere Mitarbeiter sie dabei beobachten und feststellen, was sie taugen und wo genau ihre Fähigkeiten liegen. Iris hat vermutlich nicht als Führerin getaugt, und sie muss Probleme gemacht haben. Wie ich Peter von Weyen einschätze, haben auch alle anderen Sippenführer und die Bundesleitung von seinem Entschluss erfahren, und jeder durfte seinen Senf dazugeben. Sorgt für ein gutes Klima.«

»Dann sollten Sie mit Julian Maurer reden«, antwortete Melanie Brendel. »Der war auf dem Lager für eine Gruppe Jungen verantwortlich, und in dem Gespräch mit Finkbeiner hat er Iris Schäuble nicht einmal erwähnt. Klara von Weyen weiß vielleicht auch etwas darüber; sie war Peters Schwiegermutter und sie ist die stille Matriarchin des Bundes; ich bin sicher, sie war an dieser Entscheidung auch beteiligt.«

Jacobsen betrachtete sie nachdenklich. Melanie Brendel hatte eine schnelle Auffassungsgabe und machte ihre Hausaufgaben; das war ihm in den letzten Tagen bereits aufgefallen. Dass sie von der Pfadfinderei keine Ahnung hatte, war offenbar kein Hindernis. Sie fühlte sich sehr rasch in diese doch ein wenig fremde Welt ein und hatte keinerlei Mühe mitzukommen. Mit ihr zu arbeiten machte ihm Spaß.

»Wir fahren am besten mal zu Julians Eltern«, entschied er. »Er ist zwanzig und wohnt noch bei ihnen zuhause, in irgendeinem der kleinen Käffer rings um Backnang, die ich nicht auseinanderhalten kann. Und danach würde ich sehr gerne Susanne Steffens besuchen. Können wir?«

»Klar.« Melanie Brendel lächelte. »Und mit mir auf dem Beifahrersitz brauchen Sie noch nicht einmal ein Navi.«

* * *

Der Weiler, in dem Julian Maurers Eltern wohnten, hieß zu Jacobsens Belustigung Ungeheuerhof, sah aber ausgesprochen harmlos aus; eine Art gewachsenes Straßendorf, etwa auf der Hälfte davon ein Bauernhof mit einer großen Scheune aus dunklem Holz, einige Wohnhäuser mit Gärten und noch ein paar weitere Höfe, wo man Gemüse, Obst und Holzofenbrot kaufen konnte. Das Haus der Maurers schob sich ein kleines Stück weit in die Straße und war aus roten Ziegeln erbaut. Rechts vom Eingang blühten Hortensien, und daneben parkte, säuberlich mit einer Schutzplane bedeckt, ein Motorrad. Jacobsen überlegte, ob es wohl Julian gehörte. Wenn der zur Schule oder zu den Pfadfindern wollte, war es sicherlich lästig, auf den Bus angewiesen zu sein.

Auf das Klingeln öffnete ihm und Melanie Brendel eine Frau Mitte vierzig, die haselnussbraunen Locken kinnlang, die Jeans und die lange, bunte Tunika von einer karierten Schürze geschützt. Es duftete betörend nach Vanille und frischem, warmem Gebäck.

»Grüß Gott!« Sie betrachtete die fremden Besucher fragend. »Kann I Ihne helfa?«

Jacobsen stellte sich vor und sah den Ausdruck des Schreckens, den vermutlich alle Menschen auf dem Gesicht trugen, die unerwartet die Polizei auf ihrer Türschwelle vorfanden. Neben ihm schnupperte Melanie Brendel plötzlich hörbar.

»Das riecht aber lecker, Frau Maurer!«, sagte sie freundlich. »Was isch des denn Feines?«

Ihr normalerweise sehr moderater schwäbischer Unterton hatte sich deutlich verstärkt. Julians Mutter ordnete sie prompt als Verbündete mit dem richtigen Stallgeruch ein und lächelte.

»I han Träubleskuacha gmacht … aber wäge dem send Sie doch sicher net komma.« Sie musterte Jacobsen mit kaum vermindertem Misstrauen. »Wellet Sie ebbes von meim Mann? Der isch kurz rüber zum Hof, frische Milch hola.«

»Nein, zu Ihrem Mann möchten wir nicht«, erklärte Jacobsen. »Wir würden gern mit Ihrem Sohn Julian reden, weil er auf dem Lager dabei war, als Peter von Weyen dort ums Leben kam. Er hat zwar meinem Kollegen schon Rede und Antwort gestanden, aber vielleicht kann er uns noch ein wenig mehr unterstützen.«

Frau Maurer entschied, dass er keine unmittelbare Bedrohung darstellte, und führte ihn ins Haus, die Treppe hinauf und in ein Zimmer mit Dachschräge. Julian Maurer saß an einem Tisch, über ein Holzbrett gebeugt, auf dem sich lauter

Pfadfinderknoten befanden. Er blickte auf, schaute höchstens etwas verwirrt drein, als seine Mutter ihm mitteilte, wer da gekommen war, und wartete, bis sie hinausgegangen war, bevor er etwas sagte.

»Ich hab doch schon mit einem anderen Polizisten geredet«, meinte er. »Auf dem Lager.«

Im Gegensatz zu seiner Mutter sprach er fast vollkommen dialektfrei; Jacobsen erinnerte sich, in seinen Personalien gelesen zu haben, dass sein Vater aus Rostock stammte.

»Ist mir klar. Wir haben auch nur noch ein paar Fragen«, versetzte Jacobsen, dann streckte er die Hand nach den Seilstücken aus, die neben dem Holzbrett lagen. »Geben Sie mir mal zwei davon?«

Julian tat wie ihm geheißen, und Jacobsen überlegte kurz. *Von links nach rechts, oben drüber und unten durch*, dachte er, *und dann noch einmal einer extra oben drauf*. Es klang wie das leise Echo der Stimme seines Stammesführers von vor dreißig Jahren, und seine Finger bewegten sich wie von selbst. Dann reichte er Julian den perfekt geschlungenen Kreuzknoten zurück.

»Hatten Ihre Sipplinge den schon?«, fragte er.

»Ja, klar.« Julian betrachtete ihn verblüfft. »Das ist einer der ersten, die wir ihnen beibringen. Sind Sie Pfadfinder oder was?«

»Das war ich mal«, erwiderte Jacobsen. »Ist aber schon lange her.«

»Wenn man einmal Pfadfinder ist, dann bleibt man das sein ganzes Leben«, meinte Julian.

Jacobsen zückte das Diktiergerät und fragte sich, ob Malenga diesen Spruch wohl allen Mitgliedern seines Bundes eingeimpft hatte wie ein spezielles Mantra.

»Mag sein«, sagte er, »aber Iris Schäuble hat das wohl ein bisschen anders gesehen, oder? Ich habe gehört, sie wollte unbedingt Sippenführerin werden, und Peter von Weyen – Ihr Malenga – war absolut dagegen.«

»Klar war er das.« Julian antwortete prompt, mit einem spürbaren Unterton der Verachtung. »Iris hat sich zur Sippenführerin ungefähr so geeignet wie ein Fuchs zum Wachhund für den Hühnerstall. Und zur Pfadfinderin genauso.«

»Warum denn?« Es war das erste Mal, dass Melanie Brendel sich zu Wort meldete; bis jetzt hatte sie Jacobsen komplett das Feld überlassen. »Kam sie nicht gut mit den anderen Mädchen zurecht?«

»Sie kam nur mit den Mädchen zurecht, mit denen sie zurecht kommen wollte«, erwiderte Julian. »Nur mit denen, die bereit waren, nach ihrer Pfeife zu tanzen. Die anderen hat sie fertig gemacht.« Er straffte den Rücken und holte tief Luft, als hätte er einen schwerwiegenden Entschluss gefasst.

Jacobsen fühlte, wie sein innerer Spürhund witternd die Nase hob. Jetzt wurde es höchstwahrscheinlich wirklich spannend.

»Iris ist ertrunken, und es war ein schlimmer Unfall«, fuhr Julian fort. »Aber das macht das, was sie vor ihrem Tod getan hat, auch nicht viel besser. Ich weiß, über Tote soll man nicht schlecht reden. Aber im Moment sind Facebook und Twitter und Instagram voll mit Bildern und Kerzen und mit Beileidsprüchen, als hätten sie alle weiß Gott wie sehr gemocht. Dabei sind die meisten von denen, die sie besser gekannt haben, ganz bestimmt heilfroh, dass sie weg ist. Das ist alles so verlogen, davon wird mir kotzübel.« Er warf Jacobsen einen Blick zu, in dem gerechter Zorn loderte. »Wissen Sie was?«, sagte er. »Iris Schäuble war ein richtiges Miststück.«

Anti-social Network

Jacobsen und Melanie Brendel warfen sich aus den Augenwinkeln einen verblüfften Blick zu.

»›Miststück‹ ist ein hartes Wort«, meinte Melanie bedachtsam. »Ich weiß zwar, dass manche Mädels das mehr oder weniger scherzhaft untereinander verwenden, aber Sie kommen mir nicht so vor, als würden Sie es leichtfertig tun.«

»Mach ich auch nicht.« Julian Maurer verdrehte die Augen gen Himmel. »Iris hatte in ihrer Klasse einen richtigen Hofstaat. Und sie war die Königin. Wer dazugehören wollte, musste verschiedene Mutproben bestehen. In der Schule eine Klokabine putzen zum Beispiel, mit dem eigenen Lieblings-T-Shirt als Wischlappen. Oder vor dem Fenster vom Direktor drei Alcopops auf Ex trinken. Oder mit einem Jutesack über dem Kopf an der Balustrade vom Schuldach entlangbalancieren, ohne runterzufallen. Nach zwei Flaschen Bier und zwei Shots Wodka.«

»Wie alt war Iris – sechzehn?« Melanie Brendel klang leicht erschüttert.

Jacobsen konnte das nachvollziehen, obwohl er sich nach zehn Jahren bei der Kripo in Hamburg weit weniger wunderte als sie.

»Sie müssten die Zahlen doch kennen.« Julians nüchterne Stimme war ein Echo seiner Gedanken. »Im letzten Jahr hat die Zahl der Komasäufer zwar deutlich abgenommen, aber zu viel getrunken wird immer noch. Jeder fünfte 12- bis 17-Jährige und sogar jeder zweite 18- bis 25-Jährige schießt sich mindestens einmal im Monat komplett ab. Ich hab in einer Sippenstunde für unsere Jungpfadfinder einen Vortrag darüber gehalten, deswegen weiß ich so genau Bescheid. Auch, weil ich ein paar Jahre lang mit angesehen hab, was die Leute in meinem Alter und von meiner Schule am Wochenende angestellt haben, um auf irgendeinem Spielplatz oder an irgendeinem Badesee die Zeit totzuschlagen. Am Ende des Abends waren die allesamt hackedicht.«

»Das heißt, Iris Schäuble hat den Ton angegeben«, meinte Jacobsen, um sein Gegenüber wieder auf das Thema zurückzubringen, das ihn noch mehr interessierte als die zweifelsohne bedrückende Statistik.

»So kann man's auch sagen.« Julian Maurer zog eine Grimasse. »Außerdem hat sie natürlich auf den Schwächeren herumgehackt. Auf Susanne Steffens zum Beispiel. Die ist halt schüchtern und ängstlich, aber dafür richtig gut in Englisch.

Iris war echt miserabel. Das hat sie total gefuchst. Also hat sie Susanne aufs Korn genommen, andauernd. Erst in der Klasse, dann im Internet.«

»Wo hat sie sie gemobbt?«, fragte Melanie Brendel. »Auf Facebook? Auf Twitter? Instagram?«

»Auf Facebook«, erwiderte Julian. »Sie hat fiese kleine Fortsetzungsgeschichten geschrieben, in denen Susanne vorkam … nicht unter ihrem richtigen Namen natürlich. Sie hat sie die ›kleine graue Ratte‹ genannt. Und diese Geschichten haben sich herumgesprochen. Susanne hat sie aber wahrscheinlich nie gelesen. Die hat nämlich nirgendwo einen Account. Sie darf daheim nicht mal an den Computer, glaube ich. Ihre Eltern sind saustreng und leben ein bisschen hinter dem Mond.«

»Vielleicht hat sie ja heimlich ein Smartphone und eine Internet-Flatrate«, gab Melanie Brendel zu bedenken. »Damit lässt sich so ein Verbot heutzutage leicht unterlaufen.«

Julian warf ihr einen Blick zu, in dem sich Verblüffung und Anerkennung die Waage hielten.

»Klar«, sagte er, »aber Fehlanzeige. Susanne hat zwar ein Handy, aber nur ein ganz einfaches. Ich glaube, das hat sie bloß gekriegt, damit ihre Mutter immer rausfinden kann, wo sie steckt. Die hat dauernd Kontrollanrufe gemacht, sogar während der Sippenstunden. Irgendwann hat Malenga Susanne verboten, ihr Handy bei den Pfadfindern einzuschalten. Und als er die Sache mit Iris' Geschichten über die ›kleine graue Ratte‹ herausbekam, da gab es richtig Ärger.«

»Kann ich mir vorstellen.« Jacobsen überlegte. »Und damit konnte Iris das mit der Sippenführung natürlich vergessen.«

»Aber so was von.«

Julian verstummte. Es war deutlich zu sehen, dass er noch etwas auf dem Herzen hatte, dass es ihm aber alles andere als leicht fiel, damit herauszurücken. Jacobsen schaute ihn an und hielt seinen Blick fest, bevor er abirren konnte.

»Was noch?«, fragte Jacobsen leise. »Wenn es wichtig ist, dann sollten Sie es mir besser sagen.«

»Zwei Wochen vor dem Lager«, sagte Julian langsam, »da kam Malenga zu mir. Er wollte von mir wissen, ob ich einen Facebook-Account knacken kann.«

»Tatsächlich?« Jacobsens Augenbrauen zuckten nach oben. »Den von Iris?«

»Den von Iris.« Julian zögerte wieder. »Sie hat das mit den Geschichten nämlich ziemlich schlau angefangen, wissen Sie. Nur ein sehr begrenzter Kreis von Leuten konnte dieses Zeugs sehen. Und die haben nicht gesagt, wo sie es herhatten, aber sie haben es munter durch Mundpropaganda weiterverbreitet. So konnte Iris keiner wirklich was nachweisen.«

»Aber Malenga muss ihr draufgekommen sein«, meinte Melanie Brendel. »Sonst wäre er doch sicher nicht bei Ihnen aufgetaucht und hätte Sie um Hilfe gebeten.«

»Jemand hat es ihm wahrscheinlich gesteckt«, antwortete Jacobsen. »Irgendeiner ist immer dabei, der bei so was nicht dichthält.«

»Wahrscheinlich«, sagte Julian, »aber ich weiß es nicht. Ich weiß nur, dass er zu mir kam und dass er vorsichtig nachgefragt hat, ob so was geht. Ich … ich hab ihm gesagt, dass es einfacher ist, wenn man den Usernamen und das Passwort hat. Iris' Username ist ›Anastasia‹. Sie ist ein Riesenfan von diesen Büchern.«

»Welche Bücher?«, fragte Melanie Brendel. »Warten Sie mal – meinen Sie ›Fifty Shades of Grey?‹«

»Genau.« Der zweite anerkennende Blick in ihre Richtung. »Die über die kleine, doofe Studentin und den Multimillionär mit dem SM-Tick. Iris war total scharf drauf.«

Jacobsen, der sich lebhaft an zwei oder drei Kolleginnen in Hamburg erinnern konnte, die sich über die Bücher kichernd die Köpfe heißgeredet hatten, verkniff sich jeden Kommentar zu Iris' Lesegewohnheiten.

»Wie lange haben Sie gebraucht, bis Sie das Passwort hatten?«, wollte er stattdessen wissen.

»Nicht lange«, sagte Julian. »Ich hab ein paar Kombinationen versucht, und irgendwann hat es plötzlich funktioniert. ›irisloveschristian‹, eigentlich ganz simpel. So schlau, wie sie dachte, war sie nämlich doch nicht.« Er schaute plötzlich etwas nervös drein. »Das war nicht so richtig legal, oder?«

»Knapp dran vorbei«, versetzte Jacobsen, »aber da es den Ermittlungen dient, denke ich, wir können Ihr kleines Manöver unter den Tisch fallen lassen. Was mich interessieren würde: Ich bin Malenga ja nur einmal persönlich begegnet, aber er ist mir ehrlich gesagt nicht so vorgekommen wie jemand, der sich einfach so in den Account eines seiner Sipplinge hackt.«

»Ich hab mich auch gewundert«, sagte Julian prompt, »aber nicht bloß darüber.«

»Worüber denn noch?«

»Er war normalerweise immer ruhig und gelassen«, erklärte Julian. »Jemand, der mit Krisen ziemlich mühelos fertig wird. Aber an dem Tag kam er mir vor, als stünde er total neben sich. Er war aufgeregt und durcheinander, obwohl er sich alle Mühe gegeben hat, dass ich das nicht mitkriege. Und als er ging, hat er sich vor der Tür eine Zigarette angezündet.«

»Hat er normalerweise nicht geraucht?«

»Er hatte damit aufgehört.« Julian lächelte schwach. »Schon vor drei Monaten. Alle im Stamm haben die Wochen gezählt, und für jede, in der er durchhielt, wollte ihm jemand einen Kuchen backen. Malenga hat vorgeschlagen, eine Liste zu machen und die Kuchen auf das Lager mitzubringen, damit er nicht alleine mit dem ganzen süßen Zeug fertig werden muss. Deswegen gab es am ersten Tag ein riesiges Kuchenbuffet.«

Er riss einen Zettel von einem Notizblock, schrieb etwas darauf und reichte ihn nach kurzem Zögern Melanie Brendel.

»Das Passwort«, sagte er. »Sie können die Einträge lesen, heute Morgen war der Account noch da. Wahrscheinlich wollten Iris' Eltern ihn nicht löschen, wegen der vielen Beileidskommentare.« Seine Lippen wurden schmal. »Die Geschichten von der kleinen grauen Ratte kennen sie bestimmt nicht.«

»Als Sie herausgefunden hatten, wie man in den Account kommt«, fragte Jacobsen, »haben *Sie* diese Geschichten gelesen?«

»Nur eine oder zwei«, antwortete Julian rasch. »Danach hab ich's gelassen. Ich fand das Ganze ziemlich widerlich.«

»Das ist es auch. Ich danke Ihnen erst einmal für Ihre Mithilfe. Sollte mir noch etwas einfallen, melde ich mich bei Ihnen.«

»Geht klar«, sagte Julian.

Jacobsen stemmte sich aus dem Korbsessel hoch. Er und Melanie Brendel verabschiedeten sich und verließen das Haus. Als sie draußen in den Wagen stiegen, konnten sie Julians Mutter wie einen aufmerksamen Wachtposten am Fenster stehen sehen.

Melanie Brendel zog ihr Handy aus der Tasche und tippte rasend schnell auf das Display.

»Ich hab mich bei ›Anastasia‹ eingeloggt«, sagte sie. »Das Passwort stimmt. Ich mach jetzt schnell Screenshots von so vielen Einträgen wie möglich – nur um sicherzugehen. Glauben Sie, Julian hat die Wahrheit gesagt, als Sie ihn nach den Geschichten gefragt haben?«

»Nie im Leben.« Jacobsen schüttelte den Kopf. »Er hat sie mit Sicherheit *alle* gelesen. Und ich glaube, das sollten wir jetzt dringend auch tun.«

* * *

»›… die kleine graue Ratte grinste triumphierend mit ihren gelben Zähnen und freute sich diebisch, dass sie die fremde Sprache besser konnte als die Prinzessin. Doch die Prinzessin tröstete sich mit dem Gedanken, dass es darauf nicht ankam: Das kleine Biest mochte gelernt haben, was ihr selbst noch nicht gelang, aber es hauste noch immer im Müll, und eine Ratte blieb es trotzdem.‹«

Melanie Brendel saß am Schreibtisch gegenüber von Jacobsen in ihrem gemeinsamen Büro, vor sich einen Stapel

Ausdrucke. Sie heftete das Blatt ab, von dem sie abgelesen hatte, und schüttelte den Kopf.

»Die Geschichten gehen fast ein Dreivierteljahr zurück; diese hier hat sie vor den letzten Weihnachtsferien gepostet, und es gab fast jede Woche eine neue, immer noch ein bisschen gemeiner als die letzte. Julian Maurer hat Recht – es ist widerlich.« Sie seufzte. »Dabei konnte die Kleine für eine Sechzehnjährige sogar richtig gut schreiben – besser jedenfalls als die Tante, deren Bücher sie so toll fand, aber dazu gehört weiß Gott nicht viel. Und dann nutzt sie ihre Begabung vor allem dazu, auf Kosten von jemand anderem eine Show abzuziehen.«

»Was ich noch nicht ganz begreife, ist, wieso Peter von Weyen wegen dieser Sache so nervös war«, meinte Jacobsen. »Es reichte doch aus, sich die kleine Schnepfe vorzuknöpfen, ihr eine Standpauke über die Grausamkeit von Internet-Mobbing zu halten und ihr damit zu drohen, ihre Eltern zu informieren. Das ist zwar ärgerlich, aber noch kein Grund, sich derart den Kopf zu zerbrechen.«

»Ich hab noch nicht alle Geschichten durch«, sagte Melanie Brendel. »Wahrscheinlich fehlt uns deswegen einfach noch das ganze Bild.«

Jacobsen ging hinüber in den Aufenthaltsraum. Finkbeiners nobler Kaffeeautomat stand allen Kollegen zur freien Verfügung, und er machte für sich selbst einen Espresso und für Melanie Brendel einen Cappuccino. Inzwischen wusste er, dass sie den am liebsten trank. Außerdem hatte sie ein Faible für Wildlederjacken, flocht ihr Haar am liebsten zu einem Zopf, damit es ihr nicht im Weg war, und trug ein Parfum, das Zedernöl und Vanillearoma enthielt. Er roch es jedes Mal, wenn sie neben ihm stand und fand es sehr angenehm.

Als er zurückkam, hielt sie ein anderes Blatt in der Hand und starrte stirnrunzelnd darauf hinunter. Jacobsen stellte ihr die Tasse hin, und sie nickte so dankbar wie abwesend.

»Das hier«, sagte sie, »ist ziemlich merkwürdig. Hören Sie mal: ›Die Prinzessin wusste, dass die Ratte sich schon vor

Jahren Zugang verschafft hatte zum Hofstaat des edlen Fürsten Pietro, der seine Untertanen gern mit seinem Gesang erfreute. Dass der Fürst die Ratte aufnahm, gefiel ihr nicht, aber sie vermutete, dass es dem Fürsten aus Mitgefühl widerstrebte, den Eindringling abzuweisen. Eines Tages kam der Prinzessin zu Ohren, dass die Ratte inzwischen nicht nur in den Wäldern und Gärten des Fürsten spazieren ging. Er hatte begonnen, sie in seiner Westentasche bei sich zu tragen. Zuweilen saß sie sogar auf seiner Schulter, und der Fürst streichelte sie und flüsterte ihr Geheimnisse ins Ohr. Die Prinzessin ergriff ein großer Schrecken, aber sie stellte fest, dass aus Furcht vor dem Fürsten niemand wagte, offen darüber zu sprechen. Und so schwieg auch sie.‹« Sie blickte auf. »Ist der ›Fürst‹ der, für den ich ihn halte?«

Jacobsen ließ sich auf seinen Stuhl fallen. Sein innerer Spürhund zerrte aufgeregt an seiner Leine, und zum ersten Mal glaubte er, dass er endlich nicht mehr auf der Stelle trat.

»Ziemlich sicher sogar.« Er atmete tief durch. »›Pietro‹ für jemanden namens Peter, der andere ›mit seinem Gesang erfreut‹. Sie redet über Peter von Weyen. Und wenn Julian Maurer recht hat und mit der kleinen grauen Ratte Susanne Steffens gemeint war, dann ist Iris Schäuble möglicherweise davon ausgegangen, dass er ein Verhältnis mit Susanne unterhielt. Der Mann war fast dreißig Jahre älter als die Kleine, er war verheiratet, und was am schlimmsten war – er hat einen Pfadfinderbund geleitet, bei dem Susanne schon seit fast drei Jahren Mitglied ist. Vielleicht haben wir es mit Strafgesetzbuch Paragraph 174 zu tun – Missbrauch von Schutzbefohlenen.«

»Und wenn das hier Anfang Mai im Internet aufgetaucht ist und er davon Wind bekam, dann ist es kein Wunder, dass er nervös wurde«, sagte Melanie Brendel. »Zwei Wochen vor dem Lager, das kommt ziemlich genau hin. Also ist er zu Julian gegangen, um sich Zugang zu Iris' Account zu verschaffen und festzustellen, wie groß der Schaden war.«

»Ziemlich unmittelbar danach hat er ihr mitgeteilt, dass sie sich zur Sippenführerin nicht eignet, und sie hat wutentbrannt den Stamm verlassen. Und nicht ganz drei Wochen später war er tot.«

Melanie nahm einen Schluck von ihrem Cappuccino.

»Stimmt«, sagte sie. »Aber Iris ist fast zur selben Zeit wie er gestorben und sie waren fünf Kilometer voneinander entfernt, also kann er mit ihrem Tod kaum etwas zu tun haben. Und sie mit seinem auch nicht. Sie hat nicht mehr an dem Lager teilgenommen, laut ihren Eltern hat sie sich am Abend vor seiner Ermordung mit ein paar ausgesuchten Freundinnen getroffen und ist auf dem Heimweg in den Mühlkanal gefallen, wo sie ertrunken ist.«

»Trotzdem werde ich den Verdacht nicht los, dass die beiden Fälle irgendwie zusammenhängen ... auch wenn ich noch nicht weiß, wie.«

Jacobsen stürzte seinen Espresso hinunter und trommelte mit den Fingern auf den Schreibtisch. Durch die verschlüsselten Andeutungen eines niederträchtigen Mädchens, das das Internet wie eine Waffe benutzt hatte, nahm der Fall eine ganz neue Wendung. Peter von Weyen war möglicherweise nicht die Lichtgestalt, für die ihn alle hielten.

»Ich möchte noch einmal mit Yvonne von Weyen reden«, sagte er langsam. »Vielleicht kann sie uns etwas über das Verhältnis ihres Mannes zu Susanne Steffens sagen. Wo war *sie* doch gleich an dem Abend, als er starb?«

»Auf einer Feier in der Villa der Familie«, erwiderte Melanie Brendel. »Mit fünfzig Gästen. Ein solideres Alibi gibt es kaum. Und wie gesagt, unsere Vorgesetzten erwarten ...«

»... ein bisschen Feingefühl, ich erinnere mich.« Jacobsen seufzte. »Keine Sorge, ich hab's verstanden.«

* * *

Yvonne von Weyen hatte ihr Schlafzimmer immer geliebt. Sie hatte es nach ihrer Heirat vor fünfzehn Jahren komplett neu gestaltet und danach an der Einrichtung kaum noch etwas geändert – weiße Möbel, ein Parkettboden aus Eichenholz und viele Grünpflanzen auf gedrechselten Podesten. Auf einem Büfett an der linken Seitenwand, gegenüber von der bodentiefen Fensterfront, stand ein beleuchteter Rosenquarzbrunnen, dessen leises, unablässiges Sprudeln sie sehr beruhigend fand. »Dein persönlicher Indoor-Garten«, hatte Peter immer gesagt … mit einem Lächeln und einem Augenzwinkern. Ihr zuliebe hatte er es auch ertragen, dass sie nachts zwar die Beleuchtung des Brunnens abschaltete, nicht aber die Pumpe. Er hatte sich höchstens scherzhaft darüber beschwert, dass ihn das ständig laufende Wasser regelmäßig aus dem Bett und auf die Toilette trieb.

Als der Stecker des Brunnens eines Abends im April plötzlich herausgezogen war und das Wasser schwieg, hatte sie ihren Protest hinuntergeschluckt. Da hatten sie kaum noch miteinander geredet; es gab schon lange kein Lächeln mehr zwischen ihnen, und Scherze auch nicht. Bis zu ihrem letzten, großen Streit vor dem Lager hatten sie sich immerhin alle Mühe gegeben, die Fassade zu wahren … für ihre Mutter, deren besorgte Blicke und behutsame Nachfragen Yvonne ungeduldig und wütend machten. Und für ihren Sohn, vor dem Yvonne sich verzweifelt schämte, weil sie ihre Ehe einfach nicht mehr in den Griff bekam. Weil Peter sich scheinbar von ihr abgewandt hatte und den Weg zurück zu ihr nicht mehr fand. Nach dem großen Streit waren sie einander so konsequent wie möglich aus dem Weg gegangen.

Jetzt würde er nie wieder neben ihr schlafen. Und sie schlief fast überhaupt nicht.

In den ersten Nächten nach dem Mord hatten die Tabletten geholfen, die ihr Dr. Trauenhofer verschrieb. Er kannte die Familie schon, seit er vor dreißig Jahren in Backnang die Praxis seines Vaters übernommen hatte, und wenn Not am Mann war, kam er auch zu ihnen nach Hause.

Dummerweise war, seit Peter tot war, eigentlich ständig Not am Mann.

Yvonne hatte das verstörende Gefühl, durch eine dicke Nebelwand zu navigieren – ohne Orientierung, ohne Karte und Kompass. Manchmal lichtete sich dieser Nebel und sie sah ihre Umgebung für einen kurzen, schmerzhaften Moment klar und deutlich. Beim Besuch des Bestatters zum Beispiel, der die Beerdigung schon planen wollte, obwohl Peters Leiche noch nicht freigegeben war. Bei der Befragung durch die beiden Kriminalbeamten. Als der Mann mit dem kantigen, illusionslosen Gesicht sie gefragt hatte, ob ihr eventuelle Feinde aufgefallen wären, die Peter genügend gehasst haben könnten, um ihn umzubringen, da war sie aus dem Zimmer geflüchtet, außer sich vor Panik und Trauer. Sie hatte sich in ihrem Schlafzimmer eingeschlossen, den Brunnen eingeschaltet und sich auf das Bett gelegt. Nicht mehr denken müssen. Sich nicht mehr daran erinnern müssen, dass Peter für immer fort war.

Sie wollte nicht daran denken, dass er nicht mehr lebte. Sie wollte nicht an die Zeit der Sprachlosigkeit denken, in der die Luft zwischen ihnen kalt geworden war. Der Bund hatte Peters Lebenszeit gefressen, ebenso wie die Zeit ihrer Eltern. Das Gefühl, für einen Menschen, den sie liebte, Stück für Stück unsichtbar zu werden, war ihr entsetzlich vertraut. Erst war das bei Papa und Mama passiert, dann bei dem Mann, den sie liebte.

Nachts geisterte sie durch die schlafende Villa, weil sie es nicht ertrug, dass Peters Atem neben ihr verstummt war. Sie schlich sich in Lukas' Zimmer, kauerte sich in dem Sessel zusammen, der neben seinem Schreibtisch stand, und sah ihm neiderfüllt beim Schlafen zu. Oder sie zog sich an und joggte durch den dunklen Park, bis ihr die Luft ausging und ihr vor Erschöpfung die Beine zitterten. Wenn der Tag anbrach, zog sich der Nebel wieder um sie zusammen und sie verkroch sich unter der Bettdecke, bis sie vergaß, wie spät es war, und die Stunden ihren Rhythmus verloren.

Sie wollte so gerne daran denken, wie sie Peter damals das erste Mal begegnet war, auf dem Golfplatz. Wie sie gemeinsam gelacht hatten über die karierten Hosen und dandyhaften Schuhe der Clubmitglieder. Wie sie gemeinsam über den Golfkurs gewandert waren – stundenlang, tagelang, immer den Bällen hinterher.

Wie er sie angesehen hatte, als sie bei der Trauung in ihrem maßgeschneiderten Brautkleid mit dem handgeklöppelten Schleier auf ihn zugekommen war und wusste, dass er sie auch ohne diese lächerlich teure Garnitur wunderschön und begehrenswert fand. Wie er staunend neben der Wiege gestanden hatte, nachdem Lukas zur Welt gekommen war. Wie stolz er gewesen war, auf sie und das Kind.

An all diese Dinge wollte sie denken. Und doch auch wieder nicht, denn Denken tat weh. Erinnern tat weh. So viele vertane Möglichkeiten, so viele verpasste Chancen. Und eine Woche nach der anderen verstrich, und der Mai war vorüber und der Juni auch schon beinahe.

Eigentlich wünschte sich Yvonne immer weniger, dass der Nebel, der sie umgab, sich auflöste. Inmitten von diesem stillen, körperlosen Weiß lebte es sich viel besser. Deswegen war sie auch so überrascht, als sie eines Morgens daraus auftauchte und die Gesichter von Dr. Trauenhofer und ihrer Mutter vor sich sah.

»Ich nehme sie mit in die Klinik«, sagte der Arzt. Er sprach nicht mit ihr, sondern mit Mama. »Ihr Blutdruck ist im Keller, und diese andauernde Depression erfordert, dass sie überwacht wird. Wir wollen doch nicht, dass irgendetwas Drastisches passiert – *eine* Katastrophe reicht, würde ich sagen.« Jetzt wandte er sich zum ersten Mal an Yvonne. »Hoch mit Ihnen, Kind. Ich verspreche Ihnen, wenn Sie mit mir kommen, geht es Ihnen bald besser.«

Sie erlaubte ihm, ihr aus dem Sessel zu helfen, sie aus dem Haus zu führen und in seinen Wagen zu setzen. Aber sie war sich absolut sicher, dass er log.

Ihr würde es niemals besser gehen.

Nie wieder.

Samthandschuhe

Als Jacobsen drei Tage später nach einem sehr angenehmen Wochenende mit Heike und ihrer Familie das Büro betrat, das er sich mit Melanie Brendel teilte, drehte die sich mit ihrem Schreibtischstuhl um und musterte ihn, ohne ihn wie sonst zu begrüßen. Sie sah ein wenig besorgt aus.

»Hallo, Kollegin«, sagte er. »Alles klar? Sie kommen mir vor, als wäre Ihnen eine Laus über die Leber gelaufen.«

»Mir nicht«, gab sie zurück, »aber Stefans Laune war wirklich schon mal besser. Er hat vorhin mit dem Rathaus telefoniert, und jetzt will er Sie dringend sehen.«

Okay. Das roch nach Ärger.

Jacobsen seufzte. »Sollte ich gleich rübergehen?«

»Sollten Sie.« Melanie Brendel nickte. »Er hat schon dreimal nach Ihnen gefragt.«

Jacobsen machte sich auf den Weg in das Büro seines Vorgesetzten, des Ersten Kriminalhauptkommissars Stefan Finkbeiner, und fand ihn hinter seinem Schreibtisch vor. Auf seiner Stirn braute sich ein wahres Tiefdruckgebiet zusammen.

»Sie wollten mit mir sprechen?«

»Stimmt. Setzen Sie sich.« Es klang kühl.

So viel Distanz war Jacobsen von Finkbeiner gar nicht mehr gewohnt. Zwar war ihr Verhältnis nicht wirklich freundschaftlich, und bis sie zum Du übergingen, würde es wohl noch eine gute Weile dauern – wenn es überhaupt jemals dazu kam –, aber bislang hatte scheinbar nichts die Laune des doch sehr ausgeglichenen Schwaben erschüttern können. Jacobsen tippte auf Druck von oben und wappnete sich innerlich gegen eine Grundsatzansprache. Er ließ sich auf dem Stuhl vor dem Schreibtisch nieder und wartete.

Aber Finkbeiner schien Schwierigkeiten damit zu haben, einen Einstieg zu finden. Er hob einen Stoß Papiere hoch, rückte die Bögen so zurecht, dass sie einen makellosen Stapel bildeten, und verstaute sie behutsam in dem Ablagekorb neben sich. Der Kugelschreiber, der Füller und der Bleistift lagen diesmal tatsächlich lotrecht ausgerichtet auf der dunkelgrünen Schreibunterlage, und es war Finkbeiner anzusehen, dass er gerne für noch mehr Ordnung gesorgt hätte, um Zeit zu gewinnen. Endlich faltete er die Hände, blickte auf und sah Jacobsen in die Augen.

»Wie weit sind Sie mit dem Von-Weyen-Fall?«

Jacobsen blinzelte verblüfft. Erst am Freitag zuvor hatte er Finkbeiner über seine Fortschritte – so minimal sie auch waren – Bericht erstattet. Nahm der tatsächlich an, dass über das Wochenende etwas Bahnbrechendes dazugekommen war?

»Nicht weiter als Freitag«, erwiderte er vorsichtig. »Wieso? Hat die Familie sich bei der Stadt über die Ermittlungen beschwert?«

Finkbeiner fuhr leicht zusammen. »Nein, ich glaube nicht«, sagte er rasch. »Einer der Stadträte hat sich lediglich nach dem Fortschritt der Dinge erkundigt. Er ist mit den von Weyens sehr … befreundet. Offenbar musste Yvonne von Weyen gestern wegen eines akuten Erschöpfungszustandes und wegen Kreislaufproblemen ins Krankenhaus. Es war von ›starker nervlicher Belastung‹ die Rede. Und nun vermutet er, dass das Ganze zu viel für sie wird.«

»Was genau?«, fragte Jacobsen. »Dass sie ihren Mann verloren hat? Oder dass man ihn ermordet hat und dass wir sie nun mit Fragen belästigen müssen, wenn wir die Sache aufklären wollen?«

Finkbeiner blickte zunehmend unbehaglich drein. »Er bittet nur um Diskretion. Und um … Rücksichtnahme.«

Jacobsen ging ein Licht auf. »Ich wette, das hat er Ihnen gleich nach dem Mord auch schon mal gesagt. Denn die Kollegin Brendel hat mir einen ganz ähnlichen Vortrag gehalten, noch ehe ich die Chance hatte, auch nur einen Fuß über die Schwelle der Von-Weyen-Villa zu setzen. Was befürchten Sie denn? Dass ich jede Menge Kleinholz mache und auf die Dame losgehe wie der ›böse Bulle‹ aus einer amerikanischen Krimiserie?«

Finkbeiner holte tief Luft, als bräuchte er für den nächsten Satz eine Extraportion Sauerstoff.

»Er hat sich auch nach Ihnen erkundigt.«

»Nach mir?« Jacobsen runzelte die Stirn. Ein halbes Dutzend sarkastische Antworten lagen ihm auf der Zunge, aber er schluckte sie allesamt hinunter. Sie rutschten langsam und widerwillig abwärts und blieben wie ein Haufen Steine in seinem Magen liegen. »Was wollte er denn wissen?«

»Er hat nach Ihrem Hintergrund gefragt. Nach Ihren Erfahrungen und Ihrer Arbeit bei der Hamburger Kripo.«

»Ach so.« Die Steine in Jacobsens Magen wurden deutlich schwerer. »Und? Was haben Sie ihm gesagt?«

»Dass Sie ein versierter neuer Kollege sind, der unser Team bereichert.« Finkbeiner schnaubte. »Was haben Sie denn gedacht?«

»Äh … vielen Dank.« Jacobsen meinte es ehrlich. »Und wo liegt dann das Problem?«

»Dass er sich nicht nur bei mir erkundigt hat, sondern auch … anderswo. Und da hat er dann leider nicht nur von den vielen Fällen gehört, zu deren Lösung Sie beigetragen haben, sondern auch davon, dass Sie vor relativ kurzer Zeit …« Finkbeiner schaute weg und fixierte einmal mehr das Stiftetrio auf der Schreibtischunterlage. »Sie wissen schon.«

»Dass ich vor knapp drei Monaten einen Nervenzusammenbruch hatte? Und dass man mir danach nahegelegt hat, das Hamburger Dezernat zu verlassen und woanders neu anzufangen?« Jacobsen spürte, wie eine Mischung aus Zorn und Erbitterung in ihm aufstieg. »Und jetzt vermutet er, Sie haben mit meiner Person eine potenziell labile Altlast aufs Auge gedrückt bekommen, die man seinen heißgeliebten Honoratioren nicht zumuten kann?«

Finkbeiner räusperte sich. »Er macht sich halt Sorgen. Die Familie ist im Backnanger Stadtgeschehen von großer Bedeutung. Herrgott – sein ältester Sohn ist in diesem Verein da draußen Mitglied! Gruppenführer oder so was Ähnliches.«

»Sippenführer«, korrigierte Jacobsen ihn automatisch und hätte sich in der nächsten Sekunde am liebsten den Mund zugetackert.

»Was auch immer.« Finkbeiners Stimme wurde deutlich schärfer. »Die Familie liegt ihm am Herzen. Außerdem mischen die Pfadfinder in einem halben Dutzend stadtinterner Projekte mit. Wenn Sie da nicht mit Fingerspitzengefühl vorgehen ... nicht auszudenken, was das für einen Skandal gibt.«

Jacobsen zwang sich zur Ruhe, obwohl es ihm schwerfiel. »Den Skandal wird es vor allem dann geben, wenn sich herausstellt, dass Peter von Weyen tatsächlich mit Susanne Steffens geschlafen hat – einem Mädchen, das gerade erst sechzehn geworden ist«, sagte er leise. »Vielleicht hat er sie ja schon jahrelang missbraucht, und vielleicht war sie ja auch nicht die Einzige aus seiner Sippe ... es könnte schon öfter passiert sein, mit noch anderen Mädchen. Kein Wunder, dass Ihr Herr Stadtrat sich Sorgen macht. Auf der Website von *Impeesa* ist sein Bürgermeister nämlich auf gleich mehreren Bildern zu sehen. Auf einem davon schüttelt er Konrad von Weyen die Hand, auf der anderen überreicht er Peter von Weyen mit großem Trara eine Ehrenurkunde. Letztes Jahr war das. Und einen Mann, der so blöd ist, sich mit einem überführten Kinderschänder fotografieren zu lassen, wird man todsicher nicht noch einmal in sein Amt wählen.« Er stand auf. »Sie können mich natürlich durch einen Kollegen mit einer unbedenklicheren Krankenakte ersetzen, wenn sich der Stadtrat dann besser fühlt. Aber glauben Sie mir, ich bin nicht Ihr Problem. Ich mache nur meinen Job, und dass Frau von Weyen in der Klinik liegt, hat wohl kaum etwas mit mir zu tun. Ich bin ihr bisher nur ein einziges Mal begegnet und habe ihr nur ein paar wenige Fragen gestellt, sonst nichts. Wenn jemand an ihrem desolaten Zustand Schuld hat, dann wohl am ehesten der Mörder. Und ich würde jetzt sehr gern damit weitermachen, nach ihm zu suchen. Sind wir hier fertig?«

»Sieht ganz so aus«, sagte Finkbeiner. Er war blass geworden.

Jacobsen ging hinaus und achtete sorgfältig darauf, die Tür leise zu schließen. Wenige Minuten später stand er vor dem Gebäude, dessen Fensterfronten hell in der Junisonne leuchteten. Er lehnte sich gegen einen der Bäume und holte eine zerdrückte Packung Marlboro Menthol aus der Brusttasche seines Hemdes. Als er sich selbst Feuer gab, stellte er ohne große Überraschung fest, dass seine Hände zitterten.

Verdammt, verdammt, verdammt.

* * *

Als er wieder ins Büro zurückkehrte, war seine Kollegin klug genug, sich nicht nach dem Gespräch mit Finkbeiner zu erkundigen. Stattdessen verschwand sie, kehrte kurz darauf zurück und stellte ihm stillschweigend einen Espresso auf den Schreibtisch. Er nickte ihr dankbar zu und kippte das heiße, schwarze Gebräu in sich hinein wie eine rettende Medizin. Dann übertrug er die Aufnahme des Gesprächs mit Julian Maurer auf den Computer.

Gegen Mittag deutete Melanie Brendel auf die Liste, die vor ihr auf dem Schreibtisch lag. »Wie machen wir mit den Zeugenbefragungen weiter? Sie wollten doch mit Yvonne von Weyen reden. Soll ich sie anrufen und ihr sagen, dass wir kommen?«

»Das hat wenig Zweck.« Jacobsen spürte, dass er instinktiv die Schultern hochzog. »Die ist nämlich nach einem Schwächeanfall im Krankenhaus gelandet, und bis auf weiteres sind Besuche der Kripo nicht erwünscht.«

»Ach so.«

Melanie Brendel schwieg eine Weile und betrachtete die Liste – wahrscheinlich, um ihn nicht ansehen zu müssen, dachte Jacobsen, dessen Stimmung immer weiter in den Keller sank.

Dann hob sie den Kopf, sichtlich entschlossen. »In dem Fall sollten wir als Nächstes mit Susanne Steffens sprechen«, meinte sie. »Immerhin ist sie diejenige, die monatelang unter dem Mobbing von Iris Schäuble leiden musste, weil Peter von Weyen vielleicht ein Verhältnis mit ihr hatte. Wir kommen wahrscheinlich erst weiter, wenn wir wissen, was sie zu der ganzen Sache zu sagen hat.«

Jacobsen sah auf die Uhr. »Im Moment wird sie noch in der Schule sein«, meinte er, »aber in ein, zwei Stunden sollten wir sie zu Hause antreffen … im Dachsweg. Wissen Sie, wo das ist?«

Melanie Brendel lächelte. »Sogar ohne Navi. Ich bin ganz in der Nähe zur Schule gegangen.«

Sie fuhr ihren Computer herunter.

»Hören Sie – was halten Sie davon, wenn wir vorher noch einen kleinen Ausflug in die Altstadt von Backnang machen? Ich weiß ja nicht, wie es mit Ihrem Appetit aussieht, aber ich kenne die Bäckerei, wo es die besten Laugenbrezeln der Stadt gibt. Sie haben noch nicht alle schwäbischen ›Grundnahrungsmittel‹ durch, und für Linsen mit Spätzle ist heute nicht der richtige Tag, glaube ich.«

»Da könnten Sie recht haben.« Jacobsen musste unwillkürlich grinsen. »Im Moment bezweifle ich allerdings, dass dieser Tag jemals kommen wird.«

»Irgendwann sind Sie so weit«, versetzte Melanie Brendel gutgelaunt, »und dann bezahl ich Ihnen die Portion, und sei es nur, um zu sehen, wie es Ihnen schmeckt. Können wir?«

Sie fanden einen Parkplatz am Rand der Altstadt, wanderten zwischen den mittelalterlichen Fachwerkhäusern hindurch und passierten den Stiftshof. Melanie Brendel, der es nicht viel auszumachen schien, dass Jacobsen kaum ein Wort sprach, erklärte ihm, dass das früher der Witwensitz des Hauses Württemberg gewesen sei. Sie zeigte ihm den schmucken Stadtturm auf seinem Hügel und die Stiftskirche, das Wahrzeichen der Stadt. Jacobsen, der noch nicht die Zeit gehabt hatte, sich mit seiner neuen Heimat vertraut zu machen, fand die improvisierte kleine Führung überraschend erholsam, und das mittelalterliche, sehr aufgeräumte Ambiente rings um ihn her gefiel ihm. Irgendwann in naher Zukunft musste er sich mal an einem Wochenende in irgendeines der vielen Straßencafés setzen und in die Sommersonne blinzeln, ohne an seinen Job zu denken; im Moment brachte er das nicht fertig, aber der kurze Spaziergang mit seiner Kollegin gab ihm einen angenehmen Vorgeschmack, wie es sich vielleicht anfühlen würde.

In der Bäckerei war er es, der die Brezeln kaufte und bezahlte; die Verkäuferin bestrich sie wunschgemäß mit Butter und servierte ihnen in dem mit dunklen Deckenbalken und Backsteinwand rustikal eingerichteten Café zwei Tassen Kaffee dazu. Zum ersten Mal seit der Unterhaltung mit Finkbeiner am Morgen stellte Jacobsen fest, dass er sich entspannte. Vor dem Panoramafenster strömte unter einem blauen, wolkengetupften Himmel die Murr zwischen befestigten Ufern dahin; gegenüber sah er ein chinesisches Restaurant, vor dessen Fassade rote Laternen in der leichten Brise schwankten.

»Danke«, sagte er. »Nicht nur für die Idee mit der Bäckerei. Auch dafür, dass Sie mich vorhin nicht mit Fragen gelöchert haben.«

Melanie Brendel schluckte den letzten Rest Brezel hinunter und wischte sich die Finger an einer Papierserviette ab.

»Wozu auch?«, fragte sie gelassen. »Wenn es dienstwichtig ist, werden Sie es mir schon irgendwann erzählen. Wenn nicht, geht es mich nichts an. Möchten Sie noch was oder sollen wir mal unser Glück bei Susanne Steffens versuchen?«

Jacobsen nickte. »Versuchen wir's.«

Geisterhaus

Die Straße, in der Susanne Steffens wohnte, lag in einem ruhigen Wohngebiet. Die Gebäude stammten aus den Achtzigern und Neunzigern des vergangenen Jahrhunderts. Sie waren von eingezäunten, penibel gemähten Rasenflächen eingefasst, und von Beeten, in denen es zu dieser Jahreszeit verschwenderisch blühte.

Unter der angegebenen Adresse fand sich ein blassgelb gestrichenes Haus mit einem seitlich angesetzten Wintergarten voller Zimmerpalmen. Als Jacobsen und Brendel sich auf dem gekiesten Weg der Eingangstür näherten, bewegte sich einer der Vorhänge hinter einem der Frontfenster ganz leicht, als stünde jemand dahinter und beobachtete heimlich ihre Ankunft.

Melanie Brendel drückte auf den Klingelknopf, und irgendwo drinnen im Haus ertönte erstaunlich laut ein Gong.

Keine Minute später wurde die Tür geöffnet. Vor ihnen stand eine mittelgroße Frau in einem Sommerkleid, das aussah wie aus dem Fundus eines der alten Spielfilme mit Sonja Ziemann und Rudolf Prack, die Jacobsens Mutter immer mit Begeisterung angeschaut hatte. Ihr Gesicht war blass, als käme sie auch an diesen sonnigen Sommertagen selten an die frische Luft, und ihr Haar war so straff geflochten und aufgesteckt, als bedeutete jede entkommene Strähne einen schockierenden Mangel an Disziplin.

»Ja, bitte?«

»Kripo Waiblingen, Frau Steffens. Mein Name ist Malte Jacobsen, und das ist meine Kollegin Melanie Brendel«, übernahm Jacobsen die Vorstellung. »Wir würden gern mit Ihrer Tochter Susanne reden. Ist sie zuhause?«

»Sie ist vor zwanzig Minuten aus der Schule gekommen«, sagte Frau Steffens; jetzt blickte sie ausgesprochen besorgt drein. »Sie macht gerade Hausaufgaben, und in einer halben Stunde muss das Essen auf dem Tisch stehen, da kommt nämlich mein Mann heim.«

»Ich bin sicher, Susanne kann ihre Hausaufgaben auch nach dem Essen fertig machen«, warf Melanie Brendel aufmunternd ein. »Wir halten sie ganz bestimmt nicht lange auf.«

Frau Steffens machte einen zögerlichen Schritt rückwärts; es war ihr deutlich anzusehen, dass ihr der Gedanke, die Polizei in ihre vier Wände zu lassen, ganz und gar nicht gefiel. Aber die Tatsache, dass sie zwei Amtspersonen vor sich hatte, trug schließlich den Sieg davon. Jacobsen und seine Kollegin wurden durch einen langen, schmalen Flur in ein großes Wohnzimmer geführt.

Wieder hatte Jacobsen den merkwürdigen Eindruck, sich in einer anderen Zeit zu befinden. Das dick gepolsterte Sofa mit der geschwungenen Lehne und den geschnitzten Füßen hätte ebenso wie die beiden Sessel, der ovale Tisch und die ausladende Eichenholz-Schrankwand aus der Zeit seiner Großmutter stammen können. Er kannte sich nicht genügend aus, hielt den kleinen Sekretär neben dem Panoramafenster mit den gerafften Spitzengardinen aber für ein Stilmöbel. Der Teppich, auf dem der Sofatisch stand, war dick und weich, und in der Ecke tickte eine mit Intarsien verzierte Standuhr leise und regelmäßig vor sich hin. Auf den ersten Blick hätte Jacobsen in diesem Haus ein älteres, kinderloses Ehepaar vermutet, bei dem der Mann eine üppige Pension bezog. Dass hier ein sechzehnjähriger Teenager lebte, war kaum vorstellbar.

»Setzen Sie sich«, sagte Frau Steffens. »Ich hole Susanne.«

Sie ging durch den Flur davon, und Jacobsen ließ sich vorsichtig auf der Sofakante nieder. Er kam sich vor wie bei einem der Besuche bei Großtante Hedwig in Hamburg, die er als Kind in regelmäßigen Abständen über sich hatte ergehen lassen müssen. Dort durfte nichts angefasst und nichts verschoben werden, geschweige denn etwas verschüttet, und jedes Mal, wenn ein Geburtstag der steifen, alten Dame näher rückte, hatte er sich verzweifelt eine Grippe gewünscht. Oder wahlweise die Beulenpest – Hauptsache, er musste nicht mit in dieses trostlose Mausoleum.

Er öffnete den Mund, um Melanie Brendel davon zu erzählen und die gespannte Stille zu durchbrechen, aber dann näherten sich Schritte im Korridor, und im nächsten Moment stand Susanne Steffens im Zimmer.

Sie war mittelgroß und ein wenig rundlich; das hellgrüne Shirt mit den langen Ärmeln, das lose über ihren Jeans hing, stand ihr überhaupt nicht. Ihr langes Haar hatte die gleiche mattbraune Farbe wie das ihrer Mutter und war ebenso straff zu einem dicken Zopf gebändigt, ihr Gesicht war bleich und nervös. Große, ängstliche Augen starrten Jacobsen durch ein Brillengestell an, das mindestens so unkleidsam war wie das Shirt. Ein rascher Blick auf ihre Hände zeigte ihm ultrakurze Nägel mit geröteten, rissigen Nagelrändern; offenbar feilte sie sie ab, um zu verbergen, dass sie daran herumkaute, aber die Bissspuren an den Nagelrändern ließen sich nicht so leicht verbergen.

Frau Steffens wartete unschlüssig auf der Türschwelle. Sie war sich eindeutig nicht im Klaren darüber, was jetzt Vorrang hatte: das Gespräch ihrer Tochter mit den beiden Polizisten zu überwachen oder das Essen fertig zu kochen, das ihr Mann pünktlich auf dem Tisch sehen wollte.

»Wie gesagt, wir brauchen nicht lange«, sagte Melanie Brendel. »Und wir kommen allein zurecht, denke ich.«

Tatsächlich verschwand Frau Steffens – sehr zu Jacobsens Erstaunen, der eine Stange seiner Lieblingszigaretten darauf gesetzt hätte, dass sie es vorziehen würde, ihre Tochter im Auge zu behalten. Irgendwo im Haus ging eine Tür, und plötzlich roch es nach Schmorbraten und Salatdressing.

»Hallo, Susanne«, sagte er. »Ich bin Malte Jacobsen und ich ermittle in dem Mordfall von Weyen. Ich will herausfinden, wer euren Malenga ermordet hat.«

Susanne nahm ebenso zimperlich auf der Kante eines der Sessel Platz wie er eben auf dem Sofa.

»Wissen Sie schon was?«, fragte sie. Ihre Stimme war hoch, sehr leise und ein wenig heiser.

»Noch nicht sehr viel«, antwortete er. »Wir konnten bisher kaum einen Menschen finden, der ihn nicht mochte. Deswegen ist es gar nicht so einfach festzustellen, wer ein Motiv hatte.«

»*Niemand* hatte ein Motiv.« Jetzt sprach sie deutlich lauter und energischer. »Alle hatten ihn gern! Einfach alle.«

Jacobsen ignorierte den raschen Seitenblick, den Melanie Brendel ihm zuwarf, und schüttelte leicht den Kopf. »Wenigstens eine Person muss ihn genügend gehasst haben, um ihn zu töten. Er könnte jemandem in die Quere gekommen sein oder er hat etwas getan, wovon außer dem Mörder niemand wusste.« Er sah Susanne geradewegs in die Augen. »Wir kennen die Geschichten, die Iris Schäuble auf Facebook gepostet hat«, sagte er leise.

Susanne erstarrte wie ein Reh im Scheinwerferlicht. Die Augen hinter der Brille wurden noch größer und füllten sich mit Panik.

»Die sind alle nicht wahr!«, stieß sie hervor. Ihre Stimme zitterte. »Iris war … sie war *gemein*. Sie hat sich diese Sachen ausgedacht, weil sie mich nicht ausstehen konnte, und ich konnte sie nicht einmal lesen. Ich hab kein Handy, mit dem man ins Internet kann, und an … Papas Computer darf ich nicht.«

»Und was machst du, wenn du für eine Klassenarbeit oder eine Präsentation im Internet recherchieren musst?«, fragte Melanie Brendel. »Lässt dein Vater dich dann online gehen?«

Susanne schüttelte den Kopf. »Dann … dann geh ich in die Schulbücherei. Da stehen auch Computer, und die dürfen alle Schüler benutzen. Aber man kann nicht auf jede Seite – die sozialen Plattformen haben sie gesperrt.«

»Haben deine Mitschüler dir von Iris' Geschichten erzählt?«, wollte Jacobsen wissen.

»Sie haben darüber getuschelt«, sagte Susanne unglücklich. »Erst hinter meinem Rücken, dann ganz offen. Die finden, ich bin blöd … weil ich bei ihrem Online-Schlamperzeugs nicht mitreden kann.«

»Online-Schlamperzeugs?« Melanie Brendels Augenbrauen stiegen in die Höhe.

»WhatsApp, Twitter, Facebook, Instagram … Mein Vater nennt das so.« Jetzt sprach Susanne wieder sehr leise. »Er meint, das wäre Zeitverschwendung und würde bloß alle vom Lernen abhalten.«

»Ich verstehe.« Melanie Brendel räusperte sich. »Sag mal … hättest du vielleicht ein Glas Wasser für mich? Mein Mund ist heute ganz trocken.«

»Klar.« Susanne sprang auf und eilte hinaus.

Jacobsen hätte gern nachgefragt, wozu seine Kollegin, die vor weniger als zwanzig Minuten in der Altstadt erst einen Kaffee und dann eine riesige Apfelschorle in sich hineingegossen hatte, jetzt noch mehr zu trinken brauchte. Aber bevor er dazu kam, war das Mädchen schon wieder da und hielt ihr ein volles Glas hin.

»Danke schön!«

Melanie Brendel stand rasch auf, griff mit etwas zu viel Schwung nach dem Glas, und es neigte sich unweigerlich zur Seite. Der gesamte Inhalt schwappte über Susannes Ärmel und tropfte von dort auf den Teppich.

»Um Himmels willen!« Die Kollegin schaute zutiefst verlegen drein. »Ich bin heute wirklich ein Trampel … warte, ich helf dir. Lass mich das mal abtrocknen.«

Sie nahm ihr das Glas aus der Hand, stellte es auf dem Sofatisch ab und zückte ein großes Taschentuch. Dann schob sie, bevor Susanne ausweichen konnte, den nassen Ärmel nach oben … und genau wie sie sah Jacobsen die horizontalen, feinen Narben, die sich auf der blassen Haut vom Ellenbogen in einer langen Reihe bis zum Handgelenk hinunterzogen.

Einen Moment lang war es totenstill.

Dann geschahen mehrere Dinge gleichzeitig. In der Haustür drehte sich ein Schlüssel, Susanne riss sich hastig los und floh aus dem Zimmer. Wenige Sekunden später erschien Frau Steffens auf der Türschwelle, ein Küchenhandtuch in der Hand, und entdeckte mit einem Blick das Glas auf dem Tisch und den großen Fleck auf dem Teppich. Sie gab einen entsetzten Laut von sich, schoss an Jacobsen und Brendel vorbei, nahm das Glas weg und wischte den Tisch trocken. Dann ließ sie das Küchentuch auf die durchweichte Teppichstelle fallen.

»Das war ein ganz dummes Versehen von mir«, erklärte Melanie Brendel sanft. »Ihre Tochter kann nichts dafür.«

Susannes Mutter starrte sie an, als hätte sie sie gar nicht gehört.

»Mein Mann ist da«, sagte sie abrupt. »Er hat nur kurz Mittagspause und muss bald wieder zurück in die Firma, also sollten wir jetzt essen. Können Sie noch einmal wiederkommen, an einem anderen Tag vielleicht?«

»Natürlich«, sagte Jacobsen. »Für heute waren wir sowieso fertig, und wenn uns noch etwas einfällt, dann melden wir uns bei Ihnen.«

Er ging gemeinsam mit seiner Kollegin hinaus; Frau Steffens folgte ihnen dicht auf den Fersen, als wollte sie sie so rasch wie möglich hinausscheuchen. Trotzdem begegneten sie dem Mann, der soeben eine Aktentasche neben der Garderobe deponiert hatte und dabei war, sich die Schuhe auszuziehen.

Als er sie sah, stand er auf und musterte sie scharf. »Renate, wer ist das?«

»Jacobsen und Brendel, Kripo Waiblingen«, antwortete Jacobsen, noch bevor Frau Steffens den Mund aufmachen konnte. »Wir haben kurz mit Ihrer Tochter gesprochen, über den Mordfall in ihrem Pfadfinderstamm.«

»Das ist nicht mehr *ihr* Pfadfinderstamm«, erwiderte Susannes Vater kurz angebunden. »Meine Tochter ist schon vor mehreren Wochen aus diesem Verein ausgetreten; das war die vollkommen falsche Umgebung für sie.«

Und ich möchte wetten, was die richtige Umgebung ist, das bestimmst ganz allein du, dachte Jacobsen, aber er sagte es wohlweislich nicht laut. Stattdessen verabschiedete er sich und stand im nächsten Moment draußen im Freien. Die Erleichterung, die er empfand, war so groß, dass er förmlich nach Luft schnappte. Nachdem die Tür sich hinter ihm geschlossen hatte, blieb er noch einen Moment stehen und lauschte.

»Worauf warten Sie?«, flüsterte Melanie Brendel.

»Ich möchte wissen, ob er seine Frau anbrüllt«, gab Jacobsen zurück. »Weil sie uns hereingelassen hat und weil sie uns erlaubt hat, mit Susanne zu reden.«

»Der brüllt nicht«, erwiderte Melanie Brendel und ging ihm voraus den Kiesweg hinunter. »Viel zu auffällig. Der ist einer von den Leisen. Und er braucht auch nicht zu brüllen – die beiden bedauernswerten Mädels kuschen doch schon, wenn er am Horizont auftaucht. Ist Ihnen aufgefallen, wie es da drinnen aussieht?«

Jacobsen nickte.

»Jedes Ding an seinem Platz, kein Stäubchen wird geduldet, und seine Frau sieht aus, als hätte er sie von der gleichen Haushaltsschule für junge Ehefrauen, auf der meine Oma war ... vor sechzig Jahren wohlgemerkt«, fuhr Melanie Brendel fort. »Sie hat so viel Angst vor ihrem Mann, dass sie ihr Kind lieber mit der Polizei alleine lässt, als sich mit dem Essen zu verspäten. Und die Kleine ritzt sich ... wundert mich kein bisschen. Armes Ding.«

»Ich hatte mich schon gefragt, wieso Sie unbedingt etwas trinken wollten.« Jacobsen nickte anerkennend. »Das war ein verdammt guter Einfall von Ihnen.«

»Danke sehr.« Melanie Brendel schloss ihren Wagen auf. »Ich fand es ein bisschen komisch, dass sie bei diesem Sommerwetter lange Ärmel trägt, und da hab ich es einfach auf den Versuch ankommen lassen.«

Jacobsen ließ sich auf den Beifahrersitz gleiten, Melanie Brendel rutschte hinter das Steuer, schaltete mit einem raschen Griff die Klimaanlage ein und zog die Wagentür zu.

Er sah sie an. »Glauben Sie, Steffens schlägt seine Frau? Und seine Tochter?«

»Möglich wär's«, sagte Melanie Brendel. »Aber wenn ja, dann todsicher an Stellen, die man nicht so ohne weiteres sieht. Nicht auf die Arme und Beine, und ganz bestimmt nicht ins Gesicht. Ein Veilchen fällt auf, genauso wie eine aufgeplatzte Lippe. Aber vielleicht muss er sie ja gar nicht mehr schlagen. Vielleicht hat er sie inzwischen so gut dressiert, dass sie auch so alles tun, was er will.«

Trotz der Hitze im Wagen spürte Jacobsen, wie ihm kalt wurde. An manche Dinge gewöhnte man sich nie.

Sie fuhren nach Waiblingen zurück, und keiner von beiden redete viel. Jacobsen ließ die gespenstische Szene von vorhin immer wieder an seinem inneren Auge vorüberziehen. Die eingeschüchterte Frau. Das verängstigte Mädchen, das sich selbst verletzte. Der Haustyrann, der offenbar beide gnadenlos unter der Fuchtel hielt.

Im Büro machte sich Melanie Brendel sofort daran, ein Gedächtnisprotokoll zu schreiben. Jacobsen stellte mit einer gewissen Erleichterung fest, dass Stefan Finkbeiner nicht im Haus zu sein schien, und organisierte einen Cappuccino mit viel Milchschaum und einen großen Espresso.

»Ich hab mir was überlegt«, sagte er, als er die Tasse vor Melanie Brendel abstellte. »Vielleicht ist die Sache ganz anders, als wir denken. Vielleicht hatte Peter von Weyen doch keinen Dreck am Stecken, sondern er hat gesehen, was wir auch gesehen haben. Und er machte sich Sorgen um Susanne. Und wollte ihr helfen.«

»Möglich wär's«, meinte sie. »Und wenn er versucht hat, offizielle Schritte einzuleiten, dann muss er sich mit dem Jugendamt in Verbindung gesetzt haben. Das ist normalerweise das Erste, was man macht, wenn man sich ein bisschen mit Behörden auskennt. Ich ruf da mal an.«

Sie griff zum Telefonhörer und wählte eine Kurzwahlnummer, die offenbar schon eingespeichert gewesen war. Jacobsen löffelte Zucker in seinen Espresso und nippte vorsichtig daran, während er wartete. Das Gespräch wurde mehrmals unterbrochen, weil man Brendel weiterverbinden musste, aber dann hatte sie anscheinend die richtige Person gefunden und fasste die Sachlage kurz zusammen.

»Ach – Peter von Weyen *hat* mit Ihnen gesprochen?« Melanie Brendel warf Jacobsen einen triumphierenden Blick zu und hob den Daumen. »Wirklich? Und wann war das? – Oh … Das ist interessant. Und er hat was?«

Sie lauschte eine ganze Weile schweigend, dann verabschiedete sie sich und legte auf.

»Ich hatte gerade eine gewisse Klara Straub an der Strippe«, sagte sie. »Die ist offenbar schon mehr als dreißig Jahre beim Jugendamt, und ja, Peter von Weyen war bei ihr. Knapp zwei Wochen vor dem Lager, auf dem er ums Leben kam. Sie wollte gerade nicht so recht mit der Sprache heraus, jedenfalls nicht am Telefon … aber sie kommt vorbei. Morgen früh um neun. Sie sagt, sie muss unbedingt mit uns reden.«

* * *

Wir gehen mit unseren Tätern zu behutsam um, finde ich. Sie haben zu viele Rechte, es gibt für sie viel zu viele Schlupflöcher. Vor allem dann, wenn sie sich an Kindern vergreifen.

Ich habe einmal eine Dokumentation aus Amerika gesehen, da hat eine Bürgerinitiative den Namen eines verurteilten Kinderschänders, der nach verbüßter Haft in die Nachbarschaft gezogen war, öffentlich gemacht, mit Adresse und Telefonnummer. Der Mann wurde seines Lebens nicht mehr froh, und ich muss zugeben, das hat mir gefallen.

Du hattest genauso wenig eine zweite Chance verdient wie der Mann im Film. Und ich war noch gründlicher als seine Nachbarn in Amerika, nicht wahr?

… NÜTZLICH ZU SEIN UND ANDEREN ZU HELFEN

Klara Straub sah vollkommen anders aus, als Malte Jacobsen sie sich vorgestellt hatte. Angesichts von dreißig Jahren Dienstzeit hatte er irgendwie eine würdige, ältere Dame mit Faltenrock, Hemdbluse und Brillenkettchen erwartet, aber an diesem bewölkten Morgen Anfang Juli saß ihm eine Frau Mitte fünfzig gegenüber, die sichtlich eine ganz eigene Meinung von dem vertrat, was zu ihr passte.

Sie hatte ihre üppige, aber durchaus ansprechende Rubensfigur in ausgebleichte Jeans und eine violettes Flatterhemd mit Spitzensaum verpackt und trug eine Kollektion von Lederarmbändern um die Handgelenke. In ihren mehrfach durchstochenen Ohrläppchen steckten kleine Glitzersteinchen und große Creolen, um ihren Hals hing an einer langen Kette ein silberner Buddha-Anhänger, und ihr flotter Kurzhaarschnitt war von einem fröhlichen, aber bestimmt nicht naturgegebenen Kupferrot.

»Peter von Weyen war Anfang Mai das erste Mal bei mir«, sagte sie. »Er wollte einen Rat, weil er sich nicht schlüssig war, was er tun sollte.«

»Ging es um Susanne Steffens?«, fragte Jacobsen.

»Ganz genau.« Klara Straub beugte sich vor und faltete die Hände im Schoß. »Er wollte wissen, ob es möglich wäre, sie aus ihrem Zuhause wegzubringen, an einen Ort, wo ihr Vater nicht an sie herankommt.«

»Wir waren gestern bei Susanne, um sie zu befragen«, sagte Melanie Brendel. »Und wir haben schon vermutet, dass da irgendetwas nicht stimmt. Wir glauben, er schlägt sie, und seine Frau auch.«

Klara Straub warf ihr einen alarmierten Blick zu. »War ihr Vater bei dem Gespräch anwesend?«

»Nein. Der kam erst, als wir gerade gehen wollten.«

Klara Straub seufzte. Ihr rundes Gesicht mit den wachen, humorvollen Augen wirkte auf einmal ein wenig müde. »Hat Susanne irgendetwas über ihn gesagt?«, erkundigte sie sich.

»Über ihren Vater?« Jacobsen schüttelte den Kopf. »Wir haben sie nach Peter von Weyen befragt, und nach einer Schulkameradin, die sie im Internet seit Monaten ganz gezielt gemobbt hat. Steffens senior war überhaupt nicht das Thema.«

»Zuhause würde sie über ihren Vater wohl auch kaum reden«, sagte Klara Straub. »Nicht einmal dann, wenn er ausdrücklich das Thema wäre. Und mit der Polizei schon gleich gar nicht. Dazu ist ihre Angst viel zu groß. Von ihrer Mutter hat sie keinerlei Unterstützung zu erwarten, die fürchtet sich genauso vor ihrem Ehemann wie ihre Tochter, und obendrein will sie nicht verlassen werden. Also stellt sie sich blind und taub.«

Jacobsen runzelte die Stirn. »Blind und taub für was?«, hakte er nach. »Helfen Sie mir auf die Sprünge: Wir reden hier nicht nur von einem Vater, dem immer wieder mal die Hand ausrutscht?«

»Nein«, sagte Klara Straub ruhig. »Wir reden von einem Vater, der regelmäßig nachts in das Zimmer seiner Tochter geht, sich zu ihr ins Bett legt und sie missbraucht. Das erste Mal hat er das getan, da war Susanne sieben. Und seitdem hat er nicht wieder damit aufgehört.«

Totenstille legte sich über das Büro. Jacobsen sah, dass Melanie Brendel blass geworden war.

»Woher wissen Sie davon?«, fragte er leise. »Hatten Sie Kontakt mit Susanne? Hat sie sich Ihnen anvertraut?«

»Nein«, erwiderte Klara Straub. »Ich kenne Susanne nicht persönlich ... *noch* nicht jedenfalls. Aber sie hat es Peter von Weyen erzählt. Er war die Sorte Mann, dem man irgendwann auch die Dinge beichtet, die einem in Gegenwart anderer niemals über die Lippen kommen würden. Susanne war über ein Jahr lang in seiner Sippe. Wieso ihr Vater zuließ, dass sie dem Pfadfinderbund der von Weyens beitrat, weiß ich nicht genau. Er glaubte wahrscheinlich, dass ihre Angst vor ihm groß genug wäre, um weiterhin dichtzuhalten ... selbst wenn er ihre Leine ein bisschen lockerließ. Immerhin hatte sein System von Drohungen und Schrecken bisher prächtig funktioniert.«

»Mittlerweile ist Susanne aber kein Mitglied des Bundes mehr«, meinte Jacobsen. »Also muss er seine Meinung wohl geändert haben.«

»Sieht ganz so aus.« Klara Straubs Mund wurde schmal. »Wie auch immer: Susanne fand unversehens einen Verbündeten. Peter von Weyen schaute genauer hin als der Rest ihrer Umgebung und begriff sehr schnell, dass sie in Schwierigkeiten steckte. Außerdem bekam er die Sache mit dem Cyber-Mobbing heraus und ging sehr energisch dagegen vor. Das alles muss Susanne so viel Mut gemacht haben, dass sie es endlich wagte, ihm von ihrem Martyrium zu erzählen. Daraufhin meldete sich Peter von Weyen bei mir. Er war der Ansicht, dass es erst einmal wenig Sinn hätte, Susannes Vater anzuzeigen. Zwar geht die Polizei inzwischen schon wesentlich sensibler mit potenziellen Missbrauchsopfern um, aber er hatte Angst, es könnten trotzdem Beamte bei ihr zu Hause auftauchen und in Gegenwart ihres Vaters die falschen Fragen stellen.«

»Das wäre nicht passiert«, versicherte Melanie Brendel. »Wir hätten in der Schule mit Susanne geredet, ohne dass er davon etwas mitbekommt, und wenn nötig, hätten wir sie auch in Sicherheit gebracht.«

»Hab ich ihm auch gesagt – aber er wollte kein Risiko eingehen.« Klara Straub rieb sich die Stirn, dann machte sie sich an dem bunten Stoffbeutel zu schaffen, den sie mitgebracht hatte, und holte eine kleine Pillendose heraus. »Könnte ich einen Schluck zu trinken haben? Ich muss im Moment einiges an Medikamenten nehmen. Lästig, aber nicht zu ändern.«

»Natürlich.«

Jacobsen ging rasch in die Teeküche und holte eine der kleinen Mineralwasserflaschen, die er dort im Kühlschrank deponiert hatte. Er bewaffnete sich zusätzlich mit einem Glas, kehrte ins Büro zurück und reichte ihr beides.

Sie steckte sich eine blaue Kapsel in den Mund, übersah das Glas und nahm einen kräftigen Schluck direkt aus der Flasche.

»War das Ihre?« Sie schenkte Jacobsen ein leicht verlegenes und erstaunlich charmantes Lächeln. »Ich hoffe, das ist nicht schlimm. Ich kauf Ihnen gern eine neue.«

»Müssen Sie nicht.« Jacobsen grinste. »Mir wäre lieber, ich kriege jetzt den Rest der Geschichte zu hören.«

»Kommt sofort.« Sie verstaute die Pillendose wieder in ihrem Beutel. »Peter von Weyen war der Ansicht, dass es besser wäre, Susanne in Sicherheit zu bringen, außer Reichweite ihres Vaters. Dann, meinte er, würde sie wahrscheinlich über kurz oder lang den Mut fassen, auch bei der Polizei gegen ihn auszusagen und ihn endlich anzuzeigen ... und beides ist dringend nötig, um den Kerl aus dem Verkehr zu ziehen. Solange sie noch mit ihm unter einem Dach lebte, würde sie das einfach nicht schaffen. Ich habe ihm geglaubt. Er war sehr überzeugend.«

»Aber unternommen haben Sie nichts?«

Klara Straub zog eine Grimasse. »Nein … weil ich nicht mehr dazu kam. Peter von Weyen wollte Susanne direkt von dem Pfadfinderlager, das am 23. Mai anfing, zu mir bringen. Ich hatte bereits die Fühler ausgestreckt, um ein passendes Frauenhaus oder eine sichere Wohngruppe für sie zu finden, aber dann bin ich in meinem Büro plötzlich umgekippt. Das war am 16. Mai. Die Ärzte in der Rems-Murr-Klinik wollten mir weismachen, das sei eine Herzattacke, und dass ich mich ab sofort schonen muss.«

Jacobsen nickte langsam. »Und weil das kein Urlaub war und Sie auf der Nase lagen, konnten Sie auch keinen Kollegen auf die Sache ansetzen.«

»Ganz genau. Als ich mir meine Fallakten von zuhause holen lassen und auf meiner Dienststelle anrufen wollte, da haben die Medikusse im Krankenhaus mir einen Vogel gezeigt. Ich muss zugeben, in den ersten paar Tagen ging es mir auch ziemlich dreckig. Ich war schwach wie ein Wickelkind und hab fast die ganze Zeit geschlafen. Immerhin hat meine Tochter auf meine Bitte hin Peter von Weyen angerufen und ihm erzählt, was passiert war. Er ließ mir ausrichten, ich sollte mir keine Sorgen machen, auf ein paar Tage mehr oder weniger käme es jetzt auch nicht mehr an. Wenn es mir besser ginge, würden wir Susanne in Sicherheit bringen. ›Solange sie bei mir auf dem Lager ist, kann ihr nichts passieren‹, hat er zu meiner Tochter gesagt. Wörtlich. ›Sie wird in meiner Nähe sein, und ich passe auf sie auf.‹«

Klara Straub sah Jacobsen an. Ihre Augen waren sehr traurig.

»Vielleicht hätte er besser auf sich selbst aufpassen sollen«, sagte sie. »Denn jetzt hat ihn jemand umgebracht, und Susanne ist immer noch nicht sicher.« Sie nahm ihren Beutel und stand auf. »Aber wenigstens *das* können wir jetzt ändern«, sagte sie. »Es gibt eine spezielle Therapie-Wohngruppe, die Susanne aufnehmen würde und wo ihr Vater sie nicht findet. Die Mädchen dort werden von einer Psychologin betreut. Wenn Sie Susanne dazu kriegen, wieder Mut zu fassen und den Mund aufzumachen, dann hat wenigstens ihre Geschichte ein Happy End.«

* * *

An diesem Abend saß Jacobsen lange in dem Garten hinter Heikes Haus. Seine Schwester entdeckte ihn irgendwann nach dem Abendessen dort, stellte ihm stillschweigend eine Flasche Rotwein und eine Schüssel Knabbereien neben den Aschenbecher auf dem Tisch und ließ ihn in Ruhe. Er war ihr sehr dankbar dafür.

Hatte Susannes Vater Peter von Weyen getötet, weil der hinter sein scheußliches Geheimnis gekommen war?

Er stellte fest, dass er sich das beinahe wünschte. Der Mann hatte ein erstklassiges Motiv und die Möglichkeit, das Lager zu erreichen, denn Backnang war gerade einmal fünf Kilometer von dem Lagerplatz bei Auenwald entfernt. Außerdem hatte er eine Frau, die ihm todsicher jedes Alibi geben würde, das er sich wünschte, einfach deswegen, weil sie viel zu große Angst hatte, etwas anderes zu tun. Man musste ihm nur nachweisen, dass er sich zur richtigen Zeit in der Nähe des Lagerplatzes aufgehalten hatte. Es klang nahezu perfekt.

Melanie Brendel war schon dabei zu überprüfen, wo Klaus Steffens während des Lagers gewesen war; er arbeitete als Buchhalter in einem großen Backnanger Traditionsbetrieb, und sie wartete auf den Rückruf eines seiner Vorgesetzten, um herauszufinden, ob er sich vielleicht auffällig verhalten, sich am Tag nach dem Mord an Peter von Weyen krank gemeldet oder Urlaub genommen hatte. Noch musste man bei den Nachfragen etwas vorsichtig sein, um den Mann nicht zu früh aufzuscheuchen; möglicherweise kam es dann zu einer Kurzschlussreaktion, die Susanne ausbaden musste.

Falls Steffens wirklich der Täter war, musste kein Lokalpolitiker sich länger darüber Sorgen machen, in einen Skandal verwickelt zu werden. Peter von Weyens Andenken wurde nicht beschädigt, das Image von *Impeesa* nicht angekratzt. Jacobsen war lange genug bei den Pfadfindern gewesen, um zu wissen, wie gefährlich es war, wenn ein Mitarbeiter in den Verdacht geriet, dass er sich an den ihm anvertrauten Kindern vergriff. Das konnte die gute Arbeit von Jahrzehnten in kürzester Zeit vernichten, und dann war der Schaden meist nicht mehr gutzumachen. Aber ganz offensichtlich hatte Peter von Weyen tatsächlich das befolgt, was Pfadfindergründer Baden-Powell vor mehr als hundert Jahren in den Regeln für seine »boy scouts« festgelegt hatte: »A scout's duty is to be useful, and to help others« – die Pflicht eines Pfadfinders ist, nützlich zu sein und anderen zu helfen.

Wieder wanderten seine Gedanken zu dem Besuch bei Susanne Steffens zurück. In seiner bisherigen Dienstlaufbahn hatte er Raubüberfälle mit Todesfolge aufgeklärt, Morde und Entführungen – nicht nur die von Beeke Brehm, und zum Glück waren bei weitem nicht alle Geiseln, mit denen er es zu tun bekommen hatte, ums Leben gekommen. Die Arbeit hatte ihm zu einer soliden Schutzschicht auf der Seele verholfen ... aber er stellte wieder einmal fest, dass die ihm überhaupt nichts nützte, wenn es bei einer Ermittlung um Kinder ging. Susannes Elend ging ihm unter die Haut, und die Erinnerung an die eisige, hoffnungslose Atmosphäre in dem Haus, in dem sie noch immer leben musste, sorgte dafür, dass ihm trotz des lauen Sommerabends klamme Kälte in die Glieder kroch.

Er seufzte, nahm einen Schluck Wein und zündete sich noch eine Zigarette an.

»Hallo, Malte.«

Heike war zurückgekommen. Sie zog sich einen Gartenstuhl an den Tisch, setzte sich neben ihn und goss ihr mitgebrachtes Weinglas mit dem Samtrot voll.

»Ich dachte, du möchtest vielleicht ein bisschen Gesellschaft. Aber wenn ich dich störe, sag's ruhig, dann geh ich wieder.«

»Nein, bleib da. Nett von dir, dass du nach mir schaust.«

»Mach ich doch gern.« Sie warf ihm einen raschen Seitenblick zu und stibitzte sich eine Zigarette aus seiner Packung. »Verpfeif mich nicht bei meinem Großen, ja?«

Jacobsen musste lächeln. Heike kochte bevorzugt mit Bio-Gemüse und Fleisch vom »Metzger ihres Vertrauens«, der jedes Rind vor der Schlachtung persönlich und beim Vornamen kannte. Sie achtete auf ihre Figur und darauf, dass sein Schwager Kurt, der trotz ihrer gesunden und ausgewogenen Ernährung unter Diabetes und leichtem Bluthochdruck litt, immer regelmäßig seine Medikamente nahm. Sie nannte ihren Mann liebevoll »mein Großer«, und er sagte »mei Kloine« zu ihr. Anders als Malte hatte sie es offenbar geschafft, einen Hafen zu finden, in dem sie glücklich war.

Und anders als Susanne Steffens.

»Dein Fall macht dir Kopfzerbrechen, oder?«, fragte Heike in seine Gedanken hinein. Die Spitze ihrer Zigarette leuchtete in der zunehmenden Dämmerung wie ein einsames Glühwürmchen. »Habt ihr denn schon einen Verdächtigen?«

»Möglicherweise«, erwiderte er. »Aber wir müssen erst überprüfen, ob er ein Alibi hat, und falls er eins hat, dann können wir wieder von vorne anfangen.«

»Muss frustrierend sein.«

Es wurde wieder still. Etwa eine halbe Stunde saßen sie friedlich beieinander, und Jacobsen stellte wieder einmal fest, dass Heike etwas konnte, was auch seine neue Kollegin Melanie Brendel beherrschte und was so selten war wie wertvoll: Sie brachte es fertig zu schweigen und ihm seine Ruhe zu lassen, bis er bereit war, etwas zu sagen und seine Gedanken mit ihr zu teilen.

Schließlich trank Heike ihr Glas leer. »Kommst du mit ins Haus oder willst du noch ein bisschen hier sitzen bleiben?«

»Nein, ich komm schon.«

Jacobsen stand auf, nahm seiner Schwester die Weinflasche und die Gläser aus der Hand und stellte alles auf dem Tisch ab. Dann zog er Heike an sich und hielt sie einen langen Moment fest in den Armen, ehe er sie wieder losließ.

»Wofür war das denn?«

»Dafür, dass ich hier sein darf und dass du dir mit mir so viel Mühe gibst«, sagte Jacobsen. »Dafür, dass du deine Familie liebst und mich merkwürdigerweise auch, Lütte.« Er dachte einmal mehr an Susanne und fügte leise hinzu: »Und dafür, dass man sich in deinem Haus nicht fürchten muss.«

Schlaf, mein Zelt, wenn der Schlafregen fällt …

Die Woche verstrich, und das erste Wochenende im Juli begann mit leichtem Nieselregen. Jacobsen frühstückte am Samstag mit Heike, Kurt und Paul und kämpfte gegen ein wachsendes Gefühl der Frustration an. Die Firma von Susannes Vater hatte ihnen mitgeteilt, dass sich Klaus Steffens vor und nach dem Mord an Peter von Weyen vollkommen unauffällig verhalten hatte. Mehr noch – zur Tatzeit war er auf einer Fortbildung in Stuttgart und in der ständigen Gesellschaft von Kollegen gewesen und hatte damit ein hieb- und stichfestes Alibi. Er war ein Haustyrann und Kinderschänder, aber kein Mörder. Leider. Und damit standen sie ermittlungstechnisch wieder ganz am Anfang.

»Nachdem jetzt alles darauf hindeutet, dass Peter von Weyen Susanne nichts getan hat, sondern ihr nur helfen wollte, bist du deinen Maulkorb doch ganz bestimmt bald los«, meinte Heike in dem Versuch, ihn aufzumuntern.

»Trotzdem werde ich immer das Gefühl haben, dass ich mich auf sehr dünnem Eis bewege«, versetzte Jacobsen missmutig. »Vor allem, falls ich das Risiko eingehe, mit Yvonne von Weyen zu reden – womöglich obendrein im Krankenhaus.«

»Es sagt doch keiner, dass du so was Melodramatisches tun sollst«, erwiderte Heike. »Aber wolltest du nicht auch noch mit Lukas sprechen? Ihr kennt euch doch schon. Ich bin sicher, dabei wirst du kaum Flurschaden anrichten.«

»Indem ich einen Jungen befrage, dessen Vater umgebracht wurde? Und dessen Mutter den Druck nicht mehr aushält und zusammengebrochen ist? Das glaubst du doch wohl selbst nicht, Lütte.«

»Stimmt auch wieder.« Heike seufzte.

»*Impeesa* macht ein Wölflingstraining«, meldete sich plötzlich Paul zu Wort. »Heute und morgen.«

Jacobsen betrachtete ihn verblüfft. Paul kannte die Level von einem Dutzend komplizierter Videospiele im Schlaf. Er betrieb, wie Jacobsen inzwischen herausgefunden hatte, seinen eigenen YouTube-Kanal, auf dem er für eine getreue Fanbase besagte Spiele ausprobierte und mit teilweise sehr sarkastischem Witz kommentierte, aber Pfadfinder waren normalerweise so gar nicht sein Thema.

»Woher weißt du denn das?«

»Von Lukas.«

Paul senkte den Kopf, wodurch ihm seine blauschwarze Haartolle in die Augen fiel, und zog einen zusammengefalteten Zettel aus seiner Hosentasche. Er hielt ihn seinem Onkel entgegen.

»Hier – das ist der Terminkalender von *Impeesa*. Ich hab mich mal mit Lukas unterhalten, letztes Jahr. Und er kam dann eine ganze Weile öfters zu Besuch. Damals hat er mich in den E-Mail-Verteiler genommen, nur, falls ich doch mal neugierig werde. Natürlich hat er gewusst, dass ich seinem Pfadfinderladen erst dann beitrete, wenn die Hölle zufriert. Aber er ist okay – und verdammt gut in *League of Legends*. Besser als ich! Aber sag's nicht weiter. Vor allem nicht meinen Abonnenten.«

Paul lächelte ein wenig spitzbübisch, und Jacobsen entdeckte einmal mehr, dass sein menschenscheuer, rätselhafter Neffe unter der so sorgsam gestylten Oberfläche eine Menge Humor besaß.

»Das Spiel ist übrigens ab 12 Jahren freigegeben. Willst du doch bestimmt gerne wissen, Onkel Malte.«

Jacobsen schluckte die Frage, die ihm tatsächlich auf der Zunge gelegen hatte, rasch wieder hinunter.

Er faltete das Blatt auseinander; es war ein Computerausdruck. »5./6. Juli: Wölflingswochenende«, las er. »Neuer Veranstaltungsort: Lager-Übungsplatz Villa.«

»Normalerweise hätten die das Wochenende da durchgezogen, wo …« Paul brach ab. »Aber wahrscheinlich dachten sie, das ist keine so gute Idee.«

»Kann ich verstehen.«

Jacobsen trank seinen Kaffee aus und steckte sich das letzte Stück Croissant in den Mund.

»Dann werde ich mich jetzt mal auf den Weg machen«, sagte er. »Und hoffen, dass ich mir nicht doch noch Ärger einhandele. Ich hätte nämlich gern ein paar Antworten.«

* * *

Er parkte sein Auto ein Stück vom Haupttor zur Weyen-Villa entfernt und ärgerte sich darüber, dass Finkbeiners Schuss vor den Bug ihn innerlich immer noch so stark ausbremste.

Diesmal war das Tor nicht verschlossen. Als er näher kam, fuhr ein schwarzer Mercedes Sprinter auf das Gelände, und Jacobsen ging kurzentschlossen hinterher. Der Wagen fuhr links um den Villenflügel mit dem kleinen Museum herum und noch knappe fünfzig Meter weiter, bevor er stehen blieb. Ein junger Mann in der *Impeesa*-Kluft mit dem grünen Hemd und dem blau-gelben Halstuch stieg aus, ging nach hinten und öffnete die Türen. Er holte zwei voll beladene Plastikkisten heraus und stellte sie behutsam auf den Boden. Als er Jacobsen sah, richtete er sich auf.

»Kann I Ihne helfe?«

Jacobsen nickte ihm zu und setzte ein Lächeln auf. »Ich suche Lukas von Weyen«, sagte er. »Ich komme von der Kripo Waiblingen und müsste ihm noch ein paar Fragen stellen. – Soll ich vielleicht eine von den Kisten nehmen?«

»Oh.« Der junge Mann schaute drein, als sei er positiv überrascht. »Wenn Sie meget ...«

Jacobsen mochte durchaus und hob eine der Kisten hoch, die mit Salatköpfen, Frühlingszwiebeln, Karottenbündeln und Äpfeln vollgeladen war. Er folgte dem jungen Mann, der die zweite Kiste mit Fleisch, Brot und Aufschnitt vor sich hertrug. In wenigen Minuten hatten sie eine Stelle des Parks erreicht, an der ein rundes Stück Rasen stoppelkurz geschoren war. Drei Kohten und eine große Jurte waren im Kreis rings um eine große, befestigte Feuerstelle aufgestellt, und an einem hohen Fahnenmast flatterte ein Banner mit der schwarzen Lilie des Bundes auf goldenem Grund.

Jacobsen holt tief Luft und hatte den Geruch von brennendem Holz, klammen Zeltplanen und verschwitzten Hemden in der Nase, der ihn mit einem Schlag dreißig Jahre in die Vergangenheit zurückversetzte – auf einen Lagerplatz im Alten Land bei Hamburg, wo er in einer regentropfenden Kohte kaum schlafen konnte und von einem derart wütenden Heimweh gebeutelt wurde, dass er sich auf der Stelle nach Hause wünschte.

Nach Hause zu seiner Mutter. Nicht zu seinem Vater. Denn der hatte ihm die ganze Freiluft-Pfadfindernummer damals überhaupt erst eingebrockt, weil er ihn für einen bleichsüchtigen Stubenhocker hielt.

Er setzte die Kiste vor einer Kochstelle ab, die mit zwei zusammengeknöpften Planen gegen den Regen geschützt wurde, und sein Blick fiel auf einen Hackklotz, vor dem ein etwa zehnjähriger Junge stand und begehrlich das Hackwerkzeug betrachtete, das an dem Klotz lehnte. Sein Begleiter sah ihn ebenfalls, und sein Gesichtsausdruck wurde leicht alarmiert.

»Sebaschtian, Finger weg von der Akscht!«, rief er. »I han koi Luscht, deirer Mama zu erklära, wieso du uff oimol nur no *oin* Fuaß hasch!«

Der Junge schaute ziemlich enttäuscht drein, und Jacobsen – immer noch im Bann seiner Erinnerungen – erbarmte sich.

»Darf ich es ihm zeigen?«, fragte er. »Und keine Sorge, ich kenn mich aus.«

»Send Sie sicher?« Sein Begleiter musterte ihn zweifelnd.

»Ganz sicher.«

Jacobsen ging auf den Hackklotz und den Jungen zu und nahm die Axt in die Hand.

»Pass mal auf« sagte er, »du musst dich so hinstellen wie ich, die Füße auseinander. Wenn dann die Schneide danebengeht, dann nicht in deine Beine, sondern genau dazwischen durch die Luft. Und nicht zu weit ausholen!« Er machte es vor. »Hast du's gesehen?«

Der Kleine nickte schüchtern.

Jacobsen stellte ein dickes Scheit auf den Hackklotz, holte aus und schlug zu. Das Scheit flog, in zwei saubere Hälften zerteilt, in das feuchte Gras. Jacobsen atmete heimlich auf. *Glück gehabt.*

Er lächelte den Jungen an. »Diese Axt«, er lehnte sie wieder gegen den Hackklotz, »ist ein bisschen sehr groß für deine Finger. Vielleicht gibt es hier ja eine kleinere, mit der du ein bisschen üben kannst.«

»Klar, die hen mir«, sagte der junge Mann, der beim Zuschauen vor lauter Spannung seine beiden Futterkisten ganz vergessen hatte und jetzt hastig anfing, Brot und Gemüse auf den rohen Holztischen unter der Plane abzuladen.

Im nächsten Moment wurde die Zeltklappe der Jurte zurückgeschlagen und Lukas von Weyen kam heraus. »Bocuse, ist das Essen da?«, fragte er. »Wir müssen demnächst anfangen mit Gemüseschneiden.«

Bocuse? Jacobsen stellte fest, dass er grinste.

»Essen isch da«, erwiderte »Bocuse« knapp. »Und hier isch jemand, der will mit dir schwätza. Von dr Polizei.«

Lukas wurde blass und wandte ruckartig den Kopf. Dann entdeckte er Jacobsen und entspannte sich wieder ein wenig. Trotzdem sah er plötzlich müde und nervös aus.

»Sie?« Er blieb einen Moment lang unschlüssig stehen, dann siegte offenbar seine gute Erziehung. Er kam auf Jacobsen zu und streckte ihm die Hand entgegen. »Grüß Gott«, sagte er. »Kann ich Ihnen irgendwie helfen?«

»Ja, das kannst du, Lukas«, sagte Jacobsen. »Teil deine Leute zum Gemüseschneiden ein, und dann gehen wir irgendwo hin, wo wir in Ruhe miteinander reden können. Ist das okay für dich?«

»Ja … ja, natürlich. Einen Moment. Ich bin gleich wieder da.«

Worauf Lukas wieder in der Jurte verschwand. Als er erneut zum Vorschein kam, folgten ihm ein Junge und ein Mädchen, die im Geschwindschritt durch den Nieselregen auf die Kochstelle zustrebten, wo Bocuse drauf wartete, Schneidebrettchen, Gemüsemesser und Schüsseln zu verteilen. Ein zweiter Junge kam hinterher – nicht zu Fuß, sondern in einem robusten Rollstuhl, den er außerordentlich geschickt über die Wiese manövrierte. Binnen zwei Minuten saßen die Kinder unter der Plane nebeneinander vor einem rasch aufgestellten Klapptisch – die anderen beiden auf Hockern aus einem sauber zersägten Baumstamm – und schnippelten um die Wette. Der Regen, der vor ihnen von dem schwarzen Kohtenstoff triefte, schien sie nicht zu stören; sie plauderten miteinander und lachten.

Als Lukas neben Jacobsen trat, schaute der ihn mit neuem Respekt an. »Gut machst du das«, meinte er. »Ich bin wirklich beeindruckt.«

»Man muss genau wissen, was man will«, erwiderte Lukas. »Und nie die Ruhe verlieren. Dann hören einem die Leute zu und ziehen mit. Jedenfalls sagt das mein … mein Vater hat das immer gesagt.«

Jacobsen sah, dass der Junge schluckte; einmal mehr musste er sich ins Gedächtnis rufen, dass Lukas erst fünfzehn war … kein richtiges Kind mehr, aber noch lange nicht erwachsen. Das durfte er bei so viel Klugheit, Zielbewusstsein und Reife keinen Moment lang vergessen. Genauso wenig, dass er seinen Vater durch ein brutales Verbrechen verloren hatte, das erst wenige Wochen zurücklag.

»Na, dann komm mal mit.«

Er entfernte sich von dem kleinen Lagerplatz; aus den Augenwinkeln konnte er sehen, dass Lukas ihm folgte. Der Regen ließ jetzt etwas nach. Jacobsen steuerte auf ein kleines Wäldchen aus japanischen Kirschbäumen zu, lehnte sich an einen der graubraunen Stämme und wartete. Für einen Moment brach die Sonne durch die Wolken, und das regennasse Laub schimmerte grün und golden. Lukas lehnte sich an den Baum nebenan, und beide schwiegen.

»Als wir uns das erste Mal gesehen haben, da hab ich dir doch erzählt, dass ich auch mal Pfadfinder gewesen bin«, sagte Jacobsen endlich leise. »Erinnerst du dich?«

»Klar.«

»Ich bin in Hamburg aufgewachsen«, erklärte Jacobsen. »Mein Vater fand, ich würde zu viel in meinem Zimmer herumsitzen. Als ich zwölf war, war ich für mein Alter ziemlich groß und zu dick, hatte das Gesicht voller Pickel und ständig die Nase in einem Buch. Mein Vater fand das furchtbar. Er tat sich nach einer Möglichkeit um, mich zwangsweise nach draußen zu kriegen, und entdeckte endlich einen Pfadfinderstamm, von dem er glaubte, ich würde hineinpassen.«

»Und?«, fragte Lukas vorsichtig. »Haben Sie hineingepasst?«

»Kein Stück.« Jacobsen räusperte sich. »Damit will ich nicht sagen, dass ich die Pfadfinder generell schlecht fand. Ich konnte bloß die Leute in meiner Sippe nicht ausstehen. Die kannten sich teilweise schon seit Jahren, und ich war ein Fremdkörper. Obendrein war der Sippenführer eine Katastrophe. Zwei Jahre älter als ich – fast so alt wie du jetzt – und ein arroganter Arsch. Er hat mich mindestens ebenso sehr gehasst wie ich ihn. Schon nach der dritten oder vierten Sippenstunde wollte ich da nicht mehr hin.«

»Haben Sie das Ihrem Vater gesagt?«, wollte Lukas wissen.

»Immer wieder.«

Jacobsen betrachtete Lukas aufmerksam. Die Anspannung war gänzlich aus seinem Körper geschwunden. Genau das, was er mit seiner persönlichen Geschichte beabsichtigt hatte.

»Aber er hat mich nicht ernst genommen. Oder falls doch, dann hat es ihn nicht genügend gekümmert. Also blieb ich reichlich ein Jahr in diesem Stamm. Ich würde lügen, wenn ich behaupten würde, dass ich nichts gelernt hätte ... oder dass es nicht wenigstens ein paar Sachen gab, die mir Spaß gemacht haben. Bestimmte Knoten kann ich immer noch. Das Pfadfinderversprechen hab ich tatsächlich noch im Kopf, und das Holzhacken hat mir später im Urlaub beim Scheitespalten für den Kaminofen in Dänemark sehr geholfen.«

»Und Sie haben es nie wieder versucht?«, erkundigte sich Lukas. »Ich meine woanders?«

»Nein.« Jacobsen schüttelte den Kopf. »Zu dumm, dass ich diesen Stamm hier damals nicht kannte.«

Lukas blickte hoch, hinauf in den regnerischen Himmel. Wasser tropfte von den spitz zulaufenden, gezahnten Blättern des Kirschbaums.

»Mein Vater hat mich auf eine Fahrt nach Lappland mitgenommen, da war ich neun«, sagte er. »Wir sind tagsüber kilometerweit gewandert, und das Land sah aus, als könnte man darauf weiterlaufen bis in alle Ewigkeit. Zwischendurch waren da überall Seen, kleine und große, und nirgendwo ein Mensch. Nach ein paar Tagen dachte ich, wir wären allein auf der Welt, mein Vater und ich. Bloß wir zwei.«

Er sprach langsam und voller Trauer, und Jacobsen hütete sich, ihn zu unterbrechen.

»Nachts haben wir bei den Sami geschlafen«, fuhr Lukas fort. »Da kommen unsere Kohten nämlich eigentlich her, aber das wissen Sie bestimmt.«

»Klar.« Jacobsen nickte. »Genauso, wie ich weiß, dass die Pfadfinderjurten eigentlich in Asien erfunden wurden. Sie sind größer und rund, und viele mongolische Nomadenfamilien schlafen bis heute darin – wenigstens im Sommer.«

»Haben die Sami früher auch gemacht. Heutzutage leben sie in Häusern, und sie ziehen auch nicht mehr wirklich die ganze Zeit mit den Herden durch die Gegend. Aber viele bauen noch eine Jurte auf, für Gäste und Touristen. Nachts brennt da drin ein Feuer, und auf dem Boden liegen Rentierfelle.« Lukas lächelte sehnsüchtig, als sähe er eine besonders schöne Erinnerung an sich vorüberziehen. »Toll war das. Hat mir unheimlich gefallen.«

Jacobsen konnte es sich vorstellen. Der Junge sehnte sich bestimmt nicht nur nach dieser archaischen Erfahrung, sondern auch nach dem Mann, mit dem er sie hatte erleben dürfen.

»Summt der Regen am Abend ins Tal
Träumt mein Zelt von den Lommen
Über den Strom, über Klippen und Rohr
Ist ihr Rufen gekommen …«

Jacobsen wandte überrascht den Kopf. Lukas von Weyens Stimmbruch lag eindeutig schon hinter ihm; er hatte einen weichen, erfreulich sicheren, jungen Bariton. Er sang leise, als hätte er für einen Moment vollkommen vergessen, dass er nicht allein war. Und Jacobsen kannte das Lied … Es war eines der wenigen, die ihm aus seiner Pfadfinderzeit im Gedächtnis geblieben waren, weil ihm Text und Melodie schon damals sehr gefielen. Walter Scherf hatte es geschrieben, legendäres Pfadfinder-Urgestein und Märchenforscher … und er hatte obendrein das einzige Kinderbuch ins Deutsche übersetzt, das Jacobsen als Junge wirklich gemocht hatte – den »Kleinen Hobbit« von J. R. R. Tolkien.

»Jäh aus Wind wie ein heiseres Lied
Und schrill im pfeifenden Wehen
Rudern die Lommen der Dämmerung zu
Nachtwärts heim zu den Seen.
Schlaf, mein Zelt, wenn der Schlafregen fällt
Elche ziehen ans Ufer …«

Lukas brach ab und starrte zu Boden. Der Regen war wieder etwas stärker geworden. Er rieselte von den Zweigen herunter und zog silberne Spuren über seine dunkelgrünen Hemdschultern.

»Das hat mir mein Vater beigebracht«, sagte er. »Er hat es mir vorgesungen, während ich in meinem Schlafsack lag und er neben mir am Feuer saß, mit der Gitarre – ich vermisse ihn.«

Er zog deutlich hörbar die Nase hoch. Jacobsen, der seinen eigenen Vater schon direkt nach seinem Tod vor etwas mehr als zehn Jahren nicht im Mindesten vermisst hatte, schaute rasch weg. Er war sich sicher, dass der Junge nicht besonders glücklich darüber war, dabei beobachtet zu werden, während er weinte.

»Ich hab deinen Vater kaum gekannt«, sagte er langsam. »Genau genommen sind wir uns nur ein einziges Mal begegnet. Aber ich mochte ihn … und ich glaube, er war ein guter, freundlicher Mensch.«

Lukas antwortete nicht. Aus den Augenwinkeln stellte Jacobsen fest, dass er in Hosen- und Brusttasche nach irgendetwas suchte, höchstwahrscheinlich nach einem Tuch zum Abwischen. Er fischte eines seiner eigenen Taschentücher – gebügelte, sauber zusammengefaltete Baumwolle – aus der Jacke und hielt es dem Jungen kommentarlos hin. Nach kurzem Zögern griff Lukas zu und putzte sich gründlich die Nase.

»Wollen … wollen Sie es zurück?«

»Behalt es. Ich hab eine ganze Menge davon. Meine Schwester hält nicht viel von Tempo, Kleenex und Co. Sie ist von der altmodischen Sorte, die ihre Taschentücher lieber selbst wäscht und bügelt.«

»Wohnen Sie mit Ihrer Schwester zusammen?«

Offenbar hatte Lukas sich wieder ausreichend gefasst, um neugierig zu werden.

»Ich bin erst vor ein paar Wochen hierherversetzt worden. Meine Schwester und ihr Mann haben ein Haus in

Backnang, und ich bin erst einmal in ihrem Gästezimmer untergekommen.«

Lukas stieß sich von dem Baumstamm ab. »Das hier ist ein Trainingslager für unsere Wölflinge. Vielleicht haben Sie ja Lust, noch ein bisschen dazubleiben ... ich meine, es gibt gleich was zu Mittag. Und wir haben immer Extrageschirr und Besteck, falls jemand sein Zeug aus Versehen daheimgelassen hat. Möchten Sie mitessen? Ich lade Sie ein. Wenn Sie mögen.«

Jacobsen betrachtete den Jungen nachdenklich. Möglicherweise war das – vor allem angesichts der Warnungen von Stefan Finkbeiner – keine besonders gute Idee. Aber es konnte doch sicher nicht schaden, in möglichst entspannter Atmosphäre ein paar Fragen zu stellen.

Er nickte. »Warum nicht? Was gibt es denn?«

»Hähnchen-Gemüsepfanne.« Lukas freute sich sichtlich. »Und wenn ich Bocuse dazu kriege, Sie als Gast abschmecken zu lassen, dann ist sie endlich mal richtig gewürzt. Er nimmt ständig zu viel Pfeffer.«

»Kann ich machen«, meinte Jacobsen. »Wir wollen doch nicht, dass deine Wölflinge nachher Feuer spucken, oder?«

Lukas grinste, dann runzelte er plötzlich die Stirn, als sei ihm etwas eingefallen. »Als Sie damals bei den Pfadfindern angefangen haben, hatten Sie einen Fahrtennamen?«

»Nein, dafür hat es bei mir nie ganz gereicht. Vielleicht war ich auch einfach nicht lange genug dabei.« Jacobsen legte den Kopf schräg. »Aber du hast unter Garantie einen. Verrätst du mir, welchen?«

»Galahad«, erwiderte Lukas. Sein Blick war offen und direkt, und er sah aus, als wäre er ein bisschen stolz darauf. »Wie der Ritter der Tafelrunde, wissen Sie.«

Der Sohn Lancelots, als Einziger von Artus' Männern würdig, den Gral zu finden. Jacobsen dachte an die Bücher, die er als Jugendlicher verschlungen hatte, und lächelte in sich hinein.

»Gefällt mir«, sagte er. »Und jetzt lass uns machen, dass wir ins Küchenzelt kommen.«

* * *

Ich wünschte, ich könnte allen sagen, was ich getan habe. Ich begegne den Menschen, die immer noch um dich trauern, und ich möchte in ihre fassungslose, bedrückte Stille hineinschreien: »Wisst ihr was? Ich war es! Ich bin dafür verantwortlich, dass er tot ist!« Ich möchte es allen erklären. Ich möchte das tun, was wahrscheinlich jeder Mensch möchte: mich rechtfertigen. Aber das kann ich nicht. Und mit jedem Tag, an dem ich mich weiter zwinge, nicht darüber zu reden, wird die Last auf meinen Schultern wieder ein wenig schwerer.

Ich habe Angst.

Wenn der Nebel auf das Moor sich senkt …

Es dauerte eine knappe Stunde, bis Bocuse mit dem Kochen fertig war, und der Regen verstärkte sich noch. Nachdem die Kinder die Information verdaut hatten, dass es sich bei dem interessanten Gast um einen Polizisten handelte, durfte er tatsächlich die Gemüsepfanne abschmecken – was ihr ausgesprochen gut tat und die Schärfe auf ein erträgliches Level hinunterfuhr. Gegessen wurde in der großen Jurte; der Boden war mit ausrangierten Teppichen bedeckt, und niedrige Holzbänke bildeten ein Viereck zum Sitzen. In der Mitte brannte in einer flachen Metallschale ein munteres, kleines Feuer.

Jacobsen fand die Atmosphäre überraschend behaglich und ertrug die Kanonade aus Fragen, die nach beendeter Mahlzeit auf ihn abgefeuert wurde, mit Humor. Hatte er schon viele Täter verhaftet? – Ja, ein paar Dutzend. – Waren Mörder darunter? – Ja, mehrere. – Hatten die auf ihn geschossen? – Ja, hatten sie. – Und ihn sogar getroffen? – Einmal.

Zu erklären, ob er selbst etwa schon auf einen Gegner geschossen und wie gut er dabei getroffen hatte, blieb ihm erspart; Lukas von Weyen schleppte gerade rechtzeitig eine Riesenschüssel voller Vanillepudding mit »Träuble« an, und der Nachtisch trug tatsächlich den Sieg über die allgemeine Neugier davon. Jacobsen ließ einen Versuchsballon steigen und erkundigte sich in einem Nebensatz erst nach Susanne Steffens und dann nach Iris. Interessanterweise hatten Lukas' Sipplinge zu Susanne einiges zu sagen; sie meinten, sie sei furchtbar schüchtern gewesen und hätte den Mund kaum jemals aufbekommen, aber hilfsbereit sei sie trotzdem gewesen, und sehr nett obendrein. Auf den zwei Lagern, an denen sie teilgenommen hatte, hatte sie Holzsplitter aus Fingern gezogen, Kratzer und Schnitte verpflastert und bei Bedarf jederzeit gern den Kleineren dabei assistiert, Knöpfe anzunähen oder Risse in Klufthemden und -hosen zu flicken. Iris dagegen ... Jacobsen erntete bei der bloßen Erwähnung ihres Namens vorsichtige Seitenblicke und gemurmelte Bemerkungen und konnte sich ohne viel Mühe einen Reim darauf machen. Susanne Steffens wurde wirklich vermisst, Iris Schäuble dagegen weinte hier niemand ernsthaft eine Träne nach.

Nach dem Essen half er mit, auf dem hölzernen Klapptisch neben dem Kochzelt das Geschirr abzuspülen. Inzwischen hatte der Regen endlich nachgelassen und die Wolken rissen auf. Angesichts der lang ersehnten Trockenheit sollte ein Hajk stattfinden, dem Wölflinge und Sippenführer seit Wochen entgegenfieberten; demzufolge hatte Jacobsen nicht mehr viel Gelegenheit, Fragen zu stellen. Allerdings war das auch nicht mehr unbedingt notwendig. Die Art, wie Lukas über seinen Vater und wie die Wölflinge über Susanne sprachen, ließ für ihn nur den Schluss zu, den er eigentlich bereits gezogen hatte: Es hatte kein Missbrauch stattgefunden und Peter von Weyen hatte nichts anderes versucht, als einem Mädchen in Not beizustehen.

»Du?«

Jacobsen stellte einen sauberen Metallteller auf dem Tisch ab und blickte nach unten. Der Kleine, der vorhin so begehrlich um die viel zu große Axt herumgeschlichen war, zupfte ihn an der Jacke.

»Was ist denn?«

»Was für Knoten kannsch 'n du so?«

Jacobsen überlegte kurz. »Den Palstek«, erwiderte er dann. »Sehr praktisch. Kann man für alles Mögliche brauchen.«

»Kannsch du au mit 'm Kompass umgange?«

Jacobsen grinste. »Nicht mehr so gut, ich hab fast alles wieder vergessen. Beim nächsten Hajk nehme ich dich wohl besser mit, sonst verlauf ich mich total.«

Der Kleine grinste ebenfalls und offenbarte eine lustige Lücke zwischen den oberen Schneidezähnen.

»Hen ihr au gsonga in eurem Stamm? Richtige Pfadi-Lieder, moin i?«

»Klar.«

Jacobsen befestigte sein klammes Geschirrhandtuch säuberlich mit zwei Wäscheklammern an einem der Spannseile des Küchenzeltes und ließ es in der Brise flattern. Er merkte, dass nicht nur der Kleine ihn beobachtete, sondern auch Lukas, der dabei war, die Töpfe vom Mittagessen zu schrubben.

»Mein Lieblingslied war immer ›Summt der Regen am Abend ins Tal‹. Haben wir oft während der Nachtwache gesungen – das fand ich ziemlich klasse. Welches ist dein Lieblingslied?«

»Der ›Piet‹.« Der Kleine stockte, wurde jäh blass und schaute sich rasch und verstohlen um, als hätte er etwas schrecklich Falsches gesagt und wollte sich versichern, dass es niemand gemerkt hatte. »Aber ... aber des singet mir nemme.«

»Aha.«

Lukas war ebenfalls blass geworden. Jacobsen wartete insgeheim darauf, dass er ihm die Sache erklärte, aber vergebens. Von Weyen junior schwieg beharrlich, und ein untrüglicher

Instinkt, dem zu vertrauen er in fast zwanzig Jahren Polizeidienst gelernt hatte, hielt Jacobsen davon ab, nachzuhaken.

»Macht doch nichts«, erwiderte er stattdessen. »Es gibt ein paar Lieder, die singt man so oft, dass man sie irgendwann nicht mehr hören kann. Und dann sucht man sich halt für eine Weile was anderes aus.«

Der Kleine nickte, war über den eigenen rätselhaften Fauxpas aber scheinbar immer noch so entsetzt, dass er kein Wort mehr über die Lippen brachte. Stattdessen hängte er sein Geschirrtuch neben das von Jacobsen und flitzte davon, als sei er auf der Flucht.

Jacobsen wandte sich an Lukas. »Ich muss allmählich wieder los«, sagte er. »Danke für das Mittagessen.«

»Danke, dass Sie da waren.« Lukas lächelte. Ein sehr schmales Lächeln, aber wenigstens war es da. »Sie dürfen gern mal wiederkommen. Auch wenn Sie nicht im Dienst sind, meine ich.«

»Sicher.« Jacobsen war angenehm überrascht. »Mach ich sehr gern. Mein Neffe hat euren Veranstaltungskalender, und wenn es mal wieder ›passt‹, dann schau ich vorbei.«

Er sah, dass Lukas leicht verwirrt die Stirn runzelte.

»Paul Voigt«, fügte er hinzu. »Er sagt, er kennt dich, wobei es mich immer noch wundert, dass er es lange genug von seinem Computer weggeschafft hat, um dir zu begegnen.«

»Ach – *der* Paul.« Das Lächeln vertiefte sich und wurde um einiges natürlicher. »Wir kennen uns aus der Schule. Paul ist ein totaler Nerd, aber ich find ihn klasse. Ich hatte keine Ahnung, dass Sie sein Onkel sind.«

»Und ich hatte keine Ahnung, dass er überhaupt weiß, was Pfadfinder sind.« Jacobsen streckte Lukas die Hand entgegen. »Mach's gut, und auf bald.«

»Auf bald«, sagte Lukas. »Gut Pfad.«

Er hob die Rechte zum Pfadfindergruß, und nach einem Sekundenbruchteil des Zögerns tat Jacobsen es ihm nach – zum ersten Mal wieder seit fast dreißig Jahren.

»Gut Pfad.«

Er nickte Lukas zu, dann wandte er sich ab und ging durch den noch immer ein wenig unsteten Sonnenschein davon. Es dauerte etwa zwei, drei Minuten, bis er das Parkgelände verlassen und seinen Wagen erreicht hatte. Er setzte sich hinter das Steuer, fuhr aber nicht gleich los. Er zückte das Handy, ging ins Internet und tippte die Worte »Piet« und »Pfadfinderlied« in die programmierte Suchmaschine ein. Die spuckte das Ergebnis aus: »Der Piet am Galgen« von Erik Martin. Jacobsen spürte, wie es ihn eiskalt überlief.

Er drehte den Zündschlüssel um und fuhr los, quer durch Backnang zurück zum Haus von Heike und Kurt, das im Moment auch sein Zuhause war. Die letzten Stunden, die er so erstaunlich angenehm und auch informativ mit zwei Dutzend Wölflingen auf dem Zeltplatz verbracht hatte, waren vorübergehend ganz aus seinem Bewusstsein verschwunden. Stattdessen ging ihm ein Stück des Liedtextes ununterbrochen im Kopf herum, wie ein Gedicht in der Schule, das er absolut nicht auswendig lernen wollte, obwohl ihm gar nichts anderes übrigblieb.

Was kann ich denn dafür?
So kurz vor meiner Tür
da fingen sie mich ein
und bald endet meine Pein.
Ich hatte niemals Glück.
Mein trostloses Geschick
nahm keinen von euch ein.
Ja, heut soll gestorben sein.
Wenn der Nebel auf das Moor sich senkt
Der Piet am Galgen hängt.

Kein Wunder, dass der Kleine so blass geworden war und dass das Lied im Bund *Impeesa* niemand mehr singen wollte. Nicht mit einem Stammesführer namens Peter, dessen Leben mit einem Strick um den Hals an einem Baum geendet hatte.

* * *

Es war sonnig und heiß, als Jacobsen am Montag darauf ins Büro kam. Auf dem Fensterbrett drehte sich ein Ventilator und wirbelte die Luft durcheinander, und Melanie Brendel goss sich gerade Mineralwasser in ein großes Glas und hob es zum Gruß, als sie ihn sah.

»Wir haben morgen einen Termin im Gymnasium in der Taus«, sagte sie. »Ich hab mit der Rektorin gesprochen; ich halte dort eine Stunde zum Thema Internet-Mobbing. In der 9b, der Klasse von Susanne Steffens.«

Jacobsen hob den Kopf. »Ach, tatsächlich? Hat Susanne mit Ihnen Kontakt aufgenommen oder irgendwie signalisiert, dass sie mit uns reden möchte?«

»Nein, hat sie nicht. Aber Klara Straub hat mir eine E-Mail geschickt. Sie macht sich Sorgen um Susanne – genau wie ich. Sie fürchtet, wenn wir weiterhin darauf warten, dass das Mädle allein die Initiative ergreift, dann passiert gar nichts. Und ihr Vater kann mit dem Missbrauch einfach ungestört weitermachen.«

»Stimmt wahrscheinlich. Was haben Sie denn vor? Wollen Sie Susanne direkt ansprechen?«

»Ganz bestimmt nicht.« Melanie Brendel schüttelte den Kopf. »Dann würde sie vermutlich vollkommen dichtmachen oder die Flucht ergreifen. Ich muss versuchen, ihr Vertrauen zu gewinnen. Bis jetzt hat sie erst ein einziges Mal riskiert, sich einem anderen Menschen gegenüber zu öffnen – und der ist ermordet worden. Es wird sie ungeheuren Mut kosten, diese Offenheit noch ein zweites Mal zu wagen.«

Jacobsen lächelte. »Also werden Sie versuchen, ihr möglichst unauffällig eine goldene Brücke zu bauen.«

»Ganz genau.« Melanie Brendel leerte das Glas mit einem langen, durstigen Zug halb und stellte es wieder auf den Tisch. »Und ich kann nur hoffen, dass sie sich traut, hinüberzugehen.«

Das Telefon klingelte; Jacobsen nahm den Hörer ab. »Ja?«

»Finkbeiner hier. Würden Sie bitte mal eben zu mir rüberkommen?«

»Selbstverständlich.«

Jacobsen legte den Hörer behutsam wieder auf und stellte zu seinem Ärger fest, dass sich seine Gedanken überschlugen. Hatte Lukas von Weyen möglicherweise daheim vom Besuch der Polizei auf dem Wochenendlager berichtet – und jetzt beschwerte sich die Familie? Oder der ominöse Stadtrat? Oder alle gleichzeitig?

»Stimmt was nicht?«, fragte Melanie Brendel.

»Nein, nein …« Er straffte die Schultern. »Ich bin mal eben bei Finkbeiner. Bis gleich.«

»Bis gleich.«

Er mochte sich das einbilden, aber er glaubte, in ihrem Blick so etwas wie Mitgefühl zu lesen. Bevor er aber noch länger darüber nachgrübeln konnte, hatte er das Zimmer bereits verlassen, war den Flur hinuntergegangen und hatte an die Tür von Finkbeiners Büro geklopft.

»Herein.«

Als er eintrat, sah er nicht nur Finkbeiner hinter seinem Schreibtisch sitzen. Vor dem Schreibtisch saß noch jemand – ein Besucher, der sich umdrehte und ihn neugierig musterte. Er hatte ein kluges, eckiges Gesicht unter einem Igelhaarschnitt mit ergrauenden Schläfen, und auf seiner Nase balancierte eine dunkle Hornbrille. Der Mann wirkte wie ein Terrier, der es gewohnt war, überall den Fuchs zu wittern. *Presse*, dachte Jacobsen sofort.

Finkbeiner erhob sich halb und machte eine unbestimmte Geste in seine Richtung. »Darf ich vorstellen?«, sagte er. »Das ist Malte Jacobsen – vor ein paar Wochen aus Hamburg hierherversetzt und mit der Aufklärung des Mordes an Peter von Weyen betraut. Und das hier ist Martin Vogel, Journalist bei der Backnanger Kreiszeitung.«

Volltreffer.

»Angenehm«, erwiderte Jacobsen, der sich noch nicht ganz sicher war, ob er es wirklich angenehm fand. »Kann ich was für Sie tun?«

»Hoffentlich.« Martin Vogel nahm ein Blatt Papier von Finkbeiners Schreibtisch. »Das hier hab ich heute Morgen bekommen – als E-Mail. Schauen Sie mal.«

Jacobsen nahm ihm das Blatt ab und betrachtete es.

Das Erste, was seinen Blick anzog, war ein Bild von Peter von Weyen, das offenbar in den Text der Mail eingefügt worden war. Er stand vorgebeugt hinter Susanne Steffens, die auf einem Hackklotz saß und schüchtern in die Kamera lächelte; seine Hände lagen leicht auf ihren Schultern. Beide trugen Pfadfinderkleidung.

»Peter von Weyen war Pfadfinder«, hieß es in dem Text darunter. »Ein respektierter und geachteter Mann, dem viele Eltern bedenkenlos ihre Kinder anvertraut haben. Er war fünfundvierzig Jahre alt. Das Mädchen auf dem Foto ist gerade mal sechzehn. Wären die Eltern wohl so vertrauensvoll, wenn sie wüssten, dass Peter von Weyen ein widerrechtliches Verhältnis mit diesem Mädchen hatte? Und wird diese Geschichte jetzt unter den Teppich gekehrt, nur weil von Weyen tot ist? Lügen sind gefährlich – wer ist bereit, endlich die Wahrheit zu sagen?«

Unterzeichnet war dieser dramatische Textabsatz mit »Ein besorgter Mitbürger«.

Jacobsen hob den Blick von dem Ausdruck. Erst jetzt fiel ihm auf, dass sein Vorgesetzter ausgesprochen nervös und sorgenvoll dreinschaute.

»Irgendein Absender?«, fragte er leise.

»Nein.« Martin Vogel schob die Brille auf seinem Nasenrücken hoch; sie geriet fast sofort wieder ins Rutschen. »Vielleicht können Sie ja mit Ihren polizeilichen Mitteln rauskriegen, wo das herkommt. Ich kann es beim besten Willen nicht sagen.«

»Aber normalerweise kann man bei einer E-Mail doch sehen, wer sie geschrieben hat, oder?«

»Klar.« Die Brille wanderte erneut nach oben. »Aber diese … Person hat ein Info-Formular auf unserer Website benutzt. Darauf bitten wir unsere Leser zwar, eine korrekte E-Mail-Adresse anzugeben, aber das Programm kann unmöglich überprüfen, ob es diese Adresse wirklich gibt. Also muss der Absender sich bloß was ausdenken, in ein Internet-Café gehen, um den Text und das Bild in das Info-Formular zu kopieren – dann haben wir das Nachsehen.«

»Das wird noch überprüft«, warf Stefan Finkbeiner ein. »Vielleicht lässt sich die persönliche IP-Adresse ja trotzdem herausfinden.«

»Mich würde brennend interessieren«, sagte Jacobsen, »wieso Sie hier sind. Ich meine – das ist doch eine echte Story. Angesehener Pfadfinderbund, Stützpfeiler der Gesellschaft, ein Mitarbeiter, der beliebt und über jeden Zweifel erhaben ist … und jetzt kommt plötzlich Sex ins Spiel. Mit einer Minderjährigen. Davon träumt doch ein Chefredakteur, und mitten im Sommerloch bestimmt noch viel mehr.«

»Davon *würde* mein Chefredakteur träumen«, antwortete Martin Vogel trocken, »wenn er davon auch nur die geringste Ahnung hätte. Hat er aber nicht.«

Jetzt nahm er die Brille ab, legte sie behutsam auf Finkbeiners Schreibtisch und rieb sich die Stelle zwischen den Brauen, wo sich eine tiefe, senkrechte Falte eingegraben hatte.

»Wer immer das geschrieben hat – er hat es direkt an meine E-Mail-Adresse geschickt, und vermutlich aus einem ganz bestimmten Grund. Mein Junge ist seit fünf Jahren in diesem Bund, und unser anonymer Informant hat wahrscheinlich gedacht, ich würde als betrogener und besorgter Vater sofort den Drang verspüren, Peter von Weyen an den Pranger zu stellen. Und den Pfadfinderbund gleich mit dazu.«

»Und diesen Drang haben Sie nicht?«

Jacobsen betrachtete ihn nachdenklich und registrierte aus den Augenwinkeln, dass Finkbeiner hinter seinem Schreibtisch erleichtert aufatmete.

»Nein.« Vogel lehnte sich auf dem Stuhl zurück. »Weil ich Peter von Weyen gekannt habe. Weil er ein selten integrer und ehrlicher Mann gewesen ist, der seine Frau und seinen Sohn sehr geliebt hat. Und weil ich persönlich meine Hand dafür ins Feuer legen würde, dass er lieber gestorben wäre, als einem der Kinder auch nur ein Haar zu krümmen.«

»Ich bin ihm nur einmal begegnet«, sagte Jacobsen ruhig. »Aber ich sehe das ähnlich wie Sie … und bisher spricht alles dagegen, dass Peter von Weyen jemals getan hat, was ihm in dieser E-Mail vorgeworfen wird.«

»Nichtsdestoweniger«, fuhr Vogel fort, »kann ich nicht einfach hingehen und diesen Vorwurf ignorieren. Ich muss darüber schreiben, aber ich möchte es erst dann tun, wenn ich ganz sicher bin, dass ich die Wahrheit sage. Denn wenn wir Peter von Weyen in einem Artikel quasi posthum zum Kinderschänder erklären, dann ist das das Ende von *Impeesa.* Ganz egal, ob irgendjemand sonst von der Sache gewusst hat oder nicht, und genauso egal, ob es wahr ist oder eine dreiste Lüge. Denn dann melden die Eltern ihre Kinder schneller ab, als ich von hier bis zur Redaktion mit dem Auto fahren kann. Und der Skandal wird richtig, richtig hässlich.«

Er hatte natürlich Recht. Jacobsen dachte an Klara von Weyen und das liebevoll eingerichtete Museum zum Andenken an ihren Mann, der *Impeesa* gegründet hatte. Und er dachte an Lukas, der ihm vor zwei Tagen so ernsthaft »Gut Pfad« gewünscht hatte. Die Vorstellung, dass all das wegen einer einzigen anonymen Verleumdung in sich zusammenbrach, war niederschmetternd.

»Hören Sie«, sagte er. »Gerade deutet viel darauf hin, dass Peter von Weyen mit dem Mädchen auf dem Bild kein Verhältnis hatte, sondern dass er ihr aus einer Notlage helfen wollte.«

Vogel öffnete den Mund, aber Jacobsen hob die Hand.

»Noch mal: Es deutet sehr viel darauf hin. Wir wissen es nicht sicher. Aber sobald wir es wissen, kriegen Sie die Story exklusiv. Mit allen Details. Gesetzt den Fall, Sie geben uns genügend Zeit dafür.«

Der Journalist grinste schräg. »Wie viel Zeit ist genügend Zeit?«

Jacobsen seufzte. »Ich hab keine Ahnung, leider. Aber wenn wir so weit sind, dann werden Sie einer der Ersten sein, die es erfahren. Versprochen.«

Martin Vogel stand auf, verabschiedete sich mit Handschlag von Finkbeiner, nickte Jacobsen zu und verließ das Büro.

Als er gegangen war, lehnte sich Jacobsen an die geschlossene Tür und atmete tief durch.

»Das ist doch gut gelaufen«, meinte Finkbeiner zu niemandem im Besonderen.

»Ja«, erwiderte Jacobsen, »aber auch bloß, weil wir ein Mordsglück hatten und der Informant ausgerechnet einen Pressemann angeschrieben hat, der weiter schaut als bis zur nächsten Schlagzeile. Das hätte furchtbar ins Auge gehen können. Und das kann es immer noch.«

»Stimmt.« Finkbeiners Gesicht, das sich während der Unterhaltung mit Vogel aufgehellt hatte, verdüsterte sich wieder. »Wenn unser E-Mail-Schreiber das Bild und den Text an eine andere Redaktion geschickt hätte …«

»… und das kann immer noch passieren.« Jacobsen seufzte erneut.

»Ich weiß.« Finkbeiner rieb sich nervös die Nase. »Wir brauchen sehr rasch Ergebnisse. Wir brauchen eine Spur und einen Täter, bevor uns die Sache um die Ohren fliegt.«

Na wunderbar, dachte Jacobsen, *und bis jetzt haben wir immer noch weder das eine noch das andere.*

Vom Schweigen und vom Vergessen

»Zwölf Prozent der Jugendlichen, die im Rahmen einer Studie 2013 befragt worden sind, geben an, dass sie schon einmal im Internet gemobbt worden sind.«

Melanie Brendel ging vor der Tafel an der Stirnseite des Klassenzimmers langsam auf und ab. Eine Leinwand hing davor, und der summende Overhead-Projektor warf die bunten Balken der Statistik auf den grellweißen Hintergrund. Es war sehr warm, und Malte Jacobsen, der allein an einem Tisch in der Nähe des Fensters saß, unterdrückte ein Gähnen. Er hatte sich neben der Klassenlehrerin niedergelassen und gleichzeitig strategisch so platziert, dass er Susanne Steffens im Auge behalten konnte; sie saß sehr still, den Kopf gesenkt. Es war unmöglich zu erkennen, ob sie zuhörte.

»Was glaubt ihr, wo Mobbing anfängt?«

Seine Kollegin ließ ihren aufmerksamen Blick über die Gesichter der Kinder wandern.

Obwohl Sechzehnjährige wohl kaum noch Kinder waren, dachte Jacobsen.

Die Mädchen stylten sich hier in Backnang mindestens ebenso wie die Mädchen in Hamburg, trugen sorgfältiges Make-up und machten sich offenbar viele Gedanken über ihre Kleidung. Susanne stach mit ihrem straffen Haarzopf, dem bleichen, verschlossenen Gesicht und der senffarbenen, langärmeligen Bluse zwischen ihnen heraus wie eine Brennnessel in einem Blumenbeet.

»Da, wo mr auf Facebook ebbes über jemand schreibt, was net wohr isch.«

Ein Junge, halb rechts von ihm. Wache Augen, weiche, blonde Haarflusen.

»Zum Beispiel.« Melanie Brendel nickte. »Und wieso ist es wohl leichter, im Netz zu mobben als im *real life*? Was glaubst du?«

»Weil ...« Der Junge zögerte. »Weil mr den, den mr da mobbt, net drbei angucke muss?«, schlug er vor. »Und weil der oin au net sieht?«

»Stimmt.« Sie lächelte leicht. »Wenn ich den, den ich kränke und beleidige, dabei direkt vor mir habe, wird es schwieriger. Anonym Gift zu spritzen macht weniger Mühe ... und scheinbar auch mehr Spaß. – Hat jemand von euch schon Erfahrung mit Internet-Mobbing gemacht?«

Zwei Mädchen neben Jacobsen steckten die Köpfe zusammen und flüsterten; eine der beiden, rothaarig und ausgesprochen hübsch, deutete verstohlen mit dem Kinn zu Susanne hinüber. Die rührte sich nicht.

»Niemand?« Melanie Brendel hob die Augenbrauen. »Wie ausgesprochen … paradiesisch.«

Sie schaltete den Overhead-Projektor aus.

»Mobbing heißt nicht nur, Dinge zu behaupten, die nicht wahr sind. Es kann auch bedeuten, ein Bild zu posten, auf dem ein Mädchen schlecht geschminkt ist oder in einem bestimmten Top so aussieht, als wäre sie doppelt so dick wie normal. Und drunter steht dann: ›Die hässliche Bitch‹ oder ›Fette Sau‹. Oder da hat jemand ein bisschen heftig gefeiert und findet sich am nächsten Tag auf Facebook wieder, wie er volltrunken in irgendeinem Partykeller in der Ecke liegt.«

Wieder ließ sie den Blick über die Gesichter schweifen.

»Das Internet vergisst nichts«, fuhr sie fort. »Keine Bemerkung, keine Verleumdung, keine Unterstellung. Und keine – Geschichten.«

Jacobsen konnte die wachsende Anspannung in der Klasse fast körperlich spüren. Jetzt hatte seine Kollegin die Aufmerksamkeit aller, scheinbar bis auf die von Susanne. Das Mädchen starrte vor sich auf den Tisch.

»Was sollte man eurer Ansicht nach tun, wenn man bemerkt, dass jemand gemobbt wird und wenn man sogar vielleicht weiß, wer es tut?«

»Vielleicht … mit dem schwätze?« Zögernd reckte sich ein Finger nach oben. Das rothaarige Mädchen, das eben geflüstert hatte. »Und ihm sage, er soll des bleibe lasse?«

»Und wenn derjenige darauf pfeift?« Melanie Brendel betrachtete das Mädchen unverwandt. »Und wenn du dich dann plötzlich auf dem nächsten Bild wiederfindest oder in der nächsten Geschichte, die irgendjemand online erzählt, um diesmal *dich* fertigzumachen?« Sie lehnte sich gegen das

Lehrerpult. »Sich gegen Mobbing zu stellen heißt, dass man gegen den Strom schwimmen muss. Das ist nicht einfach, vor allem, wenn man nichts lieber möchte, als überall dazuzugehören. Das ist in eurem Alter ganz normal. Aber ich möchte euch Mut machen, euch im Ernstfall an jemanden zu wenden, mit dem ihr gut klarkommt. Das können eure Eltern sein, ein guter Freund oder euer Vertrauenslehrer. Ihr müsst es nicht einmal öffentlich tun. Macht es unter vier Augen. Und an uns – also an die Polizei – könnt ihr euch natürlich auch wenden. Ebenfalls unter vier Augen.«

»Des isch doch wie Petzen.« Die Freundin der Rothaarigen, mit einem leicht trotzigen Gesichtsausdruck. »Und hendarom au no.«

»Es ist *nicht* wie Petzen.« Melanie Brendel klang freundlich, aber sehr bestimmt. »Es geht nicht um eine geklaute Tafel Schokolade oder einen Griff in das Münzfach von Mamas Haushaltsportemonnaie. Auch nicht in Ordnung, ganz klar … aber das hier ist schlimmer. Wir reden darüber, dass manche Leute mit den modernen Mitteln der sozialen Netzwerke anderen ganz gezielt Schaden zufügen. Und die Gesetzeslage ist zwar immer noch ein bisschen schwierig, aber das ist ein Vergehen und damit strafbar.« Sie klopfte auf die Tischplatte des Lehrerpultes. »Beleidigung: Strafgesetzbuch, Paragraph 185«, zitierte sie. »Üble Nachrede: Paragraph 186. Verleumdung: Paragraph 187. Zu sagen, dass jemand kein Geld hat und damit arm und weniger wert ist, heißt, ihn zu beleidigen. Einem Mädchen durch die Blume zu unterstellen, dass sie mit einem verheirateten Mann schläft, das ist gleich beides, üble Nachrede *und* Verleumdung.«

Totenstille. Susanne Steffens hatte den Kopf gehoben und starrte sie an, als sei sie plötzlich aus einem Traum erwacht und würde zum ersten Mal die Frau bemerken, die vor der Klasse stand.

»Wir von der Polizei können nicht jede Straftat verhindern«, sagte Melanie Brendel. »Aber wir können die Täter verfolgen, wenn jemand die Courage hat, uns über sie zu informieren und uns zu helfen. Auch anonym, manchmal geht es nicht anders. Und wir können die Opfer schützen, wenn sie den Mut aufbringen, sich an uns zu wenden.«

Sie zog einen Stapel Visitenkarten aus der kleinen Ledertasche, die sie am Gürtel trug, und legte ihn auf das Pult.

Dann schaute sie lächelnd in die Runde. »Danke für eure Aufmerksamkeit. Auf der Visitenkarte steht meine Telefonnummer bei der Kripo Waiblingen, und meine E-Mail-Adresse auch. Dort kann man mich jederzeit erreichen. Einen schönen Tag noch!«

In diesem Moment ging die Pausenglocke und ein allgemeines Stühlescharren und Stimmengewirr beendete die Schulstunde. Eine Traube von Jugendlichen drängte sich minutenlang um das Lehrerpult, bevor sie sich auflöste und nach draußen verschwand. Jacobsen behielt Susanne Steffens im Auge; sie war unter den Ersten, die hinausgingen. Die Klassenlehrerin, eine Frau kurz vor dem Rentenalter mit einem sanften, leicht besorgten Gesicht, trat vor und drückte Melanie Brendel die Hand.

»Herzlichen Dank«, sagte sie. »Vielleicht nützt es was. Früher war es leichter, gegen Mobbing vorzugehen. Die Sorte Kinder, die so was macht, war immer schon erstaunlich geschickt, aber man hat mit etwas Glück noch mitbekommen, was passiert, und konnte dazwischengehen. Jetzt – mit all den Computern zuhause, den Smartphones und Tablets – hat man fast keine Chance mehr.«

Melanie Brendel lächelte. »Früher haben auch schon manche Schüler hingeschaut, und andere haben es vorgezogen, wegzusehen«, erwiderte sie.

»Manche meiner Kollegen auch, leider.« Die Lehrerin seufzte.

»Sie nicht.« Melanie Brendels Lächeln verstärkte sich und sie warf Jacobsen einen Blick zu. »Frau Schwenger war schon *meine* Klassenlehrerin, müssen Sie wissen.«

»Tatsächlich?«

»Tatsächlich. Und das, was sie heute den Kindern empfohlen hat, hat sie damals auch schon getan«, erklärte Frau Schwenger. »Wenn da einer gemobbt hat, ist sie dazwischengegangen. Manchmal fast ein bisschen *zu* direkt, jedenfalls für die Schulordnung.«

Jacobsens Augenbrauen stiegen in die Höhe. »Wie muss ich mir das vorstellen?«

»Sie hat sich vor Mitschüler gestellt, die schwächer waren und dadurch häufig zum Opfer wurden. Sie hat offen widersprochen. Und ein besonders hartnäckiger Rowdy hat sich mal um ein Haar eine gebrochene Nase eingehandelt. Zum Glück hat sie sich rechtzeitig zurückgehalten ... aber ihren Spitznamen hatte sie danach weg.«

Melanie Brendel lief rot an und schaute höchst verlegen drein. »Oh *bitte* ...«

»Und wie war der?«, erkundigte sich Jacobsen so neugierig wie unbarmherzig.

»Rambo.« Frau Schwenger grinste breit.

Melanie Brendel wandte sich ab und schüttelte etwas hilflos den Kopf. »Jetzt haben Sie mein Image ruiniert. Und dabei hab ich mir solche Mühe gegeben.«

»Um mich zu beeindrucken?« Jacobsen schnaubte amüsiert. »Ich weiß gar nicht, was Sie wollen – jetzt weiß ich, dass ich im Ernstfall jemanden habe, der sich vor mich wirft und die Schurken auch ganz alleine fertigmacht. Ich bin *sehr* beeindruckt.«

»Und ich muss leider los.« Frau Schwenger warf einen bedauernden Blick auf ihre Armbanduhr. »Ich hab jetzt eine Doppelstunde Geschichte. Nochmals vielen Dank.« Damit drückte sie beiden fest die Hand und verließ das Klassenzimmer.

Melanie Brendel sammelte die wenigen Visitenkarten ein, die auf dem Pult liegen geblieben waren, und steckte sie weg.

Sie schaute Jacobsen an, und ihre Miene wurde wieder ernst. »Glauben Sie, Susanne hat eine davon mitgenommen? Und schafft sie es wohl, sich bei uns zu melden?«

»Das weiß ich nicht«, sagte er ehrlich. »Aber ich hoffe es sehr. Und ich sag Ihnen noch was: Wenn sie es nicht tut, dann liegt es ganz bestimmt nicht an Ihnen.«

* * *

»Darf ich Sie was fragen?«

Jacobsen befand sich gemeinsam mit Melanie Brendel in einem Waiblinger Biergarten, ein großes Radler und einen Ochsenmaulsalat vor sich auf dem Holztisch. Letzteres hatte sich zu seiner Erleichterung als ein durchaus essbares Gericht aus deftig gewürzten, gekochten Fleischstreifen mit Gewürzgurke und Zwiebeln herausgestellt, und Ersteres enthielt so wenig Alkohol, dass er nach dieser Mittagspause an der frischen Luft noch imstande sein würde, im Büro weiterzuarbeiten. Wo er zum hundertsten Mal die Akten, die Unterlagen und Beweise durchgehen würde – nur um einmal mehr festzustellen, dass sie der Lösung des Falles rund zwei Monate nach Peter von Weyens Tod noch keinen Schritt näher gekommen waren.

Aber jetzt saß er unter einem blau-weiß gestreiften Sonnenschirm an einem Holztisch, nur wenige Schritte von der Rems entfernt, die im Sonnenlicht glitzerte. Melanie Brendel saß ihm gegenüber. Sie hatte sich eine Vesperplatte mit Schinken, Käse, Butter und Holzofenbrot bestellt und ihn eingeladen, sich zu bedienen, weil »ich das unmöglich alles allein essen kann«. Außerdem hatte sie gerade einen langen, erleichterten Zug von ihrem Radler genommen, und jetzt stützte sie entspannt die Ellenbogen auf den Tisch und beobachtete ihn über ihren Teller hinweg.

Jacobsen ergab sich in sein Schicksal. »Was wollen Sie denn wissen?«

»Wieso Sie sich von Hamburg ausgerechnet *hierher* haben versetzen lassen.« Ihr Blick war wach und interessiert. »Aus familiären Gründen? Weil Ihre Schwester hier in der Nähe wohnt?«

»Ach – dachten Sie, ich bin auf der Suche nach der lang entbehrten Nestwärme?«

Es klang unnötig sarkastisch, und er hätte sich dafür ohrfeigen mögen.

Sie war eindeutig zu klug, um nicht zu merken, dass er die Stacheln aufstellte. Aber sie nahm es sichtlich mit Humor.

»Nein. Sie kommen mir nicht wirklich wie ein Familienmensch vor.«

Das hatte er nun davon.

»Wie komme ich Ihnen denn vor?«

»Wie jemand, der es gewohnt ist, seine Angelegenheiten selbst zu regeln. Und der es nicht wirklich mag, wenn andere sich einmischen.«

»Nicht schlecht.« Er stellte überrascht fest, dass er lächelte. »Das mit der Versetzung war nicht meine Idee. Das hat mein ehemaliger Chef ausgekocht; er war der Ansicht, ich hätte dringend eine Luftveränderung nötig.«

»Wieso das?«

Er konnte keine Neugier in ihren Augen lesen, nur ehrliche Anteilnahme.

»Irgendein Disziplinarproblem? Kann ich mir überhaupt nicht vorstellen.«

Er spürte, wie es um seine Mundwinkel zuckte. »Echt jetzt? Sie können sich nicht vorstellen, dass ich die Regeln breche?«

»Doch, das kann ich.« Sie erwiderte seinen Blick unverwandt. »Aber nur, wenn es gar nicht anders geht. Und dann würden Sie Ihre Entscheidung stur gegen jede Kritik verteidigen, ganz egal, von wem sie kommt.«

»Wieder nicht schlecht.« Er atmete tief durch. »Aber leider nein. Es hatte nichts mit irgendwelchen Alleingängen zu tun.«

Er wusste, dass sie auf seine Erklärung wartete, schwieg aber trotzdem. Die Stille breitete sich zwischen ihnen aus wie ein Abgrund, der immer größer und tiefer zu werden schien. Oder wie ein Meer, in dem man nach ein paar wenigen Schritten den

Boden unter den Füßen verlor und ertrank. Besser, er gab ihr eine Antwort, bevor ihm keine Metaphern mehr einfielen.

»Sie müssen mir das nicht sagen, wenn Sie nicht wollen«, sagte Melanie Brendel, als hätte sie seine Gedanken gelesen. »Ich muss allerdings zugeben, dass ich es gern herausfinden würde. Wir arbeiten jetzt fast zwei Monate zusammen, und ich weiß sehr wenig über Sie. Ich hab zwar eine gewisse Vorstellung, wie Sie ticken, und ich mag Sie ... aber ich kenne Sie immer noch kaum.«

»Danke«, sagte Jacobsen.

»Wofür denn?« Sie musterte ihn leicht verwirrt.

»Dafür, dass Sie mich mögen.«

Jacobsen seufzte und trank fast ein Drittel seines Glases leer, um Zeit zu gewinnen. Dann schob er den Teller mit dem halb gegessenen Ochsenmaulsalat von sich und faltete die Hände auf dem Tisch.

»Also schön. Im letzten Winter wurde in Hamburg ein Mädchen entführt. Sie war das einzige Kind eines Soldaten im Ruhestand, sie ging aufs Gymnasium und hat Geige gespielt.«

Melanie Brendel nickte. »Wie hat sie geheißen?«

»Beeke Brehm. Als sie gestorben ist, war sie dreizehn.«

Es dauerte fast eine Stunde, bis er seine Geschichte beendet hatte. Er ließ nichts aus – kein mühevolles Detail der Ermittlungen, nicht den furchtbaren Moment, als man Beekes Leichnam unter einem Stapel Apfelkisten im Alten Land ausgrub, und auch nicht das Leid ihres Vaters, der seinem Leben selbst ein Ende gesetzt hatte, weil er ihren Verlust nicht ertrug.

Die ganze Zeit über lauschte sie aufmerksam, ohne auch nur eine Zwischenfrage zu stellen oder irgendeine Bemerkung einzuwerfen. Erst als ihr klar wurde, dass er fertig war, sagte sie etwas.

»Hatten Sie einen Therapeuten?«

Er schaute auf seine Hände hinunter. »Ja. Er war sehr geduldig und sehr erfolglos. Als er feststellte, dass seine psychologischen Zaubertricks bei mir nicht verfingen, wandte er sich an meinen Vorgesetzten. Und der dachte, es wäre besser, dass ich woanders noch mal neu anfange ... damit ich aufhöre, herumzulaufen und Gespenster zu sehen.«

»Gespenster?«

»Kurz bevor ich herkam, bin ich am Straßenrand in Hamburg einem Mädchen begegnet, das Beeke sehr ähnlich gesehen hat«, erwiderte er müde. »Oder ... eigentlich doch nicht, höchstens die Haare und der Körperbau. Egal. Es war so was wie ein Flashback, und ich hätte fast einen schweren Unfall gebaut.«

»Und das war der Moment, in dem Sie eingesehen haben, dass Sie einen Ortswechsel nötig hatten?«, fragte Melanie Brendel.

»Ich nicht.« Jacobsen schnaubte leise. »Wie gesagt, das war eine Idee von meinem Chef. Und der hat das mit dem Beinahe-Crash gar nicht mitbekommen.«

»Glauben Sie, dass er recht hatte?«

»Wahrscheinlich schon.« Jacobsen war verblüfft, wie leicht ihm diese Aussage fiel. »Inzwischen fühle ich mich hier eigentlich ganz wohl ... wenn mein Vorgesetzter mir nicht gerade sagt, ich soll besonders guten Freunden der Lokal-Honoratioren nicht auf die Zehen treten. Was ziemlich schwierig wird, wenn es sich partout nicht vermeiden lässt, dass man ihnen Fragen stellt.«

Melanie Brendel nickte. »Er will sich halt nicht in die Nesseln setzen. Aber ich bin sicher, sobald wir überzeugende Spuren und handfeste Beweise haben, wird er darauf bestehen, dass wir in die richtige Richtung ermitteln, und er wird keinerlei politische Rücksichten auf irgendwen nehmen. Auch nicht auf irgendwelche Honoratioren.« Sie schob ihm ihr Vesperbrett und seinen Teller gleichzeitig hin. »Essen Sie Ihren Salat«, sagte sie. »Und nehmen Sie von dem Brot und dem Käse, die sind beide richtig gut.«

Jacobsen tat, wie ihm geheißen, und entschied, dass sie recht hatte. Das Brot hatte eine dunkle, knusprige Holzofenkruste, der Käse war zu dicken Scheiben aufgeschnitten und schmeckte sehr aromatisch.

Sie beendeten die Mahlzeit in friedlichem Schweigen und leerten ihre Gläser, dann winkte Jacobsen der Kellnerin und beglich die Rechnung.

»Nächstes Mal zahl aber ich.« Melanie Brendel lächelte. »Trotzdem – danke für die Einladung.«

»Gern geschehen.« Er streckte ihr über den Tisch hinweg die Hand hin. »Ich bin Malte, und wir sollten uns vielleicht langsam mal duzen.«

»Melanie.«

Ihr Lächeln vertiefte sich, und zum ersten Mal stellte er fest, dass sie ausgesprochen hübsche, braune Augen hatte. Ein helles Haselnussbraun, mit grünen und goldenen Einsprengseln.

»Ich hab das vorhin schon gesagt, deinen Vortrag in der Klasse fand ich ziemlich beeindruckend«, bemerkte er. »Du bist überhaupt sehr engagiert und ausgesprochen einfallsreich. Das ist mir schon aufgefallen, als wir bei Susanne Steffens waren.«

»Vielen Dank.«

»Ihre Geschichte geht dir ganz schön unter die Haut, oder?«

Melanie runzelte die Stirn. »Klar tut sie das. Findest du es so außergewöhnlich, dass mir das Leben, das sie führen muss, einen Schrecken einjagt? Und dass ich ihr unbedingt helfen will?«

»Irgendwie schon.« Jacobsen grinste schwach. »Was aber unter anderem auch daran liegen könnte, dass ich ein zynischer, alter Knochen bin.«

Melanie lachte. »Du darfst in der Aufzählung keineswegs ›abgebrüht‹ vergessen. Ein zynischer, alter, *abgebrühter* Knochen. Und du musst dir unbedingt eine sonore Bassstimme zulegen, dich tagelang nicht rasieren und melancholisch dreinschauen, damit das Klischee perfekt ist. Ungefähr so wie Jean Reno.« Sie zwinkerte ihm zu. »›Alt‹ ist übrigens eine ziemliche Übertreibung, finde ich. In deiner Akte steht, du bist zweiundvierzig. Und ich werde im September dreiunddreißig. Macht schlappe neun Jahre ... So ein dramatischer Unterschied ist das nun auch wieder nicht.«

Er legte den Kopf schief. »Du hast meine Akte gelesen?«

Melanie errötete leicht. »Schuldig, Euer Ehren. Genau wie Finkbeiner übrigens ... aber ich bin sicher, das hat er dir gesagt. Nein, weißt du ... Ich war halt sehr neugierig auf den neuen Kollegen aus Hamburg. Und ich dachte, so kann ich mir im Voraus schon ein Bild machen.«

»Und? Stimmt das Bild?«

»Nur teilweise.« Sie musterte ihn gedankenvoll. »Ich finde dich teilweise ziemlich überraschend. Und es macht mir Spaß, mit dir zu arbeiten.«

»Das Kompliment kann ich dir zurückgeben.«

Er stellte fest, dass er sehr gerne noch ein bisschen länger unter diesem Baum sitzen geblieben wäre, um sich mit ihr zu unterhalten. Stattdessen gab er sich einen pflichtbewussten Ruck.

»Wollen wir?«

Am Mühlkanal

Zwei Tage später stellte Jacobsen seinen Wagen in Sichtweite des Mühlkanals ab, der zwischen dicht belaubten Bäumen und Büschen tiefgrün und friedlich dahinfloss. Besagter Kanal war im Mittelalter für die Burgermühle angelegt worden, die in den Annalen Backnangs 1245 das erste Mal urkundlich erwähnt wurde. Anders als viele ähnliche Gewässer war er bis zum heutigen Tag erhalten geblieben. 1892 hatte ein gewisser Gottlob Layher die Burgermühle gekauft und 1908 ein neues Mühlhaus errichtet. Heute befand sich in dem schlichten Backsteingebäude das Ungarndeutsche Heimatmuseum.

An dem Weg, der zu dem Museum führte und den Jacobsen gerade entlangschlenderte, hatte die Stadt entlang des Kanals ein paar Bänke aufgestellt. Neben einer davon wuchs ein stattlicher Baum, der sein grünes Blätterdach meterweit ausbreitete. Es war schon ziemlich heiß, also parkte Jacobsen die Tüte mit der gebutterten Laugenbrezel und den großen Becher Kaffee, die er sich in der Bäckerei besorgt hatte, auf einer Bank und ließ sich aufatmend daneben nieder, seinen Aktenkoffer auf den Knien.

Die Ferien hatten noch nicht angefangen, aber es waren an diesem späten Vormittag nicht allzu viele Leute unterwegs. Jacobsen sah eine junge Mutter, die einen Kinderwagen am Kanal entlangschob und einen etwa dreijährigen Jungen an der Hand führte.

»Noi, i lass di net los, Dominik«, sagte sie energisch, während sie auf die Abzweigung der Straße zustrebte, die weiter nach Backnang hineinführte. »Wenn du ins Wasser fällsch, schtöscht du dir vielleicht dr Kopf, und dann versäufsch.«

Ihre Stimme verklang, während sie um die Biegung verschwand, gemeinsam mit dem quengeligen Protest ihres Sohnes.

Als Nächstes erschien eine Frau etwa Anfang sechzig auf der Bildfläche, die zu seiner Überraschung einen vermutlich ausgemusterten Einkaufswagen vor sich herschob. Jacobsen entdeckte einen zusammengerollten Schlafsack und mehrere zugeknotete Tüten darin. Sie musste obdachlos sein, aber ohne den Wagen wäre er nicht so ohne Weiteres darauf gekommen. Die Frau trug einen wadenlangen Baumwollrock, der zwar zerknittert war, aber sauber aussah, dazu einen dünnen Pullover, eine etwas zu große, schlabberige Strickjacke und weiße Turnschuhe mit Klettverschluss. Der größte Teil ihres Haares verschwand unter einem bunt geblümten Tuch. Während Jacobsen sie noch betrachtete, drehte sie den Kopf, als könnte sie seinen Blick spüren, und sah ihm genau in die Augen. Jacobsen lächelte, nahm seinen Kaffeebecher und prostete ihr stumm zu.

Sie blieb einen Moment stehen und er wartete neugierig, ob sie sich wohl zu ihm herüberwagen würde. Aber einen Moment später setzte sie ihren Weg fort und war gleich darauf verschwunden.

Er nahm einen Schluck von dem starken, süßen Kaffee, stellte ihn ab und ließ den Koffer aufklappen. Das Gesicht von Peter von Weyen schaute ihm entgegen; Jacobsen hatte seinen Ausdruck der Akte eingesteckt, weil er in Ruhe nachdenken wollte. In den letzten Tagen hatten er und Melanie Brendel den engeren und weiteren Freundes-, Kollegen- und Bekanntenkreis des ermordeten Pfadfinderführers noch einmal gründlich überprüft, sie waren Aussagen wieder und wieder mit dem Staubkamm durchgegangen und hatten Alibis gecheckt und gegengecheckt. Es blieb eine Tatsache, dass der Mann so gut wie keine Feinde gehabt hatte; wen immer man auch ansprach, hatte nur Positives über ihn zu sagen, niemand hätte ihm den Tod gewünscht und obendrein gab es weit und breit nur hieb- und stichfeste Alibis.

Seine Schwiegermutter und seine Frau hatten zum Zeitpunkt seines Todes an einer Firmenfeier in der Weyen-Villa teilgenommen, so wie nachgewiesenermaßen viele von denen, die »Malenga« gut gekannt und geschätzt hatten. Zwar hatte Yvonne von Weyen laut Aussage von Frau Lämmle, der Haushälterin, das Fest schon bald verlassen, nicht aber das Haus. Einer ihrer regelmäßig wiederkehrenden Migräneanfälle zwang sie, sich zurückzuziehen, und sie hatte sich für den Rest des Abends und die darauffolgende Nacht hindurch in ihrem Schlafzimmer aufgehalten. Die Haushälterin hatte mehrmals nach ihr geschaut und sie in ihrem Bett liegen sehen. Damit war ihr Alibi wasserdicht.

Klaus Steffens – Susannes Vater – war während der Schulung in Stuttgart die ganze Zeit mit anderen Schulungsteilnehmern zusammen gewesen. Auf diese Weise erübrigten sich weitere Ermittlungen gegen ihn, was Susanne zugutekam. Hätte er irgendwann begriffen, dass man ihn verdächtigte, wäre sie mit Sicherheit die Leidtragende gewesen.

Heute hatte Melanie sich den Vormittag über Urlaub genommen, um ein paar private Behördengänge zu erledigen, und Jacobsen fiel die Decke des leeren Büros auf den Kopf. Er kam sich zunehmend vor wie ein Hamster im Laufrad, der nicht wirklich vorwärtskam, sondern sinnlos im Kreis rannte. Bei der einzigen vielversprechenden Spur hing er in der Luft. Die andere endete nicht etwa bei dem Mörder von Peter von Weyen, sondern bei Iris Schäuble, die nichts mit seinem Tod zu tun haben konnte ... schließlich war sie fast zur selben Zeit gestorben wie er.

Er schloss den Schnellhefter mit seiner Kopie der Fallakte, trank noch einen Schluck Kaffee und betrachtete den kleinen Hefter, der darunter lag. Er war weit dünner als der andere. Jacobsen nahm ihn heraus und blätterte ihn durch; sein Blick streifte den Autopsie-Bericht und erfasste einzelne Worte und Sätze: »Commotio cerebri« ... »Wasser in der Lunge« ... »1,1 Promille Blut-Alkohol« ... »chemische Zusammensetzung stimmt mit dem Wasser im Kanal überein«.

Der Pathologe war nach der Beweislage davon ausgegangen, dass Iris irgendwann zwischen Mitternacht und vier Uhr morgens am Kanal entlang auf dem Heimweg gewesen war, und zwar in einem Zustand starker Trunkenheit. Kein Wunder, 1,1 Promille waren bei einem sechzehnjährigen Mädchen ziemlich starker Tobak. Man musste annehmen, dass sie irgendwann das Gleichgewicht verloren hatte und so unglücklich gestürzt war, dass sie sich den Kopf anschlug ... möglicherweise an einem der Geländer, die teilweise entlang des Ufers angebracht worden waren, oder irgendwo auf dem Grund des Kanals. Allerdings hatte sie sich dabei nur ein stumpfes Schädeltrauma zugezogen; der Pathologe hatte keine offene Wunde festgestellt. Vermutlich hatte sie danach im Wasser das Bewusstsein verloren und keine Chance mehr gehabt, sich ans Ufer zu retten.

Er nahm die Mitschrift der Aussage von Maria Schäuble zur Hand, Iris' Mutter. Sie hatte ausgesagt, dass Iris sich mit ein paar Klassenkameraden verabredet hätte; ihrem persönlichen »Hofstaat«. Iris wollte sich mit ihnen in dem Hotel treffen, das den Eltern einer ihrer Freundinnen gehörte; es lag nur wenige hundert Meter vom Kanal entfernt an der Hauptstraße. Die Wohnung der Eltern mit dem Zimmer der Tochter befand sich über den Gästezimmern im obersten Stockwerk.

Maria Schäuble hatte offenbar keinerlei Ansprüche gestellt, wann Iris wieder daheim zu sein hatte. Sie war eigentlich davon ausgegangen, dass Iris auch bei der bewussten Freundin schlafen würde. Erst am nächsten Mittag war sie zunehmend unruhig geworden, weil von Iris kein Lebenszeichen kam. Sie hatte bei der Besitzerin des Hotels angerufen, aber deren Tochter konnte ihr nur mitteilen, dass sich Iris um kurz vor zwölf Uhr nachts auf den Heimweg gemacht hätte, weil sie doch lieber in ihrem eigenen Bett schlafen wollte. Sie war dann mit dem Rest der Runde im Hotel geblieben und hatte Iris nicht mehr lebend wiedergesehen.

Die Aussage dieses Mädchens war neben der von Iris' Mutter die einzige, die aufgenommen worden war. Die anderen Mitglieder von Iris' Hofstaat hatte man nicht mehr befragt – wenig verwunderlich, wenn alle Indizien auf einen Unfall hindeuteten. Deswegen war die Leiche auch schon fünf Tage nach dem Vorfall zur Beerdigung freigegeben worden.

Jacobsen betrachtete die kleine Kartenskizze in dem Ordner und die wenigen Fotos. Auf einem davon war das Ungarndeutsche Heimatmuseum zu sehen, vor dem sich der Mühlkanal über eine schmale Schleuse einen Meter weit in die Tiefe ergoss und wieder zurücklief in die Murr. Und genau in dieser Schleuse war Iris Schäubles lebloser Körper irgendwann in der Nacht ihres Todes hängengeblieben. Am Morgen darauf hatte man sie entdeckt.

Er leerte den Kaffeebecher in einem langen Zug und warf ihn in den Mülleimer neben der Bank. Dann trat er dicht an das Ufer heran und schaute hinab in das Wasser. Es war flaschengrün und zu trübe, um bis zum Boden hinuntersehen zu können. Nach dem, was in der Akte stand, war der Kanal normalerweise nicht tiefer als vierzig Zentimeter. Aber wenn man sich verletzte und das Bewusstsein verlor, dann konnte man auch in flachem Wasser leicht ertrinken.

Irgendetwas an dem Tod von Iris Schäuble bereitete Jacobsen Bauchschmerzen. Er hätte nicht den Finger darauf legen können, was genau es war, aber ihm war klar, dass er es unbedingt herausfinden musste. Vielleicht war das auch nur eine weitere Spur, die ihn nicht weiterbrachte. Aber versuchen wollte er es trotzdem. Und es war wichtig, vorher mit den Eltern von Iris zu reden – denn was die denken würden, wenn sie merkten, dass man nach dem Unfalltod ihrer Tochter plötzlich die Ermittlungen wieder aufnahm, konnte er sich lebhaft vorstellen.

Das war ein Aspekt seiner Arbeit, der ihm zuwider war. Er musste unbedingt Melanie mitnehmen. Am besten gleich heute Nachmittag.

* * *

»Das ist – das *war* das Zimmer von der Iris.«

Maria Schäuble öffnete eine Tür im ersten Stock des hübschen Einfamilienhauses im Größeweg, wo jetzt nur noch sie und ihr Mann wohnten. Sie war mittelgroß und schlank, trug ein einfaches, schwarzes Kleid aus leichter Baumwolle und kein Make-up. Jacobsen, der in fast zwanzig Jahren Dienstzeit gelernt hatte, auf jedes noch so kleine Detail zu achten, sah den dunklen, graugesprenkelten Ansatz am Scheitel ihrer zu einem schlichten Pferdeschwanz zusammengebundenen honigblonden Haare. Vermutlich war es ihr in dieser Zeit der Trauer plötzlich nicht mehr so wichtig, gegen die Zeichen der Zeit anzugehen.

»Danke«, sagte er freundlich und trat ein.

Der Raum war hell und überraschend groß, die Wände zartrosa gestrichen, die Möbel weiß. Das Reich einer kleinen Prinzessin. Iris' Bett passte dazu; es hatte ein Metallgestell mit hübschen Ornamenten und einen Himmel aus sorgsam gerafftem, weißem Volant, der ganz oben tatsächlich von einem goldenen Krönchen geziert wurde. Runde Teppiche in Pink und Violett lagen auf dem hellen Parkettboden verstreut, es gab sogar ein Frisiertischchen mit Spiegel, das genau zum Bett passte, daneben ein Bücherregal und einen mindestens dreimal so breiten Kleiderschrank.

Melanie, die ihm gefolgt war, warf Maria Schäuble einen fragenden Blick zu.

»Dürfen wir uns ein bissle umschauen?«

»Natürlich.« Iris' Mutter zögerte; sie faltete die Hände so fest, dass die Knöchel weiß wurden. »Mein Mann hat gemeint, ich soll das jetzt alles wegpacken oder herschenken … aber … ich weiß einfach nicht …«

»Dass Ihnen das schwerfällt, ist ganz normal«, sagte Melanie. Ihre Stimme war sanft. »Solche Dinge tun weh. Lassen Sie sich ruhig Zeit damit.«

Maria Schäuble schaute sie an. Ihr blasses Gesicht wirkte beunruhigt. »Ich hab noch nicht ganz verstanden, wieso Sie jetzt plötzlich wissen wollen, ob jemand meine Tochter gesehen hat, in der Nacht, in der sie …« Ihre Lippen zitterten, und ein paar Sekunden sah es so aus, als würde sie jeden Moment in Tränen ausbrechen. »Verstehen Sie, wir haben uns gerade wieder ein bisschen beruhigt. Und jetzt kommen Sie und … und rühren alles wieder auf.« Sie zog ein Taschentuch aus der Rocktasche ihres Kleides und putzte sich die Nase.

»Wir verfolgen eine Spur«, erwiderte Jacobsen ruhig, als er merkte, dass seine Kollegin mit der Antwort zögerte. »Und die gehört eigentlich zu einem ganz anderen Fall, jedenfalls glauben wir das bis jetzt. Wir informieren Sie darüber, was wir herausgefunden haben, aber nur dann, wenn unsere Vermutung stimmt. Ansonsten lassen wir Sie in Ruhe. Versprochen.«

Iris' Mutter nickte. »Danke. Und jetzt … wenn es Ihnen nichts ausmacht … Ich muss in die Küche, das Abendessen …«

Damit wandte sie sich ab und verschwand mit raschen Schritten im Korridor.

»Arme Frau.« Melanie seufzte. »Wenigstens muss sie uns jetzt nicht mehr dabei zuschauen, wie wir die Sachen ihrer toten Tochter durchwühlen.«

Sie trat vor das Regal. Die oberen zwei Bretter standen voller Bücher, die unteren zwei voller DVDs.

»Die üblichen Verdächtigen«, sagte sie. »*Twilight, Game of Thrones, Vampire Diaries.* Wenn es Bücher *und* Filme davon gibt, dann hatte sie beides. Hier sind ein paar *Hanni-und-Nanni*-Bücher – die stehen wahrscheinlich nur noch da, um ihrer Mutter das tröstliche Gefühl zu geben, dass sie trotz all diesem Zeugs mit lauter Teenie-Sex und Gewalt die gute alte Kinderzeit nicht vergessen hat.«

Jacobsen betrachtete den Schreibtisch, an dem Iris ihre Hausaufgaben gemacht hatte. Und ihre Geschichten geschrieben, die nur aus einem Grund entstanden waren: um Susanne Steffens zu verleumden und ihr das Leben zur Hölle zu machen. Mitten auf der Arbeitsplatte stand ein zugeklappter Laptop.

»Glaubst du, ihre Mutter hat von den Geschichten gewusst?«, fragte er.

»Glaub ich nicht.«

Melanie, die gerade die Hand nach der Tür des Kleiderschranks ausgestreckt hatte, zog sie wieder zurück und drehte sich zu ihm um.

»Und das hat nichts damit zu tun, dass sie sich mit dem Internet nicht auskennt. Im Gegenteil, ich hab mich umgehört. Sie organisiert hier in der Gegend viele Hallenflohmärkte für Kinderkleidung, und die Anmeldung läuft fast ausschließlich über Online-Formulare. Aber von dem, was ihre Tochter auf den diversen sozialen Plattformen getrieben hat, hat sie wahrscheinlich nichts gewusst. Genauso wenig, wie sie wusste, was für Machtspielchen Iris regelmäßig angezettelt hat. Die Kleine hat *Fifty Shades of Grey* bestimmt nicht vor der Nase von Mama gelesen, und sie wird sich in ihrer Gegenwart auch mit dem Alkohol vorgesehen haben. Den Wodka, der für die 1,1 Promille verantwortlich war, durfte sie nach dem Gesetz noch gar nicht trinken. Und ihre Mutter hat in der Zeugenaussage steif und fest behauptet, dass das Mädle niemals etwas angerührt hätte, das stärker war als Limonade.«

»Dann ist sie ihr gründlich auf den Leim gegangen ... aber sie wäre weiß Gott nicht die erste Mutter, der das passiert.« Jacobsen ließ den Blick durch den Raum schweifen. »Umso merkwürdiger, dass Iris an dem Abend unbedingt nach Hause wollte. Jeder andere betrunkene Teenie an ihrer Stelle wäre da geblieben, wo er war, und hätte seinen Rausch so weit wie möglich weg von daheim ausgeschlafen.«

»Von jemandem in ihrem Alter und mit *dem* Pegel kann man nicht unbedingt Vernunft erwarten.« Melanie öffnete die Schranktür und pfiff durch die Zähne. »Aber hallo – da hatte jemand reichlich Taschengeld. Oder spendable Großeltern.«

»Wieso?«

»Weil das hier nicht nur H&M ist, sondern auch Marken- und Boutiquenware.«

Melanie fuhr mit der Hand an den vielen Kleidungsstücken entlang, die den Schrank füllten und die Iris Schäuble nie wieder tragen würde. Sie zog einen Bügel heraus, auf dem ein schwarzes Kleid mit viel Spitze und Schnürungen hing, dann einen zweiten mit einem langen, schwarzen Mantel im Militärschnitt, der aussah, als sei er aus Wollstoff. Sie überprüfte die Einnäher am Kragen.

»Und ein Faible für Gothic hatte sie auch. Das hier kommt von EMP – ein Versandhaus mit Rocker-Image und einer Kundschaft, die gerne düster gestylt durch die Gegend zieht. Gar nicht so billig, das Zeugs. Und sie hat im ›Schwarzmarkt‹ eingekauft. Hipper Modeladen in Backnang, absolut angesagt bei den Kids in der Gegend.«

Jacobsen schüttelte leicht den Kopf. »Woher weißt du so was?«

Melanie grinste. »Ich hab zwei Nichten. Die würden beide ständig dort shoppen, wenn man sie ließe. Die schauen auch diese Serien. Und bestimmt wollte Iris – genau wie die beiden – gerne mal Bella aus *Twilight* sein oder Elena aus den *Vampire Diaries*. Oder eben Anastasia Steele aus *Fifty Shades of Grey*. Und sie wollte die Sachen tragen, die diese Mädchen anziehen … auch wenn sie ein ganz anderer Typ war.«

»Wie meinst du das?«

»Schau dir doch die Bilder an. Elena, Bella, Anastasia – alle dunkelhaarig und blass. ›Schwarz wie Ebenholz, weiß wie Schnee und rot wie Blut.‹ Lauter Instant-Schneewittchen, eine wie die andere. Und so hat sie ganz einfach nicht ausgesehen.«

Er musste zugeben, dass sie recht hatte. Auf dem halben Dutzend Bilder, das in weißen Rahmen an der Wand neben dem Schreibtisch verstreut war, war Iris Schäuble Schneewittchen alles andere als ähnlich. Es gab Kleinkinderfotos – Iris in einem Sandkasten, ein Schäufelchen in der Faust, Iris im pinkfarbenen Feenkostüm, komplett mit Glitzerflügeln –, dann eine Aufnahme von der Einschulung – im gerüschten Sommerkleidchen und mit riesiger Schultüte – und unter anderem ein Porträt, auf dem sie ein himbeerrotes Kleid mit üppigem Petticoat trug, dazu weiße Söckchen in schwarzen Pumps und ein passendes, breites Haarband. Sie machte einen koketten, ebenfalls himbeerrot geschminkten Schmollmund und gab sich alle Mühe, wenigstens ein bisschen verrucht zu wirken. Stattdessen sah sie eher niedlich aus mit ihren blonden, zum Pferdeschwanz gebändigten Haaren, den blauen Augen und einer empfindlichen Haut, die man gegen allzu viel Sonneneinstrahlung schützen musste, damit sie nicht verbrannte. Niedlich und sehr unschuldig. Sie mit dem Mädchen in Übereinstimmung zu bringen, das schon mit fünfzehn geschickt alle Register eines besonders heimtückischen Internet-Mobbings gezogen hatte und mit eiserner

Hand über seinen eingeschüchterten Hofstaat regierte, fiel Jacobsen schwer.

Melanie hatte ein weißes Holzkästchen aus dem Regal genommen. Sie öffnete es und ging den Inhalt – Ketten, Ringe und Ohrschmuck – schnell und mit kundigem Blick durch.

»Viel glitzerndes Bling-Bling, kaum Echtmetall«, sagte sie. »Jede Menge, und alles möglichst bunt und modisch. Nicht ungewöhnlich für ein Mädle in dem Alter.«

»Als man sie aus dem Wasser gezogen hat, hat sie überhaupt keinen Schmuck getragen«, meinte Jacobsen, der im Kopf den Inhalt von Iris' Akte Revue passieren ließ. »Wenn sie so viel Spaß an dem Zeug hatte, dann wundert mich das.«

»Das meiste davon ist nicht besonders stabil«, gab Melanie zu bedenken. »Falls sie eine Kette getragen hat, ist sie vielleicht beim Sturz gerissen, und auch bei durchstochenen Ohrläppchen kann sich eine Creole oder ein Ohrhänger öffnen und abgehen, wenn ein Körper im Wasser treibt – und dabei über den flachen Kanalboden schleift.«

»Möglich.«

Er kam sich zunehmend vor wie bei der Wanderung durch ein verwickeltes Labyrinth. Überall öffneten sich neue Wege, und das Ziel war noch lange nicht in Sicht.

»Ich hoffe, der Aufruf bringt was, auch wenn er ein bisschen spät kommt.« Melanies Stimme unterbrach seine Gedanken. »Was genau erhoffst du dir eigentlich davon, Malte?«

Seit diesem Morgen konnte man auf Facebook einem Link zur Website der Polizei in Waiblingen folgen und Hinweise abgeben, falls man sich denn an die Nacht vom 27. auf den 28. Mai erinnerte und noch wusste, ob man irgendwann zwischen Mitternacht und vier Uhr morgens in Backnang einem jungen, blonden Mädchen begegnet war, das allein und sichtlich angetrunken durch die Gegend lief. Am kommenden Samstag würde in regelmäßigen Abständen ein Aufruf im Radio ausgestrahlt werden und eine Anzeige in der Zeitung erscheinen. Jacobsen war heilfroh und gleichzeitig ein wenig verblüfft, dass Finkbeiner ohne Zögern sein Okay zu der Aktion gegeben hatte. Wahrscheinlich war er inzwischen ebenso frustriert wie er und froh über jeden – hoffentlich – erlösenden Einfall.

»Ich weiß es nicht so genau«, sagte er ehrlich. »Nenn es einen Schuss ins Blaue. Und ich kann nur hoffen, dass wir irgendetwas treffen.«

* * *

Das Wochenende war gerade vorüber, als der Schuss das erste Mal ins Ziel ging. Jacobsen kam von einem schnellen Mittagessen aus der Kantine ins Büro zurück und fand dort nicht nur Melanie vor, sondern auch ein Mädchen etwa in Iris' Alter. Sie saß auf dem Besucherstuhl vor Melanies Schreibtisch und kaute nervös auf ihrer Unterlippe.

»Hallo«, sagte er. »Mit wem hab ich denn das Vergnügen?«

»Darf ich vorstellen?« Melanie machte eine schwungvolle Handbewegung. »Amelie Häger aus Backnang, Klassenkameradin von Susanne und Freundin von Iris. Sie hat den Aufruf vor zwei Tagen im Radio gehört und ist gekommen, um eine Aussage zu machen. Das ist übrigens mein Kollege Malte Jacobsen.«

»Grüß Gott.«

Kurz, knapp und ziemlich kopfscheu. Jacobsen betrachtete sie genauer. Ihr Haar war zu einem asymmetrischen Pagenkopf geschnitten, der in der Sonne glänzte wie eine polierte Kastanie. Sie trug einen weißen, knöchellangen Baumwollrock, weiße Espadrilles und ein türkisblaues Top, und ihr Gesicht war genau wie das von Melanie voller Sommersprossen; ohne ihre überdeutlich spürbare Angst war sie wahrscheinlich richtig hübsch.

Jacobsen beschloss, seinen Charme einzusetzen. »Hallo, Amelie.« Er lächelte.

Und dann ging ihm plötzlich ein Licht auf. Er hatte sie schon einmal gesehen, in Susanne Steffens' Klassenzimmer. Sie hatte neben dem rothaarigen Mädchen gesessen, das gedacht hatte, die Zusammenarbeit mit der Polizei wäre so etwas Ähnliches wie Petzen. Und jetzt wusste er auch wieder, wo er ihren Namen zum ersten Mal gelesen hatte.

Ein Schwall Adrenalin schoss ihm in die Blutbahn. »Moment mal ... bist du nicht die Freundin, bei der Iris am Abend vor ihrem Tod eigentlich übernachten wollte?«

»Ja, ben i.« Amelie schluckte krampfhaft. »Bloß, dass sie nie da gwäse isch. In onserm Hotel. I moin ... natürlich isch se scho e paarmal da gwäse. Aber net in der Nacht, wo sie gschtorbe isch. Da net.«

Jacobsen starrte sie an, dann wandte er den Kopf und stellte fest, dass Melanie genauso verblüfft und aufgeregt aussah, wie er sich fühlte.

Er holte tief Luft. »Aber wo war sie dann, Amelie?«, fragte er.

»Des woiß i net.« Amelie biss wieder auf ihre Unterlippe. »Des hat sie net gsagt, mir net ond au koiner von de andre. Nur dass sie ihrer Mama verzählt, sie wär bei mir. Und dass i ... dass mir älle des au verzähle solltet, wenn die anruft ond fragt. Ond ... mir han halt denkt, mir machet, was se will ... weil se sonscht arg narret worde wär.«

Jacobsen ließ sich auf seinen Schreibtischsessel fallen und lehnte sich zurück.

»Klingt wie eine komplizierte Geschichte«, sagte er. »Weißt du was? Am besten erzählst du sie ganz von vorne.«

Auf Schatzsuche

Amelie Häger blieb fast eine Stunde auf dem Besucherstuhl sitzen und erzählte ihnen ihre Geschichte. Und je länger sie das tat, desto mehr hatte Jacobsen den Eindruck, dass sie sich dabei noch deutlich mehr von der Seele redete als bloß die eine Lüge darüber, wo Iris Schäuble am Abend vor ihrem Tod wirklich gewesen war.

Nach ihrer Aussage hatte Iris sie am 27. Mai morgens angerufen und von ihr verlangt, sie zu decken. Sie und die anderen vier Mädchen, die zum »Hofstaat« gehörten, sollten auf Nachfrage einstimmig behaupten, dass Iris die Nacht im Hotel verbracht hatte. Und sie waren durch den Umgang mit ihrer ziemlich herrischen »Königin« darauf gedrillt, im Bedarfsfall zu tun, was die ihnen sagte.

Jacobsen, der sehr darauf achtete, ihren Redestrom möglichst nicht durch Unterbrechungen zum Versiegen zu bringen, erlaubte sich eine gezielte Zwischenfrage.

»Ihr habt doch gewusst, dass Iris diese Geschichten über Susanne schreibt, oder?«

Amelies Mund wurde schmal. »Ja, hen mir.«

»Und es ist nie jemand von euch auf die Idee gekommen, ihr zu sagen, dass man so was nicht macht?«

Amelie betrachtete ihn so verblüfft, als sei er eine merkwürdige, eigentlich schon ausgestorbene Spezies.

»Damit wir als Nächschtes dra gwäse wäret? Die Iris hätt ons doch fertiggmacht. Die hat *älle* fertiggmacht, die net gschpurt hen.«

Jacobsen dachte an das niedliche kleine Mädchen auf den Kinderfotos und seufzte innerlich. Kleine Mädchen blieben weder klein noch niedlich. Und wenn sie größer wurden, erkannte man sie manchmal nicht mehr wieder.

Julian Maurer hatte nicht übertrieben; Iris hatte ein strenges Regiment geführt, dabei aber so geschickt taktiert, dass außer ihrem »Hofstaat« – der Bescheid wusste, aber nicht zu widersprechen wagte – und denen, die zur Zielscheibe ihrer Gemeinheiten wurden, niemand wirklich etwas mitbekam. Susanne war beileibe nicht die Erste gewesen. Im letzten Schuljahr hatte eine Mitschülerin namens Tanja Heinrich die Nadelstiche aus Internet-Mobbing und direkten Attacken im Klassenzimmer nur ein paar Monate ausgehalten, ehe sie sich immer öfter krankmeldete.

»Ond irgendwann isch se gar nemme komme«, sagte Amelie. »Ihre Eltern hen se dann abgmeldet, und seitdem isch se uff ’m Max-Born-Gymnasium.«

»Woher weißt du denn das?«, fragte Melanie, die sich die ganze Zeit über Notizen machte.

»Eigentlich«, gestand Amelie, »han i die Tanja ganz gern ghet. Aber …«

»Aber du hattest Angst vor Iris«, sagte Melanie ruhig. »Und davor, was sie tut, wenn sie das herauskriegt.«

»Ja.« Es war nicht viel mehr als ein beschämtes Flüstern.

Jacobsen fiel ein, was Melanie während ihres Vortrages in der Klasse gesagt hatte: »Und wenn du dich dann plötzlich auf dem nächsten Bild wiederfindest … oder in der nächsten Geschichte, die irgendjemand online erzählt, um diesmal dich fertigzumachen?« Es war verdammt schwer, gegen den Strom zu schwimmen … nicht nur in der Schule, sondern auch überall sonst.

»Kommen wir noch mal auf den 27. Mai zurück«, meinte er. »Iris hat euch gesagt, ihr sollt für sie lügen, aber sie hat euch nicht gesagt, wo sie *wirklich* hinwollte. Richtig?«

»Ja.«

»Und als Iris’ Mutter am nächsten Tag bei deiner Mutter angerufen hat, um sich nach ihrem Verbleib zu erkundigen, was ist da passiert?«

»Mir hen Panik kriegt«, sagte Amelie unglücklich. »Mir älle. Mir hen e WhatsApp-Gruppe … ond nach dem Anruf han i Alarm gschlage. I han doch meirer Mama irgendebbes sage müsse. Und da han i ihr halt verzählt, die Iris wär kurz vor Mitternacht heimgange. Mir sen meischtens aus onsrer Wohnung runder auf den Schpielplatz; da isch oiner ganz in dr Nähe.« Sie warf Jacobsen einen vorsichtigen Seitenblick zu. »In meinem Zimmer derf i net rauche. Uff ’m Schpielplatz goht des. Ond d’ Iris hätt – wenn se *wirklich* da gwäse wär – dann bloß noch heimlaufe müsse, am Kanal entlang ond dann die Aschpacher Stroß nuff. Hat se früher auch scho oft gmacht.«

»Aha.« Jacobsen nickte. »Und diese Version hast du dann in eurer Gruppe verbreitet, damit keine von euch was anderes behauptet.«

»Ja.« Ein winziger Hauch von Befriedigung schlich sich in Amelies Stimme. »Hat ja au funktioniert, gell?«

Irgendwie war Polizeiarbeit vor Smartphones, WhatsApp und Co. ein bisschen leichter.

»Bis jetzt jedenfalls«, bemerkte er milde. »Und es bleibt die Tatsache, dass ihr allesamt die Polizei angelogen habt. Das haben wir im Allgemeinen nicht so gern. Gell?«

Von Melanie kam ein unterdrücktes Hüsteln.

Amelie schaute von einem Moment zum anderen wieder drein wie ein erschrecktes Reh. »Tut … tut mir leid.«

Plötzlich fiel ihm etwas ein. »Sag mal … hast du deiner Mutter auch gesagt, Iris wäre betrunken gewesen?«

Amelie schüttelte heftig den Kopf. »Noi. Des han i erscht schpäter mitkriegt. Ond i han des total komisch gfonde.«

»Wieso das denn?«

»Weil die Iris fascht nie freiwillig ebbes dronke hat. Die hat gern zugsähe, wenn andere sich abgschosse hend. Weil se sich dann schtärker gfühlt hat ond besser wie die.«

Sie sah ihn an und Jacobsen erkannte die Intelligenz in den rehbraunen Augen mit den sorgsam getuschten Plüschwimpern.

»Aber irgendebber muss ra des Zeug doch gäbe han. Vielleicht hat der ja au wella, dass se in dr Kanal fällt. Vielleicht isch em des ja sogar ganz recht gwäse.«

»Vielleicht.«

Interessante Idee. Die Kleine hatte einen funktionierenden Kopf auf den Schultern. Und vielleicht würde sie jetzt, da der Einfluss von Iris verschwunden war, auch lernen, ihn wieder öfter zu benutzen.

»Derf ich Sie ebbes frage?«

»Klar. Schieß los.«

»Hat die Iris irgendoine Kette um dr Hals ghet, als mr se gfonde hot?«

Jacobsen runzelte die Stirn. »Nein. Sie hat gar keinen Schmuck getragen.«

Amelie langte mit beiden Händen in ihren Nacken, öffnete den Verschluss des Kettchens, das sie um den Hals trug, und hielt es ihm auf der Handfläche entgegen.

»Au net so ebbes wie des da?«

Er nahm ihr das Kettchen ab und betrachtete es genauer. Es war etwa 40 Zentimeter lang und bestand aus winzigen Kügelchen. Auf dem Federring, mit dem man es zumachte, saß ein 925er-Silber-Stempel. Der Anhänger war ein etwa zwei Zentimeter großes, poliertes Silberplättchen in Form einer Biene, komplett mit den sechs Beinchen, den Fühlern und dem geringelten Leib, dessen Musterung in das Metall eingraviert war.

»Hübsch«, sagte er. »Hatte Iris auch so eins?«

»Ja, nadierlich.« Amelie nickte. »Mir hen älle so ois. Älle aus dem ›Queen-Bee-Club‹. Iris hat se kauft, und wer die Aufnahmeprüfung überschtande hat, der hat ois gschenkt kriagt.«

»Queen-Bee-Club?«, fragte Jacobsen. »Wie die Bienenkönigin?«

»Ganz genau.« Amelie nickte wieder. »Onsere WhatsApp-Gruppe hoißt genauso. Und Iris hat des Kettle fascht immer trage, genau wie mir. Deswäge ... I tät halt gern wisse, wo ihrs abbliebe isch.«

Jacobsen hängte den Federring in die Öse und überlegte einen Moment. Dann zog er das Kettchen zwischen den Händen mit einem kräftigen Ruck auseinander. Der Verschluss hielt.

»Ganz schön stabil«, sagte er gedankenvoll. »Und mir geht es jetzt wie dir, Amelie. Ich wüsste auch sehr gern, wo die Kette von Iris abgeblieben ist.«

Er sah das Mädchen an, das auf der Stuhlkante balancierte und ihn wachsam im Auge behielt, ließ sich die letzte Stunde durch den Kopf gehen und beschloss, seiner Eingebung zu folgen.

»Peter von Weyen«, sagte er, »hat von den hässlichen Geschichten gewusst, die Iris geschrieben hat. Deswegen hat er ihr eine Führungsposition bei den Pfadfindern verwehrt, auf die sie scharf war. Iris hat sehr genau darauf geachtet, wer ihr Zeug liest ... und er stand ganz bestimmt nicht auf der Liste. Aber irgendwer muss ihm doch davon erzählt haben ... ganz heimlich, ohne dass Iris es merkt. Oder der ganze Rest von ihrem ›Hofstaat‹.« Er begegnete Amelies Blick und hielt ihn fest, bevor er abirren konnte. »Das warst nicht zufällig du?«

Ein kaum wahrnehmbares Nicken.

»Dachte ich mir«, sagte er ruhig.

* * *

Amelies Aussage wurde abgetippt und der Akte von Iris hinzugefügt; die war jetzt schon nicht mehr ganz so mager, aber der Lösung des Rätsels waren sie immer noch nicht wirklich näher gekommen. Amelie blieb zwar nicht die Einzige, die sich nach dem Aufruf meldete, aber die Beobachtungen, die über die Website, das Radio und die Zeitung hereinkamen, halfen nicht weiter. Die anderen Mädchen aus dem *Queen-Bee-Club* bestätigten, was Amelie erzählt hatte, und Iris' Mutter hatte nach wie vor weder eine Ahnung, wo ihre Tochter in der Nacht ihres Todes gewesen war, noch wusste sie, wo das Kettchen mit dem Bienenanhänger hingekommen sein mochte.

Zwei Tage nach Amelies Besuch in seinem Büro packte Jacobsen gerade um kurz nach sieben Uhr abends zusammen und war drauf und dran, zu Heikes Familie nach Hause zu fahren, als das Telefon auf dem Schreibtisch klingelte. Melanie war schon weg und Jacobsen ertappte sich bei dem Gedanken, er hätte sich besser auch beeilen sollen. Er knurrte ungnädig in sich hinein.

»Ja, bitte?«

»Beier am Apparat«, sagte die Stimme des Beamten vom Empfang. »Hier isch eine Frau, die will wahrscheinlich zu Ihne.«

»Wieso ›wahrscheinlich‹?« Jacobsen warf einen resignierten Blick auf seine Armbanduhr.

»Sie sagt, sie will mit dem Kommissar schpreche, der in dem Fall von dem ertronkene Mädle ermittelt. Der im Radio komme isch ond in dr Zeitung. Des sen doch Sie, gell?«

»Sieht ganz so aus. Ich bin gleich da.«

Als er in den kleinen Vorraum im Erdgeschoss kam, saß die bewusste Frau auf der Wartebank an der Wand und wartete geduldig auf ihn. Sie trug ein bunt geblümtes Kopftuch, einen zerknitterten Baumwollrock, der ihre dünnen Beine bis zu den Waden hinunter bedeckte, darüber ein T-Shirt mit dem regenbogenfarbenen Aufdruck *Rock'n Roll Chick* und über dem Shirt eine weite Strickjacke. Ihre Füße steckten in weißen Klett-Sportschuhen.

Jacobsens Augen weiteten sich, als er sie erkannte. Das letzte Mal war er ihr begegnet, da hatte sie statt des auffälligen T-Shirts einen Pullover getragen und einen ausgemusterten Einkaufswagen am Backnanger Mühlkanal entlanggeschoben.

»Hallo!«, sagte er. »Einen schönen guten Abend. Kann ich irgendwas für Sie tun?«

»Ich möchte gern eine Aussage machen.« Die Frau schenkte ihm ein erstaunlich anziehendes Lächeln. Ihr Gesicht war lebendig und einprägsam, die porzellanblauen Augen von zahlreichen Fältchen umgeben. »Als ich Sie vor ein paar Tagen gesehen hab, da haben Sie in Backnang auf einer Bank gesessen und mir mit Ihrem Becher zugeprostet.«

»Stimmt, ich erinnere mich.« Jacobsen lächelte. »Dann kommen Sie mal mit.«

Er führte sie die Treppe hinauf in den Aufenthaltsraum und rückte ihr einen Stuhl zurecht.

»Worum geht's denn?«

Die Frau blickte sich um und erspähte Finkbeiners noble Stiftung. Ihre Augen leuchteten auf.

»Kann ich vielleicht einen Kaffee haben?«, fragte sie.

»Klar«, antwortete Jacobsen. »Cappuccino, Latte oder Espresso?«

»Einfach bloß Kaffee«, sagte die Frau. »Schön groß, mit Milch und reichlich Zucker.«

Ihre »ch«-Laute in »reichlich« waren genau dieselben wie in »Bach«, und sie rollte das »R« weich hinter den Vorderzähnen. Ihr Deutsch klang sehr akkurat, aber sie war todsicher keine Landsmännin, und eine Schwäbin schon gar nicht; Jacobsen hätte schwören können, dass sie aus Holland kam.

»Der Kaffee ist gleich da«, versicherte er. »Ich bin übrigens Polizeikommissar Malte Jacobsen. Darf ich wissen, wer Sie sind?«

»Marijke DeVries«, sagte die Frau. »Geboren und groß geworden bin ich in Kaatsheuvel, das ist ganz in der Nähe von Efteling. Großer Vergnügungspark in den Niederlanden. Kennen Sie vielleicht. Und jetzt bin ich ... eigentlich überall.«

»Ich seh's.« Jacobsen nickte ihr zu; sein Gespür für Akzente und Dialekte hatte ihn wieder einmal nicht im Stich gelassen. »Aber hier in Backnang sind Sie schon länger, oder?«

»Warum?«

»Wegen Ihrem Einkaufswagen. Wenn Sie viel auf Achse wären, würde der Sie doch ein bisschen stören, oder?«

Marijke DeVries lachte leise. »Würde er wohl. Aber jetzt hab ich ihn bei einer Freundin geparkt; die passt darauf auf, solange ich hier bin. Und ich bin schon letztes Jahr nach Backnang gekommen. Mir gefällt es da; es ist hübsch aufgeräumt und sauber, und wenn ich im Winter in den Süden möchte, ist es nicht mehr so furchtbar weit. – Wie war das doch gleich mit dem Kaffee?«

Jacobsen machte sich rasch auf den Weg zu Finkbeiners Kaffeemaschine und kehrte nach wenigen Minuten an den Tisch zurück, mit zwei großen, dampfenden Keramikbechern bewaffnet. Marijke DeVries nahm den Becher entgegen, den er ihr reichte, trank einen großen Schluck und seufzte zufrieden.

»Der ist wirklich ganz besonders lecker«, sagte sie. »Wollen Sie nicht langsam mal wissen, wieso ich hier bin?«

»Klar möchte ich das wissen, Marijke«, sagte er. »Ich darf Sie doch Marijke nennen?«

»Dürfen Sie«, gab Marijke zurück, »solange ich Inspektor Malte zu Ihnen sagen darf.«

»Sie dürfen sagen, was immer Sie mögen«, versetzte Jacobsen und holte das kleine Diktiergerät aus der Hosentasche. »Solange Sie mir wirklich was Interessantes zu erzählen haben.«

»Sie wollten doch wissen, ob jemand in der Nacht vom 27. auf den 28. Mai ein blondes, betrunkenes Mädchen gesehen hat, etwa sechzehn Jahre alt«, sagte Marijke. »Das hab ich letzten Samstag jedenfalls im Radio gehört. Und ich hab's gelesen, im Schaukasten von der Zeitung.«

»Richtig«, erwiderte Jacobsen. »Und – haben Sie?«

»Ich hab wirklich ein blondes Mädchen gesehen«, sagte Marijke. »Und vielleicht war sie auch betrunken. Aber wissen Sie, was sie ganz bestimmt war?«

»Nein. Sagen Sie's mir.«

Marijke hatte ganz offensichtlich Spaß an verbalen Trommelwirbeln.

»Ohnmächtig ist sie gewesen«, sagte Marijke. »*Bewusteloos.* Und irgendjemand hat sie aus einem Wagen geholt, aus der Decke ausgepackt, in die sie eingewickelt war, und dann hat er sie in den Kanal geworfen.«

Jacobsen starrte sie an. »*Was?*«

Das war ja wohl nicht zu fassen.

»Ich hab in der Nacht in einem Abbruchhaus geschlafen, nicht weit vom Mühlkanal. Aber da war es so *bedompt*«, erklärte Marijke in aller Gemütsruhe. »Furchtbar stickig ... weil außer mir noch ein paar andere da waren und weil sich nicht alle so gründlich waschen wie ich. Da bin ich raus und hab einen kleinen Spaziergang gemacht. Die Nacht war warm. Und ich bin am Kanal entlanggegangen. Das ist zwar lange nicht so schön wie die Grachten in Amsterdam, aber immerhin. Und um die Uhrzeit sind *de bezopenen kinderen* meistens schon im Bett.«

Jacobsen stellte fest, dass ihm der Sauerstoff knapp wurde. »Um wie viel Uhr war das etwa?«

»Kurz nach vier. Ich hab die Turmuhr schlagen hören, von der Kirche in der Altstadt. Und ich bin auf dem Parkplatz der griechischen Gemeinde gelandet. Die haben da eine winzigkleine Kapelle, ganz bunt, mit einem runden Türmchen und einer Glocke zum Läuten. Die mag ich.« Marijke schmunzelte. »Und wie ich vor dem Haupthaus steh und gerade wieder zurückwill, da hör ich plötzlich ein Auto kommen.« Sie unterbrach sich und nippte an ihrem Kaffee.

Jacobsen hätte sie vor lauter Ungeduld am liebsten geschüttelt. Sein innerer Spürhund kläffte so laut, dass ihm die Ohren klingelten.

»Das heißt – eigentlich hab ich kaum was gehört«, fuhr sie endlich fort. »Der Wagen war ganz plötzlich da ... so ein großer, wie ihn Firmen zum Transportieren haben. Er kam von der Hauptstraße über die Brücke gerollt, ganz ohne Licht und ohne Motor. Wie jemand, der herumschleicht und nicht gesehen werden will. Ich hab mich richtig erschrocken, bin seitlich hinter das Haus und hab mich dann lieber gar nicht mehr gerührt. Der Wagen ist weitergefahren, bis zum hinteren Ende von dem Parkplatz, dicht am Kanal. Dann ist ein paar Minuten gar nichts passiert. Und dann ist jemand ausgestiegen.«

»Groß oder klein?«, fragte Jacobsen. »Konnten Sie erkennen, ob es ein Mann oder eine Frau war?«

Marijke schüttelte den Kopf. »Nein«, sagte sie bedauernd. »*Excuus,* Inspektor Malte. Da war viel Schatten, und der, der den Wagen gefahren hat, war bloß noch ein Schatten mehr dazwischen. Und dann hab ich so ein Geräusch gehört, wie wenn man bei einem Lieferwagen die Seitentür aufschiebt. Es war sehr still, und irgendwas Schweres ist auf den Boden geplumpst. Zuerst konnte ich nicht sehen, was es war. Aber dann hat der Fahrer es in Richtung Kanal gezerrt, weg von dem Auto. Und da war zwar keine Laterne, aber der Mond war hell. Und ich habe gesehen, dass es ein langes, dunkles Bündel war.«

»Was hat der Fahrer denn mit dem Bündel gemacht?«

»Erst mal gar nichts.« Marijke kniff die Augen zusammen, als wollte sie sich das Bild ganz genau ins Gedächtnis rufen. »Der hat dagestanden und sich nicht gerührt, ein paar Minuten bestimmt. Dann hat er sich umgeschaut, ganz langsam. *Griezelig is dat geweest.* Ich hab mich kaum getraut, mich zu bewegen; ich hatte Angst, dass er mich sieht.«

»Kann ich mir vorstellen«, sagte Jacobsen. »Und was ist dann passiert?«

»Dann hat er – oder sie – an dem Bündel gezogen, und dabei ist es ein Stückchen über den Boden gerollt. Da war es plötzlich kein Bündel mehr, sondern ein Mädchen. Mit einer weißen Bluse und kurzen Jeans, und mit Sandalen an den Füßen. Die Haare waren offen und ganz zerzaust, und sie waren blond. Wenn ich die Augen zumache, sehe ich sie immer noch. *Het is zo droevig gedaan.* Sie hat mir furchtbar leidgetan.«

Jeansbermudas, weiße Bluse, Sandalen. All das hatte Iris auch noch getragen, als sie am nächsten Morgen aus dem Kanal gefischt worden war. Und obwohl Jacobsen nach Lage der Dinge nicht viel Anlass hatte, sie zu mögen, empfand er in diesem Moment genauso viel Mitgefühl für sie wie die Frau, die ihm gegenübersaß.

»Er hat sie einfach weitergerollt«, sagte Marijke. »Wie ein Stück Holz. Er hat sie fest gestoßen und gerollt, und seine Finger waren schwarz – wahrscheinlich hatte er Handschuhe an. Und dann ist sie irgendwann über die Böschung hinunter und er ist hinterher – wahrscheinlich, damit sie nicht in den Büschen oder an einem der Steine da hängenbleibt. Irgendwann ist sie hinunter ins Wasser gefallen. Es hat sehr laut geklatscht.«

»Und die ganze Zeit«, fragte Jacobsen, »die ganze Zeit ist niemand gekommen?«

»Niemand«, bestätigte Marijke. »Und ich hab mich nicht gemuckst, sonst wär ich vielleicht auch im Kanal gelandet. Der Kerl hat gewartet und sich wieder umgeschaut. Und dann ist er in den Wagen eingestiegen und weggefahren. Mit Motor, aber ohne Licht. Und ich hab überlegt, ob ich weglaufen soll.«

»Sind Sie weggelaufen?«

»Nee.« Marijke nahm ihren Kaffeebecher und trank ihn durstig halb leer. »Kann ich vielleicht noch so einen haben?«

»Gleich – wenn ich den Computer noch mal hochgefahren und Ihre Aussage getippt habe. Die drucken wir dann aus und Sie dürfen sie unterschreiben. Aber Sie sind noch nicht ganz fertig, glaube ich.«

»Nee.« Marijke atmete tief durch. »Ich bin zum Kanal gegangen. Ich wollte schauen, ob ich das *meisje* noch sehen kann. Aber wahrscheinlich war sie doch schon weggeschwommen, denn da war nichts mehr, bloß Wasser und ein paar abgeknickte Äste. Und plötzlich hat da was geleuchtet, ganz dicht am Ufer. Ich bin runtergeklettert, um es zu holen, und dabei wär ich fast selbst in den Kanal gefallen.« Sie langte in die Tasche ihrer weiten Strickjacke und förderte einen kleinen Gegenstand zutage.

Jacobsen streckte die Hand aus und war einen Moment lang so felsenfest davon überzeugt, zu wissen, was sie gefunden hatte, dass er beim Anblick dessen, was sie ihm reichte, verblüfft blinzelte.

Es war nicht das zarte Silberkettchen mit dem Bienen-Anhänger, das er erwartet hatte. Es war ein Ohrstecker, etwa so lang wie sein Daumen.

Jacobsen drehte ihn langsam hin und her. Das war kein Modeschmuck und auch nur dem ersten Augenschein nach Silber. Weißgold höchstwahrscheinlich, und in einer hohen Legierung obendrein. Er hatte in Hamburg genügend Raubüberfälle auf Juweliere bearbeitet, um sich zumindest mit den Grundlagen einigermaßen auszukennen.

Eine Perle saß mitten in einer ziselierten Fassung, der Lüster von sanftem, cremigem Schimmer. Darunter befand sich eine Öse, geschickt verborgen hinter einem kleinen Element, das aussah wie eine gerade erst aufgeblühte Rose. Und an dieser Öse baumelte ein Stein in sattem Himbeerrot, wunderschön zu einer vollkommenen Träne geschliffen. Ein Rubin.

Er blickte auf. »Der ist vermutlich sehr wertvoll«, sagte er. »Warum sind Sie nicht auf die Idee gekommen, ihn irgendwo zu verkaufen?«

Marijke schnaubte belustigt. »Den Juwelier, der einer *daklozen* wie mir für so ein kostbares Ding Geld gibt, ohne Fragen zu stellen oder lieber gleich die Polizei zu alarmieren, den müssen Sie mir erst noch zeigen.« Sie wurde wieder ernst. »Leute wie uns nimmt man nicht für voll, Inspektor Malte, und hier bei diesen ordentlichen, fleißigen Schwaben schon gar nicht. Ich hab schon in einem Dutzend Suppenküchen mit angepackt, ich hab in französischen Supermärkten Kartons gestapelt und in Italien Straßen gefegt. Ich ›schaff‹ eigentlich immer was – so sagt man doch hier, nicht? Aber das glaubt mir keiner. Deswegen bin ich auch erst jetzt gekommen … und deswegen, weil ich das Gesicht von dem blonden *meisje* einfach nicht vergessen kann.«

»Danke«, sagte Jacobsen mit Wärme, und es war ihm sehr ernst damit. »Wissen Sie was? Ich hole Ihnen jetzt noch einen Kaffee, und den trinken Sie ganz in Ruhe. Und wenn Sie mögen, lade ich Sie hinterher zum Essen ein.«

»Das ist sehr lieb von Ihnen«, sagte Marijke, »aber ich hatte eigentlich eher auf eine Belohnung gehofft. Ich möchte dieses Jahr gerne wieder in die Toskana … Ein paar gute Freunde von mir haben einen alten Bauernhof in der Nähe von Siena, und da kann ich im Winter immer ein paar Wochen unterkommen.«

Jacobsen überlegte einen Moment, dann zog er seine Brieftasche aus der Jacke. Er war mittags erst auf der Bank gewesen, weil er darauf bestanden hatte, Heike für sein äußerst großzügiges Kost und Logis wenigstens einen kleinen Anteil zu bezahlen. Jetzt fingerte er einen Hundert-Euro-Schein aus dem Fach und reichte ihn der Frau, die ihm mit ihrer unvermuteten Aussage so entscheidend weitergeholfen hatte.

»Das soll keine Belohnung sein«, sagte er, »weil es offiziell keine gibt. Und eine Bezahlung selbstverständlich auch nicht. Nennen Sie's eine Spende und legen Sie's auf die hohe Kante, dann haben Sie's diesen Winter auf dem Weg in die Toskana ein Stück bequemer, oder Sie können sich dort den einen oder anderen *caffè crema* zusätzlich erlauben.«

Marijke lächelte das anziehende Lächeln, das sie ihm schon ganz am Anfang ihres Gesprächs geschenkt hatte und das sie schlagartig um gute zehn Jahre jünger machte.

»Danke schön, Inspektor Malte«, sagte sie. »Ich werd ein Glas Wein auf Sie trinken, wenn ich dort im Garten der *cascina* sitze.«

Sie leerte den zweiten Kaffee mit Andacht und wartete geduldig, bis er die Aussage abgetippt und aus dem Drucker gelassen hatte. Sie las sie durch und unterschrieb; dann verabschiedete sie sich, versprach, in Reichweite zu bleiben und hinterließ gleich mehrere Adressen, wo sie häufiger anzutreffen war, eine davon die *Backnanger Tafel.*

Als sie fort war, zeigte die Uhr fast acht. Jacobsen saß hinter seinem Schreibtisch, den Kopf voll von den Möglichkeiten, die ihm die Geschichte von Marijke DeVries eröffnete. Zwar kannte er den Mörder von Peter von Weyen immer noch nicht, aber auf den von Iris Schäuble hatte er heute einen ersten Blick werfen dürfen. Und jetzt würde er diese Spur verfolgen, bis er fündig wurde.

Das Handy in seiner Jackentasche erwachte piepsend zum Leben. Er holte es heraus, drückte den Knopf und hob es ans Ohr.

»Ja?«

»Ich bin's, Melanie.« Die Stimme seiner Kollegin klang knapp und gehetzt. »Pass mal auf – ich hol dich in zwanzig Minuten ab. Kannst du bitte zwei Streifenbeamte als Verstärkung anfordern?«

Offenbar war das nicht der richtige Moment, um ihr von der neuesten, aufregenden Entwicklung zu erzählen.

»Kann ich machen. Verrätst du mir bitte noch schnell, wofür wir die zwei Jungs brauchen, und wo wir mit ihnen hinfahren?«

»Entschuldigung.« Er konnte hören, dass sie tief durchatmete, um sich zu beruhigen. »Zum Haus von Susanne Steffens. Sie hat mich gerade eben angerufen. Sie will weg von ihrem Vater, und wir sollen sie abholen.«

Na endlich.

»Alles klar – ich besorg die Kollegen und warte auf dich.«

* * *

Vielleicht werde ich eines Tages das Gefühl haben, dass ich einfach weitermachen kann wie vor dieser Nacht, in der ich dich getötet habe – auf die gleiche Weise wie den armen Schlucker in dem Lied, das die Kinder so gerne singen. Vielleicht werde ich eines Tages nicht mehr darauf warten, dass die Polizei vor der Tür steht und mir all die Fragen stellt, die ich bisher noch nicht habe beantworten müssen.

Doch bis dahin werde ich jedes Mal zusammenzucken, wenn ein Polizeiauto auf der Straße vorbeifährt oder vor dem Haus anhält.

Und ich werde nicht aufhören, den Baum mit deiner Leiche daran in meinen Träumen zu sehen.

In Sicherheit

Zwanzig Minuten später war Melanie da und sie machten sich gemeinsam auf den Weg; die beiden Polizisten folgten ihnen in einem Streifenwagen. Das Blaulicht blieb ausgeschaltet; je weniger Drama dabei im Spiel war, wenn Susanne Steffens aus ihrem jahrelangen Alptraum entkam, desto besser.

»Ihr Vater ist wieder in Stuttgart«, erklärte Melanie, während sie den Wagen knapp unterhalb der zulässigen Höchstgeschwindigkeit kurz vor Winnenden über die B 14 steuerte. »Der zweite Teil dieser Schulung wird mit einem Musical-Besuch beendet, und man hat für die Teilnehmer Hotelzimmer gebucht, weil viele von ihnen von weiter weg anreisen – also rechnet Susanne damit, dass ihr Vater erst morgen Abend nach der Arbeit nach Hause kommt.«

»Selbst wenn er doch noch auftaucht, wird er kaum etwas dagegen tun können, dass wir sie mitnehmen«, meinte Jacobsen. »Wir sind in der Überzahl, notfalls verknacken wir ihn wegen tätlichen Angriffs gegen einen oder mehrere Beamte. Und ich muss zugeben, ich hätte ihn immer noch gern als Hauptverdächtigen im Mordfall von Weyen ... auch wenn wir uns das inzwischen abschminken können.«

»Wär das schön. Dann könnten wir diesen verdammten Sack endlich zubinden.« In Melanies angespannte Stimme schlich sich ein Hauch von trockenem Humor. »Dass er versuchen könnte zu schlägern, macht mir übrigens am wenigsten Sorgen.«

»Und was macht dir mehr Sorgen?«, fragte er.

»Dass Susanne einknickt, wenn ihr Vater unversehens im Zimmer steht.« Melanies Mund wurde schmal. »Was glaubst du wohl, wieso sie sich ausgerechnet heute an mich gewandt hat? Weil sie damit rechnet, dass sie das Haus verlassen kann, ohne ihm vorher noch einmal begegnen zu müssen.«

»Und ihre Mutter?«

»Vor der hat sie offenbar weniger Angst«, erwiderte Melanie. »Kein Wunder – die hat zwar jahrelang ignoriert, was ihr Mann ihrer gemeinsamen Tochter angetan hat, und sie hat sie im Stich gelassen – aber sie hat sie wenigstens nicht missbraucht.«

Wie man's nimmt, dachte Jacobsen, der aus dem Beifahrerfenster schaute. Ein Ausfahrtsschild mit der Aufschrift

»Nellmersbach« huschte in sein Blickfeld hinein und wieder hinaus. *Nicht zu beachten, wie ein Kind leidet, das man auf die Welt gebracht hat, und den nicht zur Rechenschaft zu ziehen, der es tut … ist das nicht dasselbe?*

»Ich hab alle möglichen Fortbildungen zu diesem Thema gemacht«, sagte Melanie unvermittelt, als würde sie spüren, was ihm durch den Kopf ging. »Und ich hab mit Psychologen und mit Therapeuten geredet. Aber auch wenn ich inzwischen theoretisch Bescheid weiß, eins habe ich nie wirklich so ganz begriffen: wie Mütter es fertigbringen, Augen und Ohren davor zu verschließen, wenn bei ihnen zuhause den Menschen, die sie lieben und beschützen sollen, schlimmes Unheil zugefügt wird. Ich meine – wie blind kann man denn sein?«

»Die Frage ist wahrscheinlich nicht, wie blind man sein *kann*«, meinte Jacobsen, »sondern wie blind man sein *will.*«

Es ging inzwischen auf neun Uhr abends zu. Die Sonne stand tief über der Bundesstraße nach Backnang, und er musste die Augen gegen das rötlichgoldene Licht zusammenkneifen.

»Als wir das erste Mal bei Susanne zuhause waren, da hast du mir gesagt, dass die beiden Mädels vor ihm kuschen. Wahrscheinlich hat seine Frau das immer schon getan. Wahrscheinlich hat Klaus Steffens sich ganz gezielt eine Partnerin gesucht, die so was mit sich machen lässt. Männer wie er haben einen unheimlich sicheren Instinkt für potenzielle Opfer.«

»Bei solchen Beziehungen geht es fast immer um Macht«, sagte Melanie leise. »Genau wie in den meisten Fällen bei dieser Art von Missbrauch. Wusstest du, dass nur ein ganz kleiner Prozentsatz der Väter, die ihre Kinder missbrauchen, tatsächlich pädophil ist?«

»Nein. Das wusste ich nicht.«

»Die meisten Kinderschänder, die sich ihre Opfer in der eigenen Familie suchen, brauchen einfach jemanden, an dem sie die eigene Frustration abreagieren und den sie unter der Fuchtel halten können. Mit dieser Brutalität fühlen sie sich stark und maskieren gleichzeitig ihre eigene Schwäche ... Mit Pädophilie hat das überhaupt nichts zu tun. Die Kinder trifft es meist vor allem deshalb, weil sie sich am wenigsten wehren können.«

»Ab heute Abend ist es wenigstens ein Kind weniger«, sagte Jacobsen ruhig.

»Aber es bleiben immer noch so viele andere«, erwiderte Melanie nüchtern. »Und dass Susanne diese Tortur hinter sich hat, glaube ich erst, wenn wir sie nachher bei Klara Straub abgeliefert haben. Die wartet nämlich in der betreuten Wohnung auf uns, wo sie für Susanne einen Platz gefunden hat. Und dann ist die Kleine zwar theoretisch sicher, aber sie muss auch noch bereit sein, gegen ihren Vater auszusagen.«

Die ersten Häuser von Backnang tauchten vor ihnen auf, die Straße führte zwischen Gehwegen, Zäunen und hohen Bäumen in die Stadt hinein. Als Melanie vom Gas ging, sah Jacobsen für einen Moment rechts von sich in einem Garten einen Tisch, umgeben von mehreren Stühlen. Eine junge Frau goss einer älteren Dame ein Glas Wein ein. Ein Stück entfernt davon rauchte ein Grill, auf dessen Rost ein Mann mit Schürze gerade Würstchen verteilte. Daneben saß ein kleines Mädchen auf einer Schaukel, ließ die Beine baumeln und schaute ihm zu. Sekunden später war das Familienidyll schon wieder verschwunden.

»Dachsweg«, sagte Melanie, schaltete den Blinker ein und bog ab. »Wir sind da.«

* * *

Der Himmel war wolkenlos, das Licht feurig und intensiv, während Jacobsen auf das Haus zuging, in dem Susanne Steffens wohnte. Diesmal konnte er nicht sehen, ob sich hinter dem Fenster, das zur Straße hinausging, etwas bewegte. Die Sonne ließ die Scheibe aufflammen und machte sie undurchsichtig wie einen Spiegel.

Er warf aus den Augenwinkeln einen raschen Blick zurück; Melanie hielt sich dicht hinter ihm, gefolgt von den beiden Beamten – zwei Männer, die mit solchen Einsätzen bereits Erfahrung hatten. Sie trugen beide Uniform; sollte die Mutter versuchen, die Flucht ihrer Tochter zu verhindern, würde dieser überdeutliche Hinweis auf die staatliche Autorität hoffentlich dafür sorgen, dass sie ihren Widerstand rasch aufgab. Der Streifenwagen war nicht zu sehen; auf Anweisung von Melanie hatten die beiden Polizisten ihn in einer kleinen Seitenstraße um die Ecke geparkt. Falls Susannes Vater doch früher auftauchte als erwartet, war es keine gute Idee, ihn vorzuwarnen.

Er klingelte und hörte im Haus den Gong, an den er sich noch von ihrem ersten Besuch erinnerte. Dann kamen Schritte näher und Renate Steffens öffnete die Tür, genauso makel- und fleckenlos zurechtgemacht wie beim ersten Mal.

»Guten Abend, Frau Steffens«, sagte er ruhig. »Wir möchten gern zu Ihrer Tochter.«

Sie musterte ihn verwirrt und versuchte sichtlich, die Lage einzuschätzen; dann spähte sie an ihm vorbei, entdeckte Melanie und die beiden Polizisten und wurde bleich. Sie machte einen panischen Schritt rückwärts.

»Uns die Türe vor der Nase zuzuschlagen wird das Problem nicht lösen«, bemerkte Jacobsen. »Und wenn Sie nicht möchten, dass die gesamte Nachbarschaft sich das Maul darüber zerreißt, wieso wir uns gewaltsam Zugang in Ihr Haus verschaffen, dann lassen Sie uns bitte herein.«

»Das … das *dürfen* Sie doch gar nicht!« Sie klang gleichzeitig verängstigt und empört.

»Da haben Sie normalerweise ganz recht«, warf Melanie ein, die jetzt neben ihm stand. »Allerdings gibt es Ausnahmen. Eine davon nennt sich ›Gefahr im Verzug‹. Das bedeutet, dass die Polizei auch gegen den Willen eines Eigentümers die Wohnung betreten darf, weil einer Person in dieser Wohnung unmittelbare Gefahr droht. Und genau das ist hier der Fall.«

Renate Steffens wich in den Hausflur zurück. »Aber hier droht doch niemandem Gefahr! Außerdem ist mein Mann nicht zuhause, und ich …«

»Dass Ihr Mann nicht zuhause ist, wissen wir«, sagte Jacobsen. »Und Ihre Tochter weiß es auch. Sie hat uns gebeten, sie abzuholen.«

Renate Steffens erstarrte und wurde noch bleicher. Sie machte ein paar weitere Schritte rückwärts, was Jacobsen, Melanie und den beiden Polizeibeamten endlich die Gelegenheit gab, das Haus zu betreten. Der zweite Beamte schloss leise, aber nachdrücklich die Eingangstür.

Susannes Mutter machte eine letzte heroische Anstrengung, den Status quo zu retten. »Ich glaube nicht, dass Susanne Sie hergeholt hat«, sagte sie. »Sie war den ganzen Abend in ihrem Zimmer und hat nicht ein einziges Mal telefoniert.«

»Sie hat das Handy benutzt, dass Sie ihr gegeben haben«, erklärte Melanie.

Jacobsen wusste, wie viel Unverständnis und schiere Verachtung sie für Renate Steffens empfand, aber nichts davon war ihrer ruhigen Stimme anzumerken.

»Das Handy, das sie ständig bei sich tragen musste, damit Sie immer ganz genau wussten, wo sie ist. Sie hat eine Visitenkarte mit meiner Nummer, und diese Nummer hat sie vor knapp einer Stunde angerufen.«

»Möchten *Sie* Ihre Tochter holen, Frau Steffens, oder muss ich mich erst auf die Suche machen?«, fragte Jacobsen leise.

»Was … was soll ich bloß meinem Mann sagen?«

»Die Wahrheit«, sagte Melanie. »Am besten rufen Sie ihn gleich nachher an. Sie können ihm außerdem sagen, dass er mindestens mit einer Anzeige wegen fortgesetztem Kindesmissbrauch zu rechnen hat. Ob der Staatsanwalt auch gegen Sie ermitteln wird, hängt ganz von der Aussage Ihrer Tochter ab.« Sie betrachtete Susannes Mutter, die auf ihre ineinanderverkrampften Finger hinunterstarrte. »Ich würde das sehr begrüßen, aber das Leben ist leider kein Wunschkonzert.«

»Mein Mann hat Susanne ... Er hat sie nicht missbraucht! Nie im Leben hätte er etwas ... etwas so *Abscheuliches* getan!«, protestierte Renate Steffens trotzig. »So was würde er nicht machen. Und außerdem hätte sie mir das bestimmt gesagt. Das ist alles ein furchtbarer Irrtum!«

»Oh, ich bin sicher, Ihre Tochter hat mehr als einmal *versucht*, es Ihnen zu sagen«, antwortete Melanie. »Dass der Papa sie an Stellen berührt, wo sie es eigentlich nicht will. Dass er nachts zu ihr unter die Decke kriecht, während Sie schlafen. Aber wenn Kinder noch klein sind, fällt es ihnen oft schwer, die richtigen Worte zu finden. Und wenn sie dann begreifen, dass man ihnen nicht glauben will, dann schweigen sie lieber ... um sich die Illusion zu erhalten, dass man sie trotzdem irgendwie liebhat. Wer weiß – vielleicht haben Sie es sich Ihrerseits ja angewöhnt, ein Schlafmittel zu nehmen, damit Sie nicht mitbekommen, wenn er sich aus dem Bett stiehlt. Und damit Sie die Geräusche nicht hören. Sie wären beileibe nicht die Einzige, die so was tut ... und das hat es Ihnen bestimmt leichter gemacht, die ganze Sache zu ignorieren, nicht wahr?«

Renate Steffens starrte Melanie mit einem Gesichtsausdruck an, der an schieren Hass grenzte.

Natürlich, dachte Jacobsen, *in diesem Moment fällt ihr gesamtes Lebensgebäude in Trümmer. Und die Fassade dieses Gebäudes sauber und aufrecht zu erhalten ist ihr offenbar wichtiger gewesen, als ihre Tochter zu schützen.*

»Sie haben doch keine Ahnung!« Ein wildes, anklagendes Flüstern.

»Wovon?«, fragte Melanie. »Dass Sie eine Todesangst davor hatten, irgendwann allein zu sein? Dass der Käfig aus Regeln und Verboten, in den Ihr Mann Sie gesperrt hat, wenigstens ein Zuhause war, und dass Sie dieses Zuhause unter keinen Umständen verlieren wollten? Und weil all das zutrifft, haben Sie sich lieber taub und blind gestellt und obendrein Ihre Tochter geopfert, anstatt einen sauberen Schnitt zu machen und mit den Konsequenzen zu leben. Wie gesagt: Sie sind beileibe nicht die Einzige. Aber das macht es leider nicht besser.«

Die Spannung wich aus dem Körper der Frau. Ihre Schultern sanken herab und für einen Moment sah es so aus, als würde jemand die Luft aus einem prall aufgeblasenen Ballon lassen.

Plötzlich öffnete sich die Tür am Ende des Korridors und alle Anwesenden drehten instinktiv die Köpfe. Es war Susanne, die auf der Schwelle stand. Sie trug das grüne Shirt, das Jacobsen schon kannte, eine ausgebleichte Jeans und in der Hand eine prall gefüllte Sporttasche.

»Ich weiß nicht, wann mein Vater wieder nach Hause kommt«, sagte sie mit ihrer heiseren, hohen Stimme. »Er bleibt nicht gern über Nacht weg, und er mag überhaupt keine Musicals. Vielleicht ist er bald da.«

Sie ging auf Jacobsen zu, entdeckte Melanie und schien erleichtert aufzuatmen, so, als könnte sie den sicheren Fluchtweg zum ersten Mal deutlich vor sich sehen.

»Und *wenn* er kommt«, fuhr sie fort, »dann muss jemand bei meiner Mutter bleiben. Wenn … wenn ich nämlich nicht mehr da bin, dann wird er furchtbar wütend. Vielleicht tut er ihr dann weh. Und das möchte ich nicht.«

Renate Steffens schaute ihre Tochter an, als sähe sie sie zum ersten Mal. Susanne blickte konsequent an ihr vorbei und hielt den Blick fest auf Melanie gerichtet.

»Hallo, Susanne.« Melanie nickte ihr zu. »Deine Mutter kann deinem Vater gleich Bescheid sagen, dass wir dich mitgenommen haben. Wir lassen die beiden Beamten hier. Die werden ihm die Lage erklären, sobald er hier ist, und dabei gleichzeitig auf sie aufpassen. Ist dir das recht?«

»Danke schön«, sagte Susanne ernsthaft. »Können wir dann jetzt fahren? Zu dieser Frau, von der Sie vorhin gesprochen haben, in diese Wohnung?«

»Klar können wir das.« Zum ersten Mal, seit sie das Haus betreten hatten, lächelte Melanie.

Jacobsen sah, dass ihre Augen leuchteten.

»Mehr als das, was du da bei dir hast, brauchst du nicht?«

»Nein, da ist alles drin.« Susanne zögerte. »Die Tasche hab ich schon vor dem Lager gepackt und in dem großen Touring-Rucksack versteckt, unter meiner Kluft. Weil ich doch dachte, Malenga würde … und dann war er plötzlich tot. Da musste ich sie wieder mit nach Hause nehmen.« Sie hob die Tasche hoch. »Aber ausgepackt hab ich sie nicht mehr. Ich hab gewusst, irgendwann … und dann sind Sie gekommen, mit Ihrem Vortrag. Und ich hab gemerkt, dass Sie Bescheid wissen. Als ob Malenga Sie geschickt hätte, wissen Sie?«

»Du solltest dich jetzt verabschieden«, meinte Jacobsen sanft. »Es ist spät, und wir müssen uns auf den Weg machen.«

Susanne nickte und ging an Renate Steffens vorbei. Auf einmal griff die nach ihrer Hand und hielt sie fest. Susanne blieb stehen, wandte den Kopf und sah sie an.

»Pass auf dich auf, Kind.«

»Mach ich, Mama.«

Das Mädchen atmete tief durch, dann zog es sachte seine Finger weg. Jacobsen hatte keine Umarmung erwartet, aber Susanne tat etwas anderes: Sie beugte sich vor und küsste ihre Mutter flüchtig auf die Wange. Dann folgte sie Melanie ins Freie, ohne noch einen Blick zurückzuwerfen. Jacobsen wechselte ein paar Worte mit den beiden Beamten, dann ging er ebenfalls hinaus.

Als er zum Wagen kam, hockte Susanne bereits im Fond, ihr kostbares Rettungsgepäck auf dem Schoß.

Melanie hielt ihm den Autoschlüssel hin. »Würdest du fahren? Ich würde mich gern nach hinten setzen.«

»Kein Problem.«

Er verstellte den Fahrersitz für seine langen Beine und vergewisserte sich, dass Susanne es trotzdem noch bequem hatte. Dann ließ er den Wagen an und die etwas widerspenstige Kupplung kommen. Als er losfuhr, musste er die Scheinwerfer einschalten; vom Sonnenuntergang war nur noch ein blassgelber Streifen am Horizont übrig.

Weder Melanie noch Susanne sprachen und Jacobsen machte keinen Versuch, eine Unterhaltung in Gang zu bringen. Das gelegentliche Piepsen und ein paar Sätze aus der Funksprechanlage waren neben dem gleichmäßigen Brummen des Motors das einzige Geräusch.

Als er nach einer Viertelstunde in den Rückspiegel schaute, hatte Melanie den Arm um Susanne gelegt. Der Kopf des Mädchens lehnte an ihrer Schulter; sie war eingeschlafen.

Melanie merkte, dass er sie ansah, und lächelte ihm zu; es war ein Lächeln voller Erleichterung und Wärme. Er lächelte zurück, dann blickte er wieder nach vorne und steuerte den Wagen über die B 14 Richtung Waiblingen.

* * *

Bis Susanne in der betreuten Wohnung abgeliefert und das erste Gespräch mit Klara Straub und der Psychologin geführt war, die in dieser Einrichtung das Sagen hatte, war es fast halb elf.

»Ich kann dich zum Bahnhof fahren«, meinte Melanie, als sie das Haus verließen. »Dann kannst du die S-Bahn zurück nach Backnang nehmen.«

»Ganz ehrlich?« Jacobsen blieb stehen und dehnte den Rücken. »Ich hab Hunger. Irgendwie ist das Abendessen ausgefallen, und jetzt brauch ich dringend was zwischen die Kiemen.«

Melanie überlegte kurz. »Pass auf«, sagte sie, »ich kenn da in der Altstadt eine kleine Weinstube, da gibt's bis Mitternacht warme Küche und du kannst die Winzer aus dem Remstal durchprobieren. Wär das was?«

»Hundertprozentig.«

»Dann komm mal mit.«

Sie gingen zu Fuß; die Luft roch süß und war nicht mehr zu heiß, und der Spaziergang tat Jacobsen nach einem endlosen Tag im Büro und der ganzen Fahrerei ausgesprochen gut. Eine Viertelstunde später saßen sie in einer gemütlich eingerichteten Gaststube hinter Butzenscheiben an einem Tisch, auf dem eine Kerze brannte. Vor ihnen standen zwei Gläser mit einem Trollinger Kabinett von einem Weingut in Großheppach, dessen Erzeugnisse der Wirt in den höchsten Tönen anpries. Sie hatten sich in gutgelaunter Übereinstimmung auch beide die Kässpätzle mit Speck und Salat bestellt, und während Jacobsen mit gutem Appetit aß, spürte er, wie die Hektik des Tages von ihm abfiel und die Ereignisse allmählich ihren rechten Platz fanden.

Als hätten sie eine Art stummer Übereinkunft getroffen, sprachen sie nicht über Susanne. Stattdessen erzählte er Melanie von dem, was seine überraschende Zeugin Marijke DeVries in der Nacht von Iris' Tod am Mühlkanal gesehen hatte. Melanie hörte sich die gesamte Geschichte mit gespannter Konzentration an, trank ein paar Schlucke Wein und betrachtete den Ohrring – den Jacobsen gegen alle Vorschriften immer noch in der Jackentasche mit sich herumtrug – von allen Seiten, bevor sie ihren Kommentar abgab.

»Du weißt, dass das Ding wahrscheinlich ein Vermögen wert ist, oder?«

»Ja, vermutlich. Die Perle allein ist schon ziemlich kostbar, und von dem Rubintropfen fang ich gar nicht erst an.«

»Aber dann kann er unmöglich Iris gehört haben«, meinte Melanie. »Du hast ihren Schmuckkasten gesehen. Sie besaß fast nur Modeschmuck, und dann gibt es da noch diese verschwundene Silberkette. Bloß – wenn *sie* diese Preziose nicht verloren hat, wer war es dann? Der Ohrring sieht aus wie ein antikes Erbstück, und möglicherweise gehört er zu einem Set – mit Collier, dazu einem passenden Ring und einem Armband. Das war früher bei den Leuten, die sich so was leisten konnten, durchaus üblich.«

Jacobsen schluckte den letzten Mundvoll Kässpätzle hinunter und grinste. »Das heißt, ich darf mir jetzt zwei Szenarien ausmalen«, sagte er. »Entweder geht eine Dame der Gesellschaft in Abendkleid und mit Juwelen behängt mal eben mitten in der Nacht am Backnanger Mühlkanal spazieren und verliert dabei Material. Oder Iris hat das gute Stück irgendwo mitgehen lassen – wir wissen ja immer noch nicht, wo sie gewesen ist –, kriegt von ihrem Mörder irgendwann danach eins über den Schädel und wird im Wasser versenkt, wobei ihr das Funkelstückchen aus der Hosentasche fällt.«

»Witzbold.« Melanie grinste ebenfalls, leerte ihr Glas und goss sich aus der kleinen Karaffe auf dem Tisch nach. »Aber mal ganz im Ernst jetzt. Stell dir vor, Iris war an diesem Abend tatsächlich an einem Ort, wo diese Art Juwelen gang und gäbe sind – vielleicht im Schmuckkasten der Gastgeberin, wer weiß? Und vielleicht macht sie lange Finger und wird ertappt. Und es gibt ein Handgemenge, das ausufert und dann grässlich schiefgeht. Und der Mörder muss sie ungesehen aus dem Haus schaffen und wickelt sie in eine Decke. Er schleppt sie in den Wagen und entsorgt sie im Kanal, und den Ohrring übersieht er dabei. Würde doch Sinn machen, oder?«

»So viel Sinn wie manch andere Theorie.« Jacobsen drehte den Stiel seines Glases zwischen den Fingern hin und her. »Obwohl ich das mit dem Kanal immer merkwürdiger finde, je länger ich darüber nachdenke. Ich meine – das Ding ist keinen halben Meter tief. Entsorgen kann man da drin vielleicht ein paar Schuhe, aber ganz bestimmt keine Leiche. Wenn Iris verschwinden sollte, dann hätte man sie irgendwo im Wald verbuddeln müssen, und zwar möglichst tief.«

Urplötzlich musste er wieder an Beeke Brehm denken. Der Mörder damals hatte nur ein Loch von fünfzig Zentimetern Tiefe geschaufelt. Und dann Apfelkisten über die Stelle gestapelt, wo die Leiche lag. Die Erinnerung fühlte sich an wie eine eiskalte Hand, die ihm das Rückgrat hinunterstrich. Er nahm rasch einen Schluck Wein.

»Ich glaube«, sagte Melanie, »dass wir herausfinden müssen, wem dieser Schmuck gehört. Vielleicht haben wir Glück und der Juwelier, aus dessen Werkstatt das hier stammt, befindet sich in Backnang. Oder wir entdecken die Garnitur irgendwann auf einem Foto, am Hals irgendeiner Dame von altem Stadtadel aus der näheren Umgebung. Und sobald wir diese bewusste Dame haben, die den Ohrring ursprünglich mal getragen hat, dann wissen wir, wo Iris war ... und wo sie höchstwahrscheinlich auch den Schlag auf den Kopf abgekriegt hat. Und dann sind wir höchstens noch einen Schritt vom Mörder entfernt.«

Melanie prostete Jacobsen mit ihrem Glas zu. »Was meinst du? Soll ich uns noch einen Wein bestellen?«

Jacobsen lächelte und trank seinen letzten Schluck Trollinger.

»Gute Idee.«

Bilder

Er gähnte herzhaft, verspürte aber wenig Lust, wirklich aufzuwachen. Stattdessen drehte er sich auf die Seite, streckte den Arm aus ... und stieß mit der Hand gegen etwas, das sich anfühlte wie eine Tischkante.

Moment. Seit wann befand sich neben seinem Bett in Heikes Gästezimmer ein Tisch?

Er öffnete die Augen und blickte direkt auf eine Holzschale voller Äpfel, die vor ihm auf einer rechteckigen Glasplatte stand. Die Schale war geformt wie ein längliches Blatt aus dunklem, schön gemasertem Holz. Und er hatte sie noch nie gesehen. Genauso wenig wie den Tisch übrigens.

Er setzte sich auf und schaute sich um. Offenbar hatte er die Nacht unter einer weichen Veloursdecke auf einer ziemlich bequemen Couch verbracht, die lang genug war, dass er mit ausgestreckten Beinen daraufpasste. Die Couch war mit einem weichen, braunen Stoff bezogen und stand auf hellen Holzdielen. Teppiche gab es keine. Dafür gab es an der linken Wand zwei große Fenster mit breiten Fensterbrettern voller Topfpflanzen. Jacobsen sah Efeu, ein paar Farne und mehrere bunt blühende Hibiskus-Stöcke. Wer immer hier wohnte, hatte einen grünen Daumen; Jacobsen erinnerte sich lebhaft daran, dass seine Mutter es fertiggebracht hatte, ihre eigenen heiß geliebten Hibiskus-Pflanzen eine nach der anderen aufopferungsvoll zu Tode zu pflegen.

Der Besitzer dieses geräumigen Wohnzimmers hatte offensichtlich etwas dagegen, es mit übermäßig vielen Möbeln vollzustellen. Außer dem Sofa und dem Tisch sah Jacobsen nur noch einen Sessel, der zu der Couch passte, und rechts von sich ein niedriges Sideboard, in dem eine kleine Stereoanlage untergebracht war; obendrauf stand ein Flachbildfernseher. An der Wand ihm direkt gegenüber entdeckte er eine geschlossene Tür und rechts daneben zwei Regale voller Bücher. In der Mitte zwischen diesen Regalen war auf einer großen Fototapete eine friedliche Teichlandschaft unter einem abendlich goldenen Himmel abgebildet. Lotosblätter trieben auf dem Wasser und im Hintergrund befand sich etwas, das aussah wie eine asiatische Pagode. Vor diesem Bild stand eine Art Podest aus ziseliertem Holz, auf dem eine Buddhafigur saß, etwa dreißig Zentimeter hoch und nicht in Meditationspose, sondern ganz entspannt, das eine Bein angezogen. Die Hände ruhten flach auf dem Knie, er hielt den Kopf sanft geneigt und die Augen halb geschlossen. Davor waren drei runde Teelichthalter aufgestellt. Sie sahen aus, als wären sie aus demselben Holz wie der Buddha und die Obstschale auf dem Tisch.

»Guten Morgen!«

Die Tür war plötzlich offen und Melanie Brendel stand im Türrahmen – barfuß, aber ansonsten vollständig angezogen mit einem knielangen Jeansrock und einer weißen, ärmellosen Bluse. Ihr Haar glänzte in der Sonne und war zu einem dicken Zopf geflochten; sie sah frisch und ausgeruht aus. Im Gegensatz zu ihr kam sich Jacobsen knittrig und verkatert vor.

»Ich hoffe, du hast gut geschlafen. Der Kaffee läuft noch durch; wenn du möchtest, kannst du duschen. Ich hab dir ein frisches Hemd ins Bad gelegt. Das stammt von einem meiner Verflossenen ... Wenn dich das nicht stört, kannst du es gerne haben, es müsste dir passen.«

»Langsam.« Er fuhr sich mit allen zehn Fingern durch das Haar und dann durch das Gesicht; Bartstoppeln piekten ihn sachte in die Handflächen. »Wie bin ich hierhergekommen? Das Letzte, was ich weiß, ist, dass du mich zum Bahnhof fahren wolltest, als das Weinlokal zugemacht hat.«

»Stimmt.« Melanie lächelte. »Aber du bist im Wagen eingeschlafen. Ich hab dir vorgeschlagen, noch einen Kaffee zu machen, bevor ich dich nach Backnang bringe – die letzte S-Bahn war nämlich inzwischen weg. Du warst einverstanden. Also hab ich dich mit hergenommen und auf dem Sofa geparkt. Dann bin ich in die Küche, und als ich mit dem Becher Kaffee gegen eins ins Wohnzimmer kam, da warst du schon wieder weggetreten und ich hab dich einfach nicht mehr wachgekriegt. Also hab ich dir kurzerhand die Schuhe ausgezogen, dich in die Horizontale gekippt und zugedeckt. Danach bin ich ins Bett gegangen.«

Das klang alles beruhigend harmlos.

Jacobsen seufzte. »Na, dann vielen Dank für das Nachtlager. Wie spät ist es eigentlich?«

»Halb acht. Wir haben noch Zeit, eine Kleinigkeit zu frühstücken, dann können wir zusammen ins Präsidium fahren.«

Er stemmte sich hoch. »Wo ist denn dieses Badezimmer?«

»Den Flur runter, die letzte Tür rechts.«

* * *

Um neun waren sie im Büro. Jacobsen hatte in Melanies Bad nicht nur ein frisches weißes Hemd vorgefunden – das tatsächlich passte –, sondern auch einen funktionierenden Rasierapparat und eine erfreulich geräumige Regenwasserdusche. Danach saßen sie gemeinsam im Wohnzimmer, es gab frischen, starken Kaffee, Vollkornbrot und Obst. Melanie hielt ohne viel Mühe eine leichte Unterhaltung in Gang. Seither wusste Jacobsen, dass die Fototapete nach einem Bild gedruckt worden war, das Melanies Onkel – der Pathologe aus Tübingen – einst bei einer Reise in Thailand geknipst hatte. Auch die Buddhastatuette stammte von dort; Lothar Brendel hatte sie für seine Nichte als Mitbringsel gekauft, weil sie ihm gefiel, und Melanie hatte sie aus genau demselben Grund aufgestellt.

»Buddhistin – ich?« Sie lachte, während sie ihm Kaffee nachgoss. »Bestimmt nicht. Wenn ich das recht weiß, lehrt der Buddhismus, sich von allen irdischen Bedürfnissen und Beziehungen zu lösen. Und ich bin zwar kein Jäger und Sammler, aber das, was ich besitze, gefällt mir sehr, und ich möchte es gerne behalten. Außerdem liebe ich meine Familie und meine Freunde, und ich bin nicht erpicht genug auf irgendein Nirwana, um sie aufzugeben.«

Jacobsen stellte fest, dass er ihre Gegenwart auch privat sehr angenehm fand. Anstatt sich daran zu stören, dass er morgens noch ziemlich maulfaul war, ließ sie ihn in Ruhe, bis er tatsächlich Lust hatte, zu dem Gespräch etwas beizutragen. Anders als seine Schwester, die zwar einen mindestens ebenso guten Kaffee kochte, aber mit schöner Regelmäßigkeit einen endlosen Redeschwall über ihm ausgoss, den er mit stoischem Schweigen ertrug. Heike nahm das zum Glück mit Humor … ganz im Gegensatz zu seiner Exfrau, die seine morgendliche Wortlosigkeit regelmäßig auf die Palme getrieben hatte. »Da kann man ja genauso gut versuchen, mit einer Wand zu reden!«, war einer ihrer häufigsten Vorwürfe gewesen.

Im Präsidium angekommen, erstattete Jacobsen bei Finkbeiner Bericht, der die neueste Entwicklung mit einer gewissen Erleichterung zur Kenntnis nahm; in dem Moment, in dem Susanne gegen ihren Vater aussagte, würde sicherlich auch zur Sprache kommen, dass Peter von Weyen nie etwas anderes im Sinn gehabt hatte als ihr beizustehen. Damit war er hochoffiziell entlastet und Finkbeiner musste sich wegen des Stadtrates keine Sorgen mehr machen.

Allerdings ist der Mann immer noch tot, dachte Jacobsen, als er sich danach aus Finkbeiners Maschine den dritten Becher Kaffee an diesem Morgen holte. *Seinen Mörder haben wir immer noch nicht, und bei Iris haben wir erst gestern herausgefunden, dass sie ermordet worden ist. Nicht sehr eindrucksvoll.*

Er kehrte an seinen Schreibtisch zurück, als sein Handy zum Leben erwachte. Er angelte es aus der Hosentasche.

»Jacobsen.«

»*Malte?* Gott sei Dank, ich hatte mir schon fürchterliche Sorgen gemacht, als du nicht nach Hause gekommen bist! Wo warst du denn die ganze Zeit? Ist irgendwas passiert, hattest du einen Unfall oder …«

»Tut mir leid, Lütte«, unterbrach er sie. »Ich weiß, ich hätte dich anrufen sollen. Gestern Abend ist es dienstlich sehr spät geworden, und danach bin ich auf der Couch eines Kollegen gestrandet, weil ich zu erledigt war, um noch zurückzufahren. Kannst du mir verzeihen?«

»Ich kann's versuchen.« Seiner Schwester war die Neugier auch aus zwanzig Kilometern Entfernung noch überdeutlich anzumerken. »Was für ein Kollege war das denn – der mit der Architektengattin, die Seidenkrawatten malt?«

»Nein, nicht der. Und für den Rest musst du dich gedulden, bis ich wieder bei euch bin.«

»Es sei denn natürlich, du strandest wieder auf irgendeiner Couch«, gab Heike ein ganz klein wenig spitz zurück, und Jacobsen grinste.

»Ich versuch, bis spätestens um sieben in Backnang zu sein, ja?«

»Und ich warte ab, ob du's schaffst. Mach's gut, Malte.« Heike legte auf.

»*Trouble in paradise?*«, erkundigte sich Melanie.

»Nein«, erwiderte Jacobsen, »bloß eine sehr fürsorgliche Schwester. Und heute Abend wird sie sich die allergrößte Mühe geben herauszukriegen, auf wessen Sofa ich genächtigt habe.«

»Erzähl's ihr doch einfach«, sagte Melanie in aller Gemütsruhe. »Schließlich war es bloß mein Sofa und nicht mein Bett.«

Sie reichte ihm einen Computerausdruck über den Schreibtisch. Darauf war ein großes Foto des Ohrrings zu sehen, den Marijke DeVries am Mühlkanal gefunden hatte; außerdem stand darauf noch einmal eine ausführliche Beschreibung und die Bitte, sich unter der angegebenen E-Mail bei der Polizei zu melden.

»Hab ich an sämtliche Juweliergeschäfte in Backnang und in 50 Kilometern Umkreis geschickt«, sagte sie. »Vorsichtshalber auch an ein paar Betriebe in Stuttgart, die mit antiken Juwelen handeln, und nach Pforzheim – dort gibt es viele exklusive Werkstätten, vielleicht kann sich jemand an den Schmuck erinnern. Wenn das alles nichts bringt, wird es allerdings schwierig.«

»Dann lass uns hoffen, dass wir Glück haben«, erwiderte Jacobsen. »Ich hab mir übrigens den Bericht über die Leichenschau von Iris noch mal angesehen. Dadurch, dass sie im Kanal getrieben ist, gab es weder Fingerabdrücke noch Haare oder Hautschüppchen, aus denen man eine DNA rekonstruieren könnte. Alles weggewaschen. Das Einzige, was dein Onkel gefunden hat, waren ein paar dunkelblaue Fasern, die sich im obersten Knopf von Iris' Bluse verfangen haben und dort tatsächlich auch die ganze Zeit hängengeblieben sind. Vielleicht stammen die ja von der Decke, in die ihre Leiche eingewickelt war.«

»Schon möglich.« Melanie legte das Foto des Ohrrings in ihre Schreibtischablage. »Aber wenn der Täter nur halbwegs intelligent ist, dann hat er diese Decke inzwischen entsorgt und den Wagen, in dem die Leiche lag, gründlich reinigen lassen. Heutzutage schauen auch Mörder *CSI* … und alle halten sich für Experten.«

»Bloß sind sie keine«, erwiderte Jacobsen, »selbst wenn sie sich dafür halten. Du weißt doch ganz genau, über was für dämliche Fehler die Leute immer wieder stolpern.«

Bevor Melanie antworten konnte, klingelte das Telefon erneut – diesmal der Festnetzanschluss auf Jacobsens Schreibtisch. Er hob ab und meldete sich.

»Klara von Weyen hier«, ertönte eine vertraute Stimme. »Ich wollte mich nach dem Fortschritt der Ermittlungen erkundigen. In der Zeitung war in den letzten Tagen gar nichts mehr über den Fall zu finden, und meine Tochter kommt Anfang nächster Woche voraussichtlich aus der Klinik nach Hause. Dann würde ich ihr gerne etwas Konkretes sagen können.«

Jacobsen dachte an die Ereignisse des vergangenen Abends. Noch gab es keine Aussage von Susanne Steffens. Aber in einer E-Mail von Klara Straub, die er heute früh auf seinem Dienstaccount vorgefunden hatte, hieß es, dass Susanne fest entschlossen war, das so schnell wie möglich nachzuholen. Also hatte er sie in seiner Antwort gebeten, ihn an diesem Nachmittag im Präsidium aufzusuchen, und ihr versprochen, dass die Beamtin, die ihre Aussage aufnehmen würde, niemand anderes war als Melanie. Susanne hatte zugesagt, und sie würde in Begleitung von Frau Straub und der Psychologin kommen, die die betreute Wohnung hauptverantwortlich leitete und sich jetzt auch um sie kümmerte.

»Haben Sie heute Abend ein bisschen Zeit für mich?«, fragte er. »Dann könnte ich Sie besuchen und Sie persönlich ins Bild setzen. Wäre Ihnen das recht?«

»Selbstverständlich«, erwiderte Klara von Weyen sofort. »Das ist sehr freundlich von Ihnen, Herr Inspektor. Vielleicht um sieben?«

»Gerne. Bis heute Abend dann.«

Er würde Heike anrufen müssen, dass er später kam, damit sie ihn nicht wieder auf dem Sofa eines geheimnisvollen Kollegen vermutete.

Melanie betrachtete ihn nachdenklich. »Die alte Dame hat schwer Eindruck auf dich gemacht, oder?«

»Ziemlich«, gab er zu. »Genau wie ihr Schwiegersohn, wenn ich ehrlich sein soll.«

»Aber einen Mörder kannst du ihr immer noch nicht präsentieren.«

»Nein, natürlich nicht«, antwortete er. »Aber ich kann ihr immerhin erzählen, dass Peter von Weyen versucht hat, ein Mädchen zu retten, das jahrelang von seinem Vater missbraucht wurde. Darüber wird sie sich hoffentlich freuen, und seine Witwe genauso. Das ist doch auch schon was wert.«

* * *

Susanne unterschrieb das Gesprächsprotokoll ihrer Aussage, das mehr als ein Dutzend Seiten umfasste und an Deutlichkeit nichts zu wünschen übrig ließ, gegen halb sieben. Das ließ Jacobsen gerade noch dreißig Minuten, um nach Backnang zu kommen. Er rief in der Weyen-Villa an, hatte die Haushälterin an der Strippe und ließ Klara von Weyen ausrichten, dass er sich bedauerlicherweise etwas verspäten würde. Dann schlug er Melanies Angebot aus, ihn zu fahren, und schaffte es um Haaresbreite in die nächste S-Bahn. Am Ziel stieg er erleichtert in seinen Wagen, der seit dem vergangenen Morgen auf dem Park-and-ride-Parkplatz auf ihn gewartet hatte, arbeitete sich mit wachsender Ungeduld durch den Feierabendverkehr und erreichte die Villa um kurz vor halb acht.

Die Haushälterin nahm ihn an der Tür in Empfang und führte ihn in das Wohnzimmer, das er schon kannte. Dort wartete nicht nur seine Gastgeberin, sondern auch ein gedeckter Tisch mit einem Vesperbrett, auf dem sich appetitlich Schwarzwälder Schinken, Landjäger, Holzofenbrot und Laugenbrezeln tummelten.

»Das ist doch nicht etwa für mich?«, fragte er. »Ich bin eigentlich hier, um Sie auf dem Laufenden zu halten, nicht zum Abendessen.«

»Oh, ich dachte, da ließe sich das Angenehme mit dem Nützlichen verbinden«, meinte Klara von Weyen und lächelte ihn an. »Lukas übernachtet heute bei einem Schulfreund, und meine Tochter kommt wahrscheinlich erst am Montag wieder nach Hause. Deswegen bin ich sehr froh, wenn ich ein bisschen Gesellschaft habe.«

»Unter diesen Umständen – danke schön.«

Jacobsen setzte sich an den Tisch, lehnte höflich das Bier ab, das sie ihm anbot, und entschied sich in Anbetracht des reichlich genossenen Trollingers vom vergangenen Abend vorsichtshalber für Mineralwasser. Während sie gemeinsam aßen, erzählte er Klara von Weyen Susannes Geschichte. Dabei ließ er die schlimmsten Details weg und betonte vor allem die Rolle, die Peter von Weyen gespielt hatte. Als seine Geschichte zu Ende war, blieb es eine ganze Weile still. Klara von Weyen schaute sehr betroffen drein.

»Und die ganzen Jahre«, erkundigte sie sich endlich leise, »hat niemand bemerkt, was dem armen Kind angetan wurde?«

»Vermutlich hat es die Mutter gewusst«, erwiderte er. »Aber sie hat es anscheinend nicht wirklich wissen *wollen.* Ihr Mann hat sie kleingehalten, unter Druck gesetzt und eingeschüchtert. Und irgendwann hat sie beschlossen, sich vor allem selbst zu schützen. Dabei ist ihre Tochter dann leider auf der Strecke geblieben.«

»Wie furchtbar.« Klara von Weyen blickte auf die Tischplatte hinunter. »Umso erstaunlicher ist es, dass das Mädchen dann doch noch den Mut aufgebracht hat, sich Hilfe zu suchen.«

»Sie hat sich an Ihren Schwiegersohn gewandt«, sagte Jacobsen. »Und der hat sich wirklich alle Mühe gegeben, ihr zu helfen. Es war nicht sein Fehler, dass es ihm nicht mehr gelungen ist; er hatte schon fast alles in die Wege geleitet.«

»Und dann ist er gestorben.« Klara von Weyen sah auf, die Augen voller Kummer. »Und dadurch haben nicht nur wir ihn verloren, sondern auch Susanne.«

»Ich weiß.«

Plötzlich fiel Jacobsen die E-Mail ein, die ihm Martin Vogel, der Journalist von der Backnanger Kreiszeitung, ins Präsidium mitgebracht hatte. Der Mörder – und Jacobsen war nach wie vor davon überzeugt, dass die E-Mail vom Mörder stammte – hatte alles darangesetzt, Peter von Weyen als Kinderschänder bloßzustellen. Ein Satz aus dem Text unter dem Bild, das Malenga und Susanne zeigte, trieb aus den Tiefen seiner Erinnerung an die Oberfläche: *Lügen sind gefährlich – wer ist bereit, endlich die Wahrheit zu sagen?*

»Darf ich Sie etwas fragen, Herr Jacobsen?«

Er wurde jäh aus seinen Gedanken gerissen. »Was denn?«

»Sie haben immer noch nicht herausgefunden, wer meinen Schwiegersohn umgebracht hat, oder? Sie haben in seinem Fall immer noch keine – wie heißt das immer in den Fernsehkrimis – heiße Spur?«

Jacobsen schüttelte den Kopf. »Nein. Nicht in seinem Fall.«

»Aber wenn Sie den Täter finden, dann werden Sie es mir doch erzählen, nicht wahr? Meine Tochter und ich – es ist unendlich wichtig für uns beide, Klarheit zu haben. Diese schreckliche Ungewissheit ist sicherlich der Hauptgrund, wieso Yvonne den Druck nicht mehr ausgehalten hat und in die Klinik musste.«

Dass Klara von Weyen die tragischen Umstände für den Schwächeanfall ihrer Tochter verantwortlich machte und nicht etwa ihn, tat ihm überraschend gut. Er ertappte sich bei dem Wunsch, den Knoten auch um ihretwillen zerschlagen zu können. Nicht nur, um den Fall zu lösen, sondern damit der Alptraum für sie und ihre Familie endlich ein Ende hatte.

»Sobald wir es wissen, wissen Sie es auch.« Er schob seinen Stuhl zurück und stand auf. »Das verspreche ich Ihnen. Und jetzt wird es allmählich Zeit zum Aufbruch, fürchte ich. Danke für das wunderbare Abendessen – und sobald ich etwas weiß, melde ich mich.«

Er streckte ihr die Hand entgegen, sie nahm sie und drückte sie fest. Dabei presste sich etwas Kleines, Kantiges schmerzhaft seitlich gegen seinen Handteller. Als sie ihren Griff wieder löste, blickte er instinktiv nach unten, um festzustellen, was es war. An ihrem Mittelfinger saß ein auffälliger Ring. Der Ringkopf bestand aus einer schimmernden Perle, über dem eine zarte Rosenknospe aus Weißgold saß; die wiederum wurde gekrönt von einem einzelnen, tropfenförmigen Edelstein … ein erlesen schöner Rubin in einem satten Himbeerrot.

Von einem Moment zum anderen blieb ihm die Luft weg. Er starrte regungslos auf den Ring hinunter, während sich die Gedanken in seinem Kopf überschlugen.

»Herr Jacobsen? Geht es Ihnen gut?«

Er riss sich zusammen und brachte es fertig, ihr halbwegs ruhig zu antworten. »Alles in Ordnung, Frau von Weyen … Es war bloß ein ziemlich langer Tag.«

Einatmen. Ausatmen. Einatmen.

»Das ist aber ein besonders schönes und wertvolles Stück, das Sie da tragen.«

»Ach – das.« Sie lächelte, was er nur an ihrer Stimme hören konnte; er war immer noch außerstande, den Blick von dem Ring abzuwenden. »Es gehört zu einem ganzen Ensemble, das ich bei meiner Hochzeit mit Konrad sozusagen als Brautgabe bekommen habe. Vorher hat es jahrelang in der Schmuckschatulle von Konrads Mutter gelegen – sie hatte es von ihrer Mutter geerbt und es nur beim jährlichen Weihnachtsempfang für die Geschäftspartner ihres Mannes angelegt.«

Ausatmen. Einatmen.

»Ein Ensemble?«

»Richtig. Es besteht aus einer ziemlich schweren Kette mit einem Anhänger, der genauso aussieht wie dieser Ring, nur etwas größer. Und natürlich gibt es Ohrstecker dazu.«

»Natürlich«, echote er.

Ausatmen. Einatmen. Wie hat Melanie es ausgedrückt? »Eine Dame von altem Stadtadel.« Gott im Himmel.

»Und seither gehört der Schmuck Ihnen?«

»Seither gehört er mir.« Klara von Weyen drehte den Ring sachte hin und her. Der Rubin glühte rot auf. »Abgesehen von dem Ring trage ich ihn allerdings nicht allzu oft. Er ist altmodisch und schwer, die Ohrstecker tun nach einer Weile weh, und das Collier kratzt auf der Haut. Der Goldschmied, von dem dieser Schmuck stammt, hat sich über Bequemlichkeiten nicht so viele Gedanken gemacht, fürchte ich.«

* * *

Jacobsen wusste später nie ganz genau, wie er aus der Villa gekommen war; er vermutete aber stark, dass Klara von Weyen seinen Abgang als ziemlich überhastet empfunden hatte.

Er fuhr in waghalsigem Tempo zu Heike nach Hause und war seinem Geschick dankbar, dass er weder geblitzt noch angehalten wurde und auch keinen Unfall baute.

Seine Schwester begrüßte ihn ausgesucht höflich und nahm mit hochgezogenen Augenbrauen zur Kenntnis, dass er ihr Abendessen verschmähte und sie kaum beachtete. Er nahm die Treppe zum Gästezimmer mit zwei Stufen auf einmal, schloss die Tür hinter sich und stellte fest, dass er weiche Knie hatte. Er ließ sich auf die Bettkante sinken und atmete tief durch.

Klara von Weyen trug einen Ring, der genau zu dem Ohrring passte, den Marijke DeVries am Mühlkanal gefunden hatte. Hatte sie das Mädchen zu sich in die Villa gelockt und sie dort getötet, weil sie die Geschichten entdeckt hatte, die Iris schrieb? Weil sie verstand, was sie bedeuten sollten, und fürchtete, Iris könnte ihren kostbaren Pfadfinderbund in Misskredit bringen? Und was noch viel wichtiger war: Wenn sie die Geschichten tatsächlich gelesen hatte, hatte sie sie auch *geglaubt?* Hatte sie geglaubt, dass ihr innig geliebter Schwiegersohn sich tatsächlich an einem seiner Schützlinge vergriff? Und was hatte sie als Nächstes getan?

Jacobsen streckte sich auf dem Bett aus, starrte an die Decke und folgte dem neuen Weg, den ihn seine Gedanken führten, in eine erschreckende, unbekannte Finsternis.

Alles auf Anfang

In dieser Nacht fand Jacobsen nur sehr wenig Schlaf. Er ging in seinem Zimmer auf und ab und nahm das Puzzle des Mordfalles Peter von Weyen auseinander, um es noch einmal ganz neu zusammenzusetzen. Denn jetzt gehörte der Tod von Iris Schäuble plötzlich dazu. Ein erhängter Pfadfinder *und* ein ertrunkenes Mädchen.

Im Moment schien tatsächlich einiges darauf hinzudeuten, dass Iris sich kurz vor ihrem Tod in der Weyen-Villa aufgehalten hatte, und zwar in aller Heimlichkeit, denn sie hatte ihre Mutter angelogen und ihre Freundinnen dazu gebracht, ebenfalls zu lügen. Sie konnte kaum an die Ohrringe gekommen sein, ohne die Villa zu betreten; aber was hatte sie dort gewollt? Auf einem Geschäftsempfang wäre sie doch gewiss fehl am Platz gewesen – es sei denn, sie hatte sich vielleicht für ein Taschengeld als Servierkraft für einen Abend engagieren lassen. Aber nach dem Krach mit Peter von Weyen konnte Jacobsen sich nicht wirklich vorstellen, dass sie große Lust darauf verspürte, während einer Veranstaltung der Pfadfinderdynastie mit charmantem Lächeln Sekt und Häppchen herumzureichen … und für einen Abend als Aushilfskellnerin wäre die ganze komplizierte Lügerei auch kaum notwendig gewesen.

Er erinnerte sich daran, was Melanie in der Weinstube gesagt hatte: »Vielleicht macht sie lange Finger und wird ertappt. Und es gibt ein Handgemenge, das ausufert und dann grässlich schiefgeht.«

Hatte Iris sich vielleicht in das Haus geschlichen, um dem verhassten Malenga einen Streich zu spielen? Hatte sie dabei möglicherweise Yvonnes Juwelen entdeckt und beschlossen, etwas davon mitgehen zu lassen? Und Klara von Weyen hatte sie dabei ertappt? Und getötet?

Er schüttelte den Kopf. Das klang komplett an den Haaren herbeigezogen. Wenn man ein Mädchen in Iris' Alter beim Klauen erwischte, dann brachte man es nicht um. Man rief höchstens die Polizei.

Aber Tatsache blieb, dass die Polizei eben *nicht* gerufen worden war. Stattdessen hatte jemand Iris mitten in der Nacht zum Mühlkanal gekarrt und dort heimlich ins Wasser geworfen. Eine bewusstlose Iris mit einem stumpfen Schädeltrauma und 1,1 Promille Alkohol im Blut, obwohl sie sonst kaum jemals etwas trank.

Er wusste, dass es da eine Frage gab, die er unbedingt beantworten musste, und die, sobald er die Antwort gefunden hatte, ein Dutzend neuer Fragen nach sich zog. War da wirklich etwas grässlich schiefgegangen – wie Melanie vermutet hatte? Oder hatte Klara von Weyen Iris vielleicht in die Villa gelockt, um sie zu beseitigen, bevor sie mit ihren hinterlistigen kleinen Fabeln zu viel Schaden für den Bund anrichten konnte? Hatte sie besagte Fabeln für bare Münze genommen – und war dann auch noch zum Lager gefahren, wo sie ihren Schwiegersohn zur Strafe für einen Missbrauch, den er überhaupt nicht begangen hatte, an einem Baum aufhängte?

Der Gedanke war aberwitzig, und er gefiel ihm überhaupt nicht. Aber so sehr er die aufrechte alte Dame auch bewunderte … er war Polizist, und er musste einen Mord aufklären, verdammt noch mal.

Was würde der Journalist, der den Bund *Impeesa* schützen wollte, wohl zu dieser neuen Entwicklung sagen?

Gegen fünf Uhr früh, als es draußen schon langsam hell wurde, gab Jacobsen den Versuch auf, wenigstens noch ein, zwei Stunden richtig zu schlafen. Er ging hinunter in Heikes Küche und braute sich einen Kaffee, in dem der Löffel stand. Dann schmierte er Butter und etwas von Heikes selbstgemachtem Pflaumenmus auf eine Scheibe Hefezopf, stellte sein improvisiertes Frühstück auf ein Tablett und trug es hinaus in den Garten.

Er hatte einen leichten Pullover übergezogen, aber auf Schuhe und Strümpfe verzichtet. Das Gras war silbrig vom Morgentau. Die nasse Kühle machte ihn munter und klärte seinen Geist, während er auf bloßen Füßen über die Wiese zu dem Tischchen hinüberwanderte, das unter einem von Heikes geliebten Pflaumenbäumen stand. Er setzte sich auf den Gartenstuhl daneben, aß den süßen Zopf und trank den Kaffee, so heiß er ihn aushielt. Dann zündete er sich eine Zigarette an, ließ sich in den Stuhl zurücksinken und schloss die Augen, während rings um ihn her die ersten Vogelstimmen erwachten und der Himmel sich ganz leicht rosig färbte.

Ohne dass er gewusst hätte, wieso, fiel ihm der Deutschlehrer aus seiner Schulzeit in einem Hamburger Gymnasium wieder ein. Studienrat Heustermann, ein älterer Herr, der genau wie sein altmodischer Kneifer aus einer ganz anderen Zeit übrig geblieben zu sein schien. Er hatte eine große Vorliebe für die griechischen Sagen der Antike gehabt und aus der Sammlung von Gustav Schwab zitiert wie fromme Christen aus der Bibel. Einmal hatte er die Sage von der Prinzessin Ariadne erzählt, Tochter des Königs Minos auf Kreta. Sie gab dem Helden Theseus ein Wollknäuel mit, bevor er in das Labyrinth eindrang, in dem der Minotaurus lebte, halb Mensch und halb Stier. Während der Krieger die Bestie suchte, rollte er das Knäuel Meter für Meter ab, und nach vollbrachter Heldentat – wieder ein Fabelwesen weniger – fand er mit Hilfe des Fadens sicher den Weg zurück.

Mein Ausweg, dachte Jacobsen, während er sich die nächste Zigarette anzündete, *befindet sich nicht mitten im Labyrinth, sondern ganz am Ende von dem Wollknäuel. Und dieses Knäuel hab ich schon in der Hand, glaube ich … Ich muss bloß anfangen, an dem Faden zu ziehen.*

* * *

Um kurz vor neun stieg er in Waiblingen aus der S-Bahn und machte sich auf den Weg zum Präsidium. Diesmal nahm er nicht den Bus, sondern ging die knapp zwei Kilometer zu Fuß.

Bis er im Präsidium eintraf, war es schon nach halb zehn. Melanie saß hinter ihrem Schreibtisch und telefonierte.

»Nein, es handelt sich nur um *einen* Rubin«, sagte sie gerade, als er hereinkam, und warf ihm einen leicht verzweifelten Blick zu. »Einen Rubin, eine Rosenknospe aus Weißgold und eine Perle, knapp acht Millimeter im Durchmesser. – Wie bitte? – Ja, vielen Dank. Keine Ursache.«

Sie legte auf und seufzte. »Schon der dritte Schuss in den Ofen heute. Manche Juweliere meinen, sich an diesen Schmuck zu erinnern, aber wenn man die Beschreibung gründlich durchgeht, ist es doch die falsche Garnitur. Hast du nicht irgendwas für mich? Ich könnte ein Erfolgserlebnis brauchen.«

Er ließ sich auf seinen Schreibtischstuhl fallen und streckte die Beine von sich.

»Ich hätte ein Erfolgserlebnis anzubieten«, sagte er. »Höchstwahrscheinlich jedenfalls. Auch wenn es mich nicht besonders freut.«

Melanie hob eine Augenbraue.

»Du weißt doch«, fuhr er fort, »dass ich gestern Abend bei Klara von Weyen war, oder?«

Sie nickte.

»Sie hat mir ein Abendessen serviert, als würde ich zur Familie gehören«, sagte Jacobsen, um einen leichten Ton bemüht. »Und ich hab ihr erzählt, dass ihr Schwiegersohn versucht hat, ein Mädchen in Schwierigkeiten zu retten. Sie war gerührt und angemessen beeindruckt. Als sie sich von mir verabschiedet hat, hat sie mir einen schönen, festen Händedruck gegeben. Dabei ist mir ein Ring aufgefallen, den sie trägt. Und soll ich dir was sagen? Dieser Ring besteht aus einem Rubin, einer Goldrose und einer Perle.«

Melanies Augen wurden groß, und sie beugte sich gespannt vor. »Echt jetzt?«

»Echt jetzt.« Jacobsen seufzte. »Ich werde gleich ein bisschen googeln. Und ich bin ganz sicher, ich muss nur den Namen ›Klara von Weyen‹ eingeben, um ein paar sehr dekorative Bilder der Dame zu finden, die sie mit genau diesem Ring am Finger zeigen. Es ist übrigens ein ganzes Set. Dazu gehören auch noch die Ohrringe, von denen wir jetzt einen hier auf dem Präsidium haben, und ein Collier. Altes Familienerbstück.«

»Hast du sie danach gefragt?«, wollte Melanie wissen.

»Nicht sofort.« Er schüttelte leicht den Kopf. »Ich gebe zu, ich komme mir gerade vor wie der letzte Vollpfosten. Nicht sehr professionell, ich weiß. Ich bin immer stolz darauf gewesen, dass ich sogar die kleinsten Details mitkriege – aber dieser dämliche Ring ist mir einfach nicht aufgefallen.«

»Kein Problem.« Sie wandte sich ihrem Laptop zu, tippte etwas auf der Tastatur und starrte dann lange und nachdenklich auf den Bildschirm.

»Komm mal her«, sagte sie leise.

Jacobsen ging um den Schreibtisch herum und sah das Bild, das sie aufgerufen hatte. Es zeigte Klara von Weyen neben einem unbekannten älteren Mann im Smoking. Sie überreichte ihm lächelnd eine gerahmte Urkunde; in dem Glas über dem Dokument spiegelte sich ein Blitzlichtgewitter. Die alte Dame trug einen leuchtend roten, lose geschnittenen Hosenanzug. Der weich fallende Ausschnitt war großzügig genug, um das Collier mit den Rubinen und Perlen angemessen zur Geltung zu bringen. An ihrer rechten Hand funkelte der Ring, den er am Vorabend zum ersten Mal bemerkt hatte.

Er schaute genauer hin und runzelte die Stirn. »Die Ohrstecker trägt sie aber nicht«, sagte er. »Wann wurde das Bild aufgenommen?«

»Am 27. Mai, auf der firmeninternen Jubiläumsfeier in der Villa«, antwortete Melanie. »Das heißt genau an dem Abend, als Iris im Mühlkanal ertrunken ist und Peter von Weyen auf dem Lagerplatz bei Auenwald aufgehängt wurde.«

»Die Feier war Klaras Alibi«, sagte Jacobsen langsam. »Jedenfalls für den Mord an ihrem Schwiegersohn. Es wäre interessant herauszufinden, ob sie das Fest zwischenzeitlich mal verlassen hat.«

Melanie hob den Kopf. »Glaubst du, sie hat Peter von Weyen getötet?«

»Ich bin nicht sicher.« Er ging zu seinem Schreibtisch zurück und setzte sich wieder hin. »Aber ein Motiv hätte sie. Mit dem Internet kommt sie spielend zurecht, im Impressum der Seite von *Impeesa* steht, dass sie für die Inhalte verantwortlich ist. Vielleicht hat ihr irgendwer die Fabel über den singenden Fürsten und die kleine Ratte gesteckt … Amelie, oder noch jemand anderes mit schlechtem Gewissen. Daraufhin hat sie zwei und zwei zusammengezählt und fünf herausbekommen. Ein Pfadfinderführer, der sich an einem seiner Sipplinge vergeht, das ist schon katastrophal genug. Aber wenn dieser Pfadfinderführer auch noch ein Mann ist, den sie sehr geliebt und dem sie vertraut hat … dann geht ihre Welt unter. Das ist für sie wahrscheinlich der schlimmste Verrat.«

»Und dann geht sie hin und bringt ihn um?«, fragte Melanie zweifelnd. »Und wo sie schon mal dabei ist, schafft sie sich gleich auch noch Iris vom Hals, quasi in einem Aufwasch? Ziemlich viel für eine Dame in ihrem Alter.«

»Erst fünfundsechzig«, gab Jacobsen zu bedenken. »Zehn Jahre jünger als der selige Konrad. Ich hab mich ein bisschen gründlicher über ihre Gewohnheiten informiert. Sie ist noch jedes Mal mit unterwegs, wenn ihr Bund eine Wanderung veranstaltet, sie schwimmt regelmäßig und macht Gymnastik. Sie ist mit Sicherheit allemal kräftig genug, um jemanden mit etwas Geschick und der nötigen Technik in einen Wagen zu verfrachten und wieder herauszuheben und dann einen Hang hinunterrollen zu lassen, so wie Iris in den Kanal. Und Peter von Weyen wurde in einem Elektrokarren zu seiner Hinrichtung gefahren, den jedes Kind bedienen kann. Er wurde laut Auskunft der Spurensicherung mit ebendiesem Karren den Baum hinaufgezogen. So was schafft auch Klara von Weyen.«

»Das müssen wir ihr aber erst einmal beweisen.«

Melanie trommelte mit beiden Zeigefingern auf ihre Schreibtischplatte. Diese kleine Angewohnheit war ihm schon früher aufgefallen; sie machte das häufig, wenn sie nervös war.

»Kein Staatsanwalt wird sie anklagen, wenn die Sache nicht absolut wasserdicht ist. Du wirst sehr gründlich sein müssen, oder du setzt dich furchtbar in die Nesseln.« Sie betrachtete Jacobsen ernsthaft und ein wenig besorgt. »Das würde ich dir gern ersparen. Und mir auch.«

»Dann lass uns doch mal aufzählen, was wir schon haben«, sagte Jacobsen. Seine Augen brannten; allmählich machte es sich bemerkbar, dass er in der letzten Nacht fast überhaupt nicht geschlafen hatte. »Marijke DeVries hat am Kanal einen dunklen Lieferwagen gesehen. *Impeesa* besitzt so einen, ich hab schon mal geholfen, ihn auszuladen. Er stand gestern Abend vor der Villa … und wenn man den erkennungsdienstlich von oben bis unten filzt, dann findet man ja vielleicht sogar noch was. Fasern oder sogar Iris' verschwundenes Silberkettchen.«

»Hmm.« Melanie zog die Augenbrauen zusammen. »Aber dieser Lieferwagen ist doch bestimmt für das Lager benutzt worden, um Zeltmaterial und Lebensmittel zu transportieren. Und daher hat er am Tatabend wohl nicht bei der Villa gestanden, Klara von Weyen – immer gesetzt den Fall, sie ist wirklich unsere Täterin – konnte ihn also unmöglich nehmen, um zum Lager hinauszufahren und anschließend noch Iris' Leiche zu entsorgen.«

»Wir haben bisher gar nicht zu ermitteln versucht, wo der Lieferwagen in der Tatnacht war«, versetzte Jacobsen, »weil wir schlichtweg nicht darauf gekommen sind, dass das wichtig sein könnte. Aber es lässt sich doch sicher herausfinden.«

Er nahm seinen Ausdruck der Fallakte aus dem Sortierkorb und schlug ihn auf. »Ich weiß, wer für die Küche auf diesem Lager verantwortlich war. Sein Fahrtenname ist ›Bocuse‹, richtig heißt er Thomas Ellinger. Den rufe ich jetzt mal an.«

Es dauerte eine Weile, bis er den jungen Mann erreicht hatte; Thomas wohnte noch bei seinen Eltern, machte aber eine Ausbildung, und zwar in genau der Baumaschinenfirma, die der Familie von Weyen gehörte. Nachdem Jacobsen durch gefühlte zehn Büros und Werkshallen weiterverbunden worden war, hörte er endlich seine Stimme am anderen Ende. Jacobsen sprach fünf Minuten mit ihm und legte mit einem Gefühl den Hörer auf, das an Jubel grenzte.

»Stell dir vor«, sagte er, »der Lieferwagen war vom 26. bis zum 27. Mai in der Werkstatt, weil die Gangschaltung geklemmt hat. Der KFZ-Meister, dem die Werkstatt gehört, ist ein ehemaliger Sippling von *Impeesa*, macht alle Reparaturen für den Stamm und hat das instandgesetzte Vehikel nachmittags am 27. wieder zur Villa zurückgebracht. Bis dahin hat Peter von Weyen die Einkäufe für das Lager in seinem Privatwagen erledigt und wollte den Lieferwagen eigentlich am 28. Mai morgens an der Villa abholen.«

»Wozu es nicht mehr kam, denn da war er tot.« In Melanies Augen glühte das Jagdfieber – und erlosch gleich darauf wieder. »Schön und gut – sie hätte den Wagen nehmen *können*, aber niemand hat sie in der Nacht auf dem Lagergelände oder auch nur in der Nähe gesehen. Stefan hat nach dem Mord sämtliche Kinder und Mitarbeiter, die dabei waren, befragt, aber keinem ist ein Besucher aufgefallen – und Klara von Weyen hätten die doch sicher erkannt.«

»Auf dem Lagergelände hat sie vielleicht niemand gesehen«, sagte Jacobsen. »Aber ob sie jemandem in der Nähe aufgefallen ist, lässt sich vielleicht mit etwas Dusel herausfinden.«

Melanie wiegte zweifelnd den Kopf. »Ich kann mir zwar vorstellen, was du da im Sinn hast – aber dazu brauchst du nicht nur *etwas* Dusel, sondern jede Menge.«

»Das weiß ich«, erwiderte Jacobsen. »Allerdings hatten wir in diesem Fall schon jede Menge Dusel – denk an Amelie Häger und an Marijke DeVries.«

»Das war kein Dusel, das warst du.« Melanie lächelte. »Du hast einfach irgendwann angefangen, die richtigen Fragen zu stellen.«

»Hast du auch«, sagte Jacobsen. »Haben wir beide. Und wir sind noch lange nicht fertig damit.«

Mädchengesichter

Die Ermittlungmaschinerie, die so lange beklagenswert wenige Ergebnisse gebracht hatte, kam wieder in Gang und machte einen Satz vorwärts.

Nur wenige Tage nachdem er die Weyen-Villa zum letzten Mal besucht hatte, war Jacobsen wieder dort – diesmal nicht zu einem informellen Gespräch mit Klara von Weyen und zum Abendessen, sondern in Begleitung mehrerer Polizisten, eines Beamten der Gemeindeverwaltung, der von Rechts wegen anwesend sein musste, und einem vom Ermittlungsrichter ausgestellten Durchsuchungsbefehl. Finkbeiner war zwar nicht wirklich begeistert gewesen, aber die Indizien, die Jacobsen ihm vorgelegt hatte, wogen nach den Wochen schierer Ergebnislosigkeit schwer genug, um ihn am Ende zu überzeugen.

Klara von Weyen war über die plötzliche Heimsuchung entsetzt, bewahrte aber Haltung. Jacobsen hatte nichts anderes von ihr erwartet.

»Ich bin sicher«, sagte sie, während die Beamten auf seine Anweisung hin ausschwärmten, »dass Sie mir erklären werden, was das hier soll. Ich hatte keine Ahnung, dass ich oder jemand aus meiner Familie verdächtig sind. Das ist … unfassbar.«

»Ich kann sehr gut nachvollziehen, wie Sie sich fühlen, Frau von Weyen«, antwortete er. »Aber es haben sich neue Hinweise ergeben und die können wir nicht einfach ignorieren. Wenn die Männer hier fertig sind, erhalten Sie eine Liste mit allem, was wir mitgenommen haben. Und sobald die Gegenstände und Spuren, die wir finden, ausgewertet wurden, komme ich her und informiere Sie. Das habe ich Ihnen schon einmal gesagt, und dabei bleibt es.«

Sie betrachtete ihn niedergeschlagen. »Und bis zum Ende Ihrer … Ihrer Ermittlungen müssen wir samt und sonders in Reichweite bleiben, vermute ich? So heißt es doch immer in den Kriminalserien.«

»Ich wäre Ihnen dankbar«, antwortete er ernst. »Es würde uns die Sache zumindest sehr erleichtern.«

»Während Sie uns das Leben schwermachen«, konterte sie. »Ich kann mich doch hoffentlich darauf verlassen, dass Ihre Männer sich im Museum vorsehen? Da gibt es Dinge, die haben für mich und für unseren Bund einen hohen Wert, und es wäre eine Katastrophe, wenn sie beschädigt würden.«

»Wir werden sehr behutsam sein«, versicherte er, »und alles so hinterlassen, wie wir es vorgefunden haben. Nicht nur in Ihrem Museum. Versprochen.«

»Und wen Sie verdächtigen, wollen Sie mir nicht sagen?«

»Erst wenn wir uns vollkommen sicher sind, dass wir uns nicht irren.«

Er betrachtete ihr müdes, beunruhigtes Gesicht und verspürte einen heftigen Stich des Unbehagens. Es war seine Aufgabe, die Wahrheit herauszufinden … und es war beileibe nicht das erste Mal, dass ihm diese Wahrheit überhaupt nicht gefiel.

* * *

Während das Hauptgebäude der Villa durchsucht wurde, herrschte in den hohen Räumen, wo das kleine Museum des Bundes untergebracht war, friedliche Stille. Die Sonne schien durch die Fensterscheiben, zeichnete helle Streifen auf den Parkettboden, ließ hier einen Wimpel und dort ein Porträt an der Wand aufleuchten. Jacobsen ging langsam von Vitrine zu Vitrine, blieb vor dem ersten Klufthemd, das Konrad von Weyen einst getragen hatte, stehen und betrachtete die Puppe mit dem keck aufgesetzten Pfadfinderhut und dem leuchtend blau-gelb gestreiften Halstuch, die das Hemd trug.

Er dachte daran, wie Klara von Weyen ihn durch dieses Museum geführt hatte – sechs Wochen war das jetzt her. Dahinten an der Wand hing die Aufnahme, die Konrad von

Weyen mit der greisen Olave Baden-Powell zeigte. An der Wand gegenüber waren vergrößerte Schwarzweiß- und Farbaufnahmen von Jungen, Mädchen und Erwachsenen aufgereiht, die sich um den Bundeswimpel oder ein selbst errichtetes Lagertor gruppierten und in die Kamera lachten. »Sigtuna 1960« fand er als Bildunterschrift, oder »Tromsø 1968«. Der Bund hatte seine Sipplinge nicht nur nach Skandinavien, sondern auch auf Ferienlager nach Frankreich, Italien und England geschickt; alles war sorgsam dokumentiert. Und da hing auch die Fotografie, die er damals schon interessiert betrachtet hatte: Klara und Konrad von Weyen in Pfadfinderkluft, zwischen sich den Anwalt Walter Staiger mit dem freundlichen, sanften Gesicht und der hohen Stirn und ihre Tochter Yvonne, mit blonden Zöpfen und Blümchenkleid.

Jacobsen setzte sich auf die kleine Bank, die neben einer der Vitrinen stand, und dachte über die Frau nach, zu der das Mädchen mit den Jahren geworden war. Yvonne von Weyen. Die sich ihre ganze Ehe hindurch an ihren Mann klammerte und es nicht ertrug, dass er seine Aufmerksamkeit zunehmend dem Bund zuwandte, den ihr Vater einst gegründet hatte. Die schon bei ihren Eltern hatte erleben müssen, dass den beiden die Kinder, die bei den Pfadfindern betreut wurden, wichtiger waren als das eigene Kind. Kein Wunder, dass man die Bitterkeit, die sie ihrer Mutter gegenüber empfand, so überdeutlich spüren konnte.

Jacobsen stand auf und betrachtete erneut das Bild, die Augen zusammengekniffen.

Beeke Brehm, heimlich von ihrem Mörder unter Apfelkisten begraben. Das Mädchen am Straßenrand in Hamburg, das ihn so sehr an sie erinnert hatte. Susanne Steffens, die ihr fertig vorbereitetes Fluchtgepäck wochenlang in ihrem Zimmer versteckte, weil sie gegen alle Hoffnung immer noch an eine Rettung aus ihrer hoffnungslosen Lage glaubte. Iris Schäuble, die so gern andere manipulierte und ihren letzten Streich höchstwahrscheinlich mit dem Leben bezahlt hatte.

Und hier Yvonne von Weyen als Kind, die Augen voller Trotz … und voller Zorn.

Lauter Mädchengesichter.

»Herr Jacobsen?«

Er fuhr zusammen und wandte den Kopf Richtung Tür. Da stand einer der Beamten, die die Villa durchsucht hatten.

»Mir wäret jetzt drieba fertig. Mir hen älles eitütet ond uffglischtet, was mir gfonde hen … ond jetzt müsstet mir hier nei.«

»Legen Sie los«, sagte Jacobsen. »Ich bin sofort weg und komm später nach Waiblingen. Ich muss nur noch schnell was klären.«

Er ging durch den Seitenflügel ins Haupthaus zurück.

Klara von Weyen kam ihm entgegen, das Gesicht blass und erschöpft. »Ist es endlich vorbei? Lassen Sie uns jetzt in Ruhe?«

»Es dauert nicht mehr lange«, erwiderte er ruhig. »Und ich komme erst wieder, wenn ich Ihnen sagen kann, wozu das alles hier gut war. Ich würde Sie allerdings um eine Kleinigkeit bitten.«

Sie verzog den Mund zu einer ironischen Grimasse. »Was denn noch?«

»Ich hätte gern die Zeichnungen Ihrer Tochter, die Sie mir bei meinem ersten Besuch in Ihrem Museum gezeigt haben. Keine Sorge, Sie bekommen sie alle unversehrt wieder; ich werde sehr behutsam damit umgehen.«

Sie antwortete nicht, sondern ging rasch davon, als hätte sie seine Gegenwart gründlich satt. Er konnte es ihr nicht einmal übel nehmen. Als sie wenige Minuten später wieder zurückkam, trug sie die Mappe vor sich her und reichte sie ihm, ohne zu fragen, was er damit vorhatte. Er klemmte sich das steife Pappviereck unter den Arm und nickte der alten Dame zu, da er mit einem Händedruck nicht wirklich rechnete. Er behielt recht damit.

Als er draußen auf dem Vorplatz zu seinem Auto hinüberging, entdeckte er, dass jemand an der Motorhaube lehnte. Lukas. Diesmal trug er keine Pfadfinderkluft, sondern Jeansbermudas, ein Oversize-Shirt mit dem bunten, auffälligen Logo eines amerikanischen Football-Clubs und blaue Chucks.

»Hallo, Lukas«, sagte Jacobsen. »Kann ich irgendwas für dich tun?«

»Was machen Sie hier?«, fragte der Junge. Seine Stimme klang anklagend. »Wieso haben Sie unser Haus durchsucht?«

Weil deine Großmutter ein Motiv hatte, deinen Vater umzubringen, und weil wir Beweise dafür finden wollen. Und vielleicht hat sie nicht nur ein Menschenleben auf dem Gewissen, sondern zwei.

Jacobsen wusste, dass er unmöglich die ganze Wahrheit sagen konnte, und das beileibe nicht nur aus ermittlungstechnischen Gründen. Also entschied er sich wie zuvor schon bei Klara von Weyen für einen halbwegs sicheren Bruchteil davon.

»Wenn man einen Mord aufklären will«, erklärte er vorsichtig, »dann muss man manchmal auch an Stellen suchen, wo man es gar nicht möchte.«

Lukas senkte den Kopf und scharrte mit einem Fuß im Kies. Dann blickte er jäh auf und musterte Jacobsen durchdringend. »Wissen Sie denn nun, wer meinen Vater … wer es war?«

»Noch nicht ganz«, erwiderte Jacobsen. »Aber das wird sich hoffentlich bald ändern. Und mehr darf ich dir nicht sagen, Lukas.«

»Schon gut.« Der Junge trat vom Wagen zurück. »Ich glaube, meine Oma ist ziemlich sauer auf Sie.«

»Das kann ich ihr nicht wirklich verübeln«, sagte Jacobsen. »Wenn du sie gleich siehst, sag ihr bitte, dass es mir leidtut.«

»Na schön.«

Noch so ein durchdringender Blick. Dann drehte der Junge ab und ging nicht zum Haus hinüber, sondern in Richtung Park. Jacobsen blieb stehen, bis er hinter einer Baumgruppe verschwunden war; erst dann stieg er in den Wagen.

Drinnen war es stickig warm, und als Erstes schaltete er die Klimaanlage ein. Dann legte er die Mappe auf den Beifahrersitz und holte seine Brieftasche heraus. Neben Personalausweis, Kreditkarte und Führerschein steckte darin ein ganzer Wust von Visitenkarten, die er viel zu selten aussortierte und die es ihm unmöglich machten, die Brieftasche in seiner Hosentasche unterzubringen. Stattdessen beulte sie inzwischen regelmäßig sein Jackett aus.

Er fand die Visitenkarte, die er suchte, zum Glück ganz oben auf dem Stapel. »Dr. Irina Vetter, Kinderpsychologin und Therapeutin« stand darauf, gemeinsam mit einer E-Mail-Adresse und einer Telefonnummer. Die Leiterin der betreuten Wohnung, in der Susanne Steffens untergekommen war, hatte sie ihm gegeben.

Er zückte das Handy und tippte die Nummer ein. »Frau Dr. Vetter? – Ja, Kriminalhauptkommissar Jacobsen hier, Kripo Waiblingen. Ich hätte da ein paar Fragen an Sie. Haben Sie vielleicht heute Nachmittag Zeit? – Ja? Um drei? Dann komm ich nachher zu Ihnen. Herzlichen Dank.«

Er drehte den Zündschlüssel und fuhr über den knirschenden Kies durch das weit offen stehende Tor davon.

* * *

Erst am späten Nachmittag kam er noch einmal ins Kripogebäude zurück. Melanie war noch da und begrüßte ihn leicht verwundert.

»Ich hab versucht, dich auf dem Handy zu erreichen«, sagte sie. »Wo bist du denn gewesen, um Himmels willen?«

»Bei Dr. Vetter«, erwiderte er. »Tut mir leid, dass es so lange gedauert hat.«

»Dr. Vetter? Die Psychologin, die Susannes Wohngruppe betreut?« Melanies Augenbraue stieg mal wieder in Richtung Haaransatz, und sie schaute leicht besorgt drein. »Ist was mit Susanne?«

»Nein, der geht es gut.« Jacobsen lächelte.

Irgendwie amüsierte es ihn ein bisschen, dass seine Kollegin immer dann, wenn es um die Kleine ging, einen entschiedenen Glucken-Instinkt entwickelte. Aber es gefiel ihm auch.

»Ich bin da an was dran, das uns vielleicht noch ein bisschen weiterhilft.«

»Verrätst du mir, worum es geht?«

»Sobald ich mehr weiß.« Er setzte sich an seinen Schreibtisch. »Ich muss da aber erst noch was recherchieren.«

»Kann ich dir dabei helfen?«

»Ja, vielleicht. Kannst du mal feststellen, ob du irgendwas über Walter Staiger herausfinden kannst? Der hatte in Backnang eine Anwaltskanzlei, in der Peter von Weyen ein paar Jahre gearbeitet hat, und er war mit den von Weyens sehr eng befreundet. Nach dem, was Klara von Weyen mir erzählt hat, ist Staiger 1995 an Lymphdrüsenkrebs gestorben – aber viel mehr weiß ich nicht über ihn.«

»Und jetzt willst du mehr über ihn wissen?«

Jacobsen nickte. »Unbedingt.«

»Dann schau ich mich mal für dich um. Allerdings werde ich das morgen von zuhause aus tun müssen; ich hab die Handwerker in der Wohnung und kriege einen neuen Holzfußboden im Schlafzimmer.«

»Danke«, sagte Jacobsen. »Du hast was gut bei mir … und für den ganzen Papierkram sowieso, den du in den letzten Tagen für mich erledigt hast.«

Melanie machte eine wegwerfende Handbewegung und schürzte die Lippen. »Linsen mit Spätzle?«

»Nicht wirklich.« Er grinste. »Aber ich hab gelesen, dass es jeden Sommer in Stuttgart einen Hamburger Fischmarkt gibt, als kulinarisches ›Gastspiel‹ sozusagen. Wenn du mir die Informationen lieferst, die ich brauche, dann lad ich dich auf eine ordentliche Portion Labskaus mit Spiegelei ein.«

»Ähm … lecker.« Melanie schauderte effektvoll zusammen. »Das klingt für mich genauso abschreckend. Aber ich hab Glück – dieses Jahr ist der Fischmarkt schon vorbei. Seit drei Tagen.«

»Dann darfst du dir was wünschen«, sagte Jacobsen. »Auch gerne international, wenn du magst.«

»Egal was?« Melanies Augen funkelten.

»Egal was.« Ihm war bewusst, dass er ein Risiko einging, beschloss aber, dass es die Sache wert war. »Sogar Linsen mit Spätzle. Oder saure Kutteln.«

»Du bist ein wahrer Held.« Sie lachte. »Aber keine Sorge, ich find schon noch ein schwäbisches Essen, das dir schmeckt.«

»Davon bin ich überzeugt.«

Jacobsen schnappte sich seinen Aktenkoffer und die Mappe mit den Zeichnungen, die Klara von Weyen ihm gegeben hatte, nickte Melanie zu und machte sich auf den Heimweg.

* * *

Offenbar hatte Melanie wirklich große Lust, mit ihm essen zu gehen. Denn schon am übernächsten Morgen hatte sie, als er ins Büro kam, eine kleine, sauber zusammengestellte Mappe für ihn. Er blätterte sie durch.

»Donnerwetter – ein ganzer Lebenslauf, Zeitungsartikel, ein halbes Dutzend Bilder – und eine Kopie der Anwaltslizenz. Wo hast du das alles her?«

»Die alte Tante Internet, wunde Finger vom Tippen auf der Telefon-Tastatur und ein guter Bekannter bei der Anwaltskammer in Stuttgart«, erklärte Melanie gutgelaunt. »Von dem hab ich die ganzen Dokumente.«

Jacobsen warf ihr einen neugierigen Blick zu. »Studienkollege oder dankbarer Exfreund?«

»Studienkollege.« Melanie schnaubte leise. »Der hat mehr Grund, mir dankbar zu sein, als meine sämtlichen Exfreunde. Für den hab ich nämlich an der Uni genauso recherchiert wie gestern für dich, und heute arbeitet er in einer Schickimicki-

Kanzlei in Bad Cannstatt und hat sich gerade eine Villa in bester Stuttgarter Hanglage geleistet. – Du bist ganz schön wissbegierig, Malte.«

»Entschuldigung.« Jacobsen erkannte den milden Rüffel. »Alte Berufskrankheit.«

»Als ob ich das nicht wüsste.« Melanie lehnte sich zurück und trank einen Schluck von dem Latte macchiato, der vor ihr stand. »Viel Spektakuläres hab ich über diesen Staiger übrigens nicht gerade herausgefunden. 1940 in Böblingen geboren, Studium in Tübingen und nach bestandenem Staatsexamen wieder nach Hause zurückgekehrt. Mit fünfundzwanzig steigt er in eine Kanzlei in Böblingen ein. Da arbeitet er dann zehn Jahre ohne größere Höhepunkte als Scheidungsanwalt. Und dann verkauft er 1975 plötzlich sein Häusle und macht in Backnang eine neue Praxis auf, wieder als Experte dafür, wie man Eheleute so gewinnbringend wie diskret auseinanderdividiert – selbst hat er übrigens nie geheiratet. Wieso er den Standort gewechselt hat, konnte ich nicht herausfinden. Also hab ich gestern den halben Tag hinter Leuten hertelefoniert, die mit ihm in Böblingen gearbeitet haben.« Sie schob einen Zettel zu ihm herüber. »Das ist die Telefonnummer von Katrin Wössner. Sie war langjährige Sekretärin und Rechtsanwaltsgehilfin in Staigers Böblinger Kanzlei. Sechs Monate bevor Staiger seine Zelte dort abbrach, hat sie gekündigt; heute ist sie fünfundsiebzig und in Rente. Ich hab ihr gesagt, du meldest dich demnächst bei ihr.«

Er nahm den Zettel, griff zum Hörer und wählte. Schon nach zweimaligem Klingeln wurde abgehoben.

»Wössner, hallo?«

»Malte Jacobsen hier«, sagte er. »Kripo Waiblingen. Meine Kollegin Melanie Brendel hat gestern mit Ihnen gesprochen, und ich würde Sie gern besuchen. Möglichst bald, wenn Sie nichts dagegen haben.«

»Isch mir ganz recht.« Die Stimme am anderen Ende der Leitung klang kräftig und entschlossen. »Glei heut, wenn Sie meget. Hen Sie mei Adress?«

»Nein.« Er schnappte sich einen Stift. »Aber ich hab was zum Schreiben. Legen Sie los.«

Mütter und Töchter

Jacobsen fuhr etwas mehr als eine Stunde und verirrte sich, als ihn sein Navi in einem verschlafenen Dorf dicht hinter Böblingen unversehens in die falsche Seitengasse schickte. Aber dann parkte er endlich vor einem weißen Häuschen mit einem Vorgarten voller Gemüse und Blumen.

Katrin Wössner widmete sich ihren Beeten offensichtlich mit Leidenschaft. Er entdeckte Bohnenstangen, grünen Salat, Kohlköpfe und Zucchini, außerdem rankten sich Wicken, Clematis und Heckenrosen an dem verwitterten Holzzaun hoch, der das Grundstück umgab. Er ging den schmalen, gefliesten Weg zur Haustür und klingelte.

Es dauerte eine Weile, bis sich Schritte näherten, dann wurde die Tür geöffnet und vor ihm stand eine alte Frau. Sie trug einen Faltenrock, eine Hemdbluse und darüber eine ordentlich zugeknöpfte Strickweste. Ihr dichtes, graues Haar war geflochten und zu einer altmodischen Krone aufgesteckt; sie erinnerte ihn an die Großmütter in den alten Märchenfilmen, die er als Kind immer so gern geschaut hatte … und ein bisschen auch an seine eigene. Sie war gestorben, als er elf Jahre alt gewesen war, und nach ihrem Tod war von seiner – sowieso schon ziemlich brüchigen – heilen Kinderwelt nicht mehr viel übrig geblieben.

»Frau Wössner?«, fragte er. »Jacobsen, Kripo Waiblingen. Wir haben vorhin telefoniert.«

»Grüß Gott.« Sie gab ihm einen erstaunlich festen Händedruck. »Schee, dass Sie komme sen.«

Sie führte ihn durch einen Korridor in ein einfach eingerichtetes Wohnzimmer. Überrascht stellte Jacobsen fest, dass sich zwei breite, gläserne Fenstertüren auf einen kleinen, quadratischen Garten hinaus öffneten, mit einer kurz geschorenen Wiese, ein paar Beeten mit vielfarbigen Rosen und violett blühendem Lavendel und einer Sitzgarnitur aus verschnörkeltem Gusseisen.

»Typisch schwäbisch«, meinte die alte Dame lächelnd, als sie seinen Blick bemerkte. »Des Plätzle zom in dr Sonne Sitze ond Viertelesschlotze isch immer hende naus. Damit die Nachbarn net glei mitkrieget, wenn mr emol nix schafft.«

»Schaffen müssen Sie doch eigentlich sowieso nichts mehr«, meinte Jacobsen.

»Weil i seit siebe Johr in Rente ben?« Katrin Wössner gluckste. »Sie sen no net lang hier, gell?«

»Ziemlich genau zwei Monate«, erwiderte er und war selbst ein wenig erstaunt darüber.

Es fühlte sich deutlich länger an.

»I schaff immer ebbes«, sagte sie. »Wie i damals kündige han müsse, da han i mei eigenes Gemüse anbaut. Ond jetzt brauch i zwar längscht nemme alles ... aber wachse tut's trotzdem. Und was i net selber ess, des schenk i halt her.«

Sie ging ihm voraus in den Garten und ließ sich auf einem der beiden schmiedeeisernen Stühle nieder. Das Tischchen daneben war für zwei gedeckt. Jacobsen bediente sich mit Kaffee und Nusskuchen und musterte sie interessiert.

»Als Sie damals gekündigt haben, wie Sie sagen, das war 1975, oder?«

»Genau.« Frau Wössner nickte. »I han in dr Kanzlei mei Ausbildung gmacht. 1957 ben i in d' Lehre komme, mit siebzehn ... erscht als Sekretärin ond schpäter als Rechtsanwaltsgehilfin. Dr alte Dr. Knödler hat immer gsagt, i wär sei beschte Kraft.«

»Das war der Seniorchef, oder?« Jacobsen segnete einmal mehr Melanies Gründlichkeit.

»Gottlieb Knödler.« Sie nickte wieder. »Der hat mi damals au net vor die Tür gsetzt, obwohl i sozusagen ein ... gefallenes Mädle gwäse bin.«

Jacobsen runzelte die Stirn. »Wieso das denn?«

»Wäge meirer Tochter«, erwiderte Katrin Wössner. »I han mir an ... Fehltritt gleischtet, da ben i im zweite Lehrjahr gwäse, ond des Ganze war damals an Rieseskandal – net so wie heut.«

»Wie heißt Ihre Tochter?«, wollte er wissen.

»Ulrike«, sagte Frau Wössner. »Aber sie isch nach Amerika gange. Zwanzig Jahr isch des jetzt her.« Sie hielt einen Moment inne. »Nachdem der Walter endlich gschtorbe war.«

Jacobsen starrte sie an. »Endlich?«, fragte er leise.

»Endlich.« Ihre Lippen wurden schmal. »Sie hat Angscht ghet. Dass er sie eines Tages wiederfindet. Sie hat gar net weit gnug weglaufe könne vor ihm.«

Jacobsen stellte seine Tasse auf dem Tischchen ab. »Würden Sie mir erklären, wieso Ihre Tochter sich so sehr vor Walter Staiger gefürchtet hat?«

Sie schenkte ihm ein schwaches Lächeln. »Klar will i des. Deswäge han i Sie doch überhaupt eiglade.«

* * *

Katrin Wössner hatte ihre Ausbildung 1957 begonnen. Sie lebte damals natürlich noch bei ihren Eltern, die erfreulicherweise nichts dagegen hatten, dass ihre Tochter mehr lernte als Hauswirtschaft. Alles ging gut, bis sich Katrin Hals über Kopf verliebte, in einen ehemaligen Mitschüler. Es blieb nicht bei gelegentlichen Ausflügen und heimlichen Kinobesuchen. Irgendwann machten die beiden einen nächtlichen Spaziergang, ein Kuss führte zum zweiten, eine Berührung zur nächsten, und am nächsten Morgen erwachten die beiden splitternackt auf einer Sommerwiese. Sie schlüpften erschrocken und beschämt wieder in ihre Kleider, und bevor der Junge Katrin so schnell und so unauffällig wie möglich in seinem VW Käfer wieder nach Hause brachte, schworen die beiden einander feierlich, niemandem von diesem Ausrutscher zu erzählen.

»Andreas hat er gheiße«, meinte Katrin Wössner. Sie schaute drein, als könnte sie den Leichtsinn von damals auch heute noch nicht so ganz fassen. »Andreas Mayer. Arzt hat er werde solle … Den Studienplatz hat er damals scho fescht ghet.«

Dummerweise blieb die Nacht auf der Sommerwiese nicht ohne Folgen; wenige Wochen später stellte Katrin fest, dass sie schwanger war. Irgendwann hatte sie keine andere Wahl mehr, als die Sache zu beichten. Ihr Vater sprach bei den Eltern des Jungen vor; Andreas' Vater war ein angesehener Böblinger Arzt und zutiefst schockiert von der Aussicht, sein Filius könnte möglicherweise gezwungen sein, die Tochter eines einfachen Buchhalters zu heiraten. Also verfrachtete er besagten Filius – der sich nicht sonderlich dagegen wehrte – in Windeseile außer Reichweite auf die Universität nach Hannover und mutmaßte Katrins Vater gegenüber, dass ein Mädchen, das einmal mit einem jungen Mann »em Gras romrollt«, das sicherlich mehr als einmal täte. Selbstverständlich auch mit anderen jungen Männern.

Katrin war inzwischen im zweiten Lehrjahr und trotz ihrer niederschmetternden Lage nicht bereit, ihre Zukunftsträume aufzugeben. Sie zog den Seniorchef ins Vertrauen, und der alte Herr überraschte sie. Anstatt auf der Stelle ihren Lehrvertrag zu kündigen, erlaubte er ihr, ihre Ausbildung fortzusetzen. Als das Baby im Frühjahr 1959 zur Welt kam, kümmerte sich Katrins Mutter um ihre Enkeltochter, damit Katrin zur Arbeit gehen konnte.

Katrin bestand die Prüfung mit Auszeichnung und wurde übernommen.

Die nächsten fünf Jahre ging alles gut. Katrin gab ihr Bestes – nicht nur, weil sie Gottlieb Knödler so unendlich dankbar war, sondern auch, weil ihr der Job in der Kanzlei großen Spaß machte. Ordentlich bezahlt wurde sie obendrein; ihre Eltern waren stolz auf sie und liebten Klein-Ulrike, die behütet und glücklich aufwuchs, auch ganz ohne Vater.

1965 wurde Ulrike sechs Jahre alt, und Gottlieb Knödler, der das Alter inzwischen deutlich spürte, nahm sich einen Sozius. Der kam nach seinem zweiten Staatsexamen gerade von der Uni in Tübingen und hieß Walter Staiger.

»Zu der Zeit«, sagte Katrin Wössner, »han i scho nemme glaubt, dass sich nommol oiner für mi interessiert. I war nemme richtig jung, da war mei Kloine … Es gibt Ballascht, den wellet die meischte Männer sich net ufflade.«

Aber Walter zeigte eindeutig Interesse an ihr und er bewies es in den kommenden zwei Jahren auf so geduldige wie vertrauenerweckende Weise. Er brachte Blumen in die Kanzlei, fuhr sie nach der Arbeit zu ihren Eltern nach Hause und gewann die beiden mit seinem ruhigen Charme. Auch Ulrike mochte den neuen Mann im Leben ihrer Mutter. Walter ermutigte Katrin, an Fortbildungen teilzunehmen, und nahm Fallakten mit zu ihr nach Hause, damit er auf das Mädchen aufpassen konnte, während Katrins Eltern sich zum ersten Mal seit Ulrikes Geburt einen dringend nötigen Urlaub gönnten. Im Sommer 1968 folgte endlich der lang erwartete Heiratsantrag.

»Haben Sie ja gesagt?«, fragte Jacobsen.

»Natürlich.« Katrin seufzte. »Wundert Sie des? I han dacht, i hätt des große Los zoge. *Älle* hen des denkt … Gottlieb Knödler, meine Eltern … oifach *älle.*«

Im September 1968 wurde offiziell Verlobung gefeiert, die Hochzeit war für den März 1969 geplant.

Kurz vor Weihnachten kam Katrin ausnahmsweise früher von einer Schulung aus Sindelfingen nach Hause. Ihre Eltern waren an diesem Abend zu einem Fest bei Freunden gegangen; schließlich war ja Walter da, der schon unzählige Male für Ulrike den Babysitter gespielt hatte und demnächst von Rechts wegen ihr Vater sein würde.

Katrin Wössner hatte fast eine halbe Stunde ununterbrochen geredet; jetzt nahm sie einen Schluck Kaffee und schwieg. Jacobsen machte nicht den Fehler, sie zu drängen. Sie hatte ihn eingeladen, damit sie ihm ihre Geschichte erzählen konnte – und sie musste es in ihrem eigenen Tempo tun.

»Des Haus war ganz dunkel«, sagte sie endlich. Ihre Stimme war sehr leise, als erinnerte sie sich an einen erschreckenden Traum, den sie schon sehr lange tief in ihrem Inneren vergraben hatte und erst mühsam wieder hervorholen musste. »I ben leis reigange, weil i dacht hab, die beide schlafet scho. Aber dann han i irgendebbes ghört … ond des isch net aus 'm Gäschtezimmer komme, sondern aus dem Zimmer vo dr Ulrike. I han glaubt, sie isch vielleicht uffgwacht ond hot Angscht. Also ben i zu ihrer Tür ond han se ganz langsam uffgmacht, damit i sie net verschreck … ond da … da war …« Sie verstummte erneut.

Dies war der richtige Moment, ihr behilflich zu sein.

»War Walter Staiger bei Ihrer Tochter?«, erkundigte er sich behutsam.

»Ja.« Sie warf ihm einen Blick zu, in dem sich Dankbarkeit mit der Erinnerung an ein altes Entsetzen mischte. »Er isch ganz nackt gwäse. Ond Ulrike … Ulrike au.«

»Wie alt war Ihre Tochter, als das passiert ist?«

»Zehn.«

Katrin Wössner stand auf, als ertrüge sie es nicht, noch länger stillzusitzen. »I han en nausgschmisse. Sofort. Er isch au gange … aber des war no net des Ende.«

»Dachte ich mir«, sagte Jacobsen trocken. »Was ist passiert? Hat er alles geleugnet?«

»Genau so isch es.«

Katrin war hell entsetzt gewesen, hatte jedoch beschlossen, ihren Verlobten erst am nächsten Tag zur Rede zu stellen; in dieser Nacht war sie viel zu sehr damit beschäftigt, ihre Tochter zu trösten und ihr zu versichern, dass sie nichts falsch gemacht hatte. Sie wollte Walter so schnell wie möglich anzeigen. Außerdem wollte sie den Vorfall ihrem Chef Gottlieb Knödler melden … aber der erlitt am selben Abend, als sie Walter Staiger im Bett von Ulrike erwischte, einen schweren Schlaganfall. Davon erholte er sich nicht mehr, sondern starb nur eine gute Woche später, am Neujahrstag. Es stellte sich heraus, dass er – selbst kinderlos – seine Kanzlei an Walter überschrieben hatte. Der nutzte diese Tatsache und den Umstand, dass Katrin mit Knödler einen ihrer verlässlichsten Unterstützer verloren hatte, um seinen Kopf aus der Schlinge zu ziehen. Er drohte Katrin an, ihren und den Ruf ihrer Eltern zu ruinieren, falls sie es wagte, zur Polizei zu gehen.

»Ond er hat gsagt, er schmeißt mi aus dr Kanzlei, wenn i meine ›Verleumdunge‹ öffentlich mach.« Die alte Frau verkrampfte die Hände im Schoß. »I han mi trotzdem wehre wolle. I konnt ihn doch net davokomme lasse … mit *so ebbes.*«

»Aber davongekommen ist er trotzdem, oder?«, sagte Jacobsen ruhig. »Sie haben ihn nicht angezeigt. Und es wurde weder ermittelt noch gab es einen Prozess.«

»Mei Mama isch krank worde«, sagte Katrin Wössner leise und bedrückt. »Die Ärzt hen gsagt, es wär Lymphdrüsenkrebs.«

Dieselbe Krankheit, die fünfundzwanzig Jahre später auch Walter Staiger das Leben gekostet hatte. Jacobsen war geneigt, an eine gewisse grimmige Gerechtigkeit des Schicksals zu glauben.

»Sie isch im März gschtorbe … genau an dem Tag, an dem die Hochzeit hätt sei solle«, fuhr sie fort. »Ond danach … danach konnt i nemme.«

Ihr Vater nahm den plötzlichen Tod seiner Frau außerordentlich schwer. Von einem Moment zum anderen musste sich Katrin nicht nur um Ulrike, sondern auch um den verzweifelten Witwer kümmern. Die Situation in der Kanzlei wurde zunehmend unerträglich, denn Walter mobbte sie inzwischen ganz gezielt und verleumdete sie bei ihren Kollegen. Endlich machte er ihr ein Angebot: Sie hatte die Möglichkeit, ihre Arbeitsstelle mit einem guten Zeugnis und einer ordentlichen Abfindung zu verlassen, aber nur unter einer Bedingung: Sie würde ihn zukünftig in Ruhe lassen und würde ihm schriftlich zusichern, auf alle »Lügen« zu verzichten.

»Ond des han i gmacht.« Katrin Wössner setzte sich wieder und starrte auf die Wiese zu ihren Füßen hinunter. »I han des Geld braucht … ond i wollt mei Ruh.«

Und damit hatte sie dem Mann – so begreiflich ihre Entscheidung auch war – freie Hand für den nächsten Missbrauch gelassen, dachte Jacobsen.

»Ihre Tochter lebt inzwischen in den USA, sagten Sie?«

»Am Lake Michigan.« Ihr Gesicht erhellte sich ein wenig. »Gheiratet hot se, ond ihr Mann isch ein ganz Lieber. Zwei Kinder hat se au … zwei Buaba.«

»Haben Sie mit Ulrike jemals wieder über … diese Nacht gesprochen?«

»Erscht sehr viel schpäter. Nachdem se sich dort drübe jemand gsucht hat, der ihr hilft. Dem hat sie von Walter erzählt, ond dass sie sich nemme so recht dran erinnert, was der mit ihr gmacht hat … oder wie oft … oder wann des agfange hat. Nur, dass sie no weiß, dass es böse gwäse isch ond dass sie furchtbar Angscht ghet hat. Ond die Angscht isch oifach net weggange, bis sie in Amerika neu angfange hat, mit ihrm Schatz.«

»Ich verstehe«, sagte Jacobsen. »Und ich danke Ihnen. Sie haben mir sehr geholfen, wissen Sie.«

»Ehrlich?« Sie betrachtete ihn zweifelnd.

»Ehrlich.«

»Meget Sie vielleicht … I wollt mir heut Mittag en Salat macha, aus meim Garte, ond a bissle Huhn dazu. Ich koch net so gern für mi alloi … es wär gnug da.«

»Sehr gern«, erwiderte er sanft.

* * *

Als Jacobsen eineinhalb Stunden später zurückfuhr, hatte er genügend Stoff zum Nachdenken.

Er war sich absolut sicher, dass Walter Staiger den Staub von Böblingen vorsichtshalber von den Füßen geschüttelt hatte, weil er kein Risiko eingehen wollte. Er hatte sich wohl trotzdem darauf verlassen, dass sein Schweigegeld und die Tatsache, dass er aus Katrin Wössners Leben verschwand, ihn genügend schützte … und das hatte ja auch jahrelang funktioniert.

Aber nachdem die Gefahr ausgeschaltet war und gewisse Bedürfnisse sich nicht länger unterdrücken ließen, war der sanfte, höfliche, so überaus harmlos wirkende Mann ebenso sicher auf die Suche nach einem neuen Opfer gegangen. Und Jacobsen hatte nicht den geringsten Zweifel, dass er dieses Opfer kannte.

Zuhause bei seiner Schwester platzte er in ein familiäres Grillfest. Er erkundigte sich nach dem Anlass und erfuhr, dass Neffe Paul seine Noten schon vor der Zeugnisausgabe kannte; sie waren so ausgezeichnet wie immer, und wie immer war dem Jungen diese Tatsache rechtschaffen peinlich. Das hinderte ihn allerdings nicht daran, sich über die zwei Wochen Sprachferien in der Bretagne zu freuen, für die ihm sein Vater einen Gutschein neben den Grillwürstchen-Teller legte. Heike servierte ihren norddeutschen Kartoffelsalat und Paul blieb zwei ganze Stunden bei seiner Familie im Garten sitzen, bevor er sich wieder hinter seinen Computer zurückzog.

»Er kann dich echt gut leiden«, stellte Heike fest und warf ihrem Bruder einen liebevollen Blick zu. »Üblicherweise hält er gerade mal so lange durch, bis er aufgegessen hat, und das geht bei ihm ziemlich schnell.«

Nach Würstchen, Baguettes und Salat gab es noch Wein, und als Jacobsen spätabends hinauf in sein Zimmer ging, fühlte er sich nicht nur vollgestopft, sondern obendrein ein bisschen beduselt.

Er legte sich auf sein Bett und starrte an die Decke, todmüde und gleichzeitig hellwach. Als er endlich die Augen schloss, funkelte hinter seinen Lidern der Rubin an Klara von Weyens Hand. Und als Letztes, bevor er sehr viel später endlich einschlief, sah er vor einem schwarz wirbelnden Hintergrund das mit Wachsmalfarben gemalte Gesicht eines kleinen Mädchens, Augen und Mund weit aufgerissen.

Bildbeweis

»Glaubst du, Klara von Weyen hat davon gewusst?«

Melanie saß an ihrem Schreibtisch und betrachtete ihn über ihr Latte-Glas hinweg. Sie hatte sich die Geschichte von seinem Treffen mit Katrin Wössner angehört und danach eine ganze Weile geschwiegen.

»Ich weiß es nicht«, antwortete er. »Aber so, wie ich sie einschätze, kann ich mir kaum vorstellen, dass sie weggeschaut hätte. Oder dass sie auf die Idee gekommen wäre, Yvonne nicht zu glauben, wenn sie versucht hätte, ihr davon zu erzählen.«

»Nicht so wie die Mutter von Susanne.«

Melanies Stimme war leise und ruhig, aber es schwang immer noch ein Hauch Zorn darin mit. »Sie haben sich lieber taub und blind gestellt und obendrein Ihre Tochter geopfert, anstatt einen sauberen Schnitt zu machen und mit den Konsequenzen zu leben.« Das hatte sie Renate Steffens vorgeworfen, an dem Abend, als sie Susanne endlich aus ihrem Elternhaus geholt hatten.

»Susanne war nicht die Einzige, die jahrelang in einer entsetzlichen Zwangslage gesteckt hat«, sagte er. »Ihre Mutter konnte sich genauso wenig wehren wie sie. Du hast recht damit, dass sie ihre Tochter nicht geschützt hat. Aber du solltest nicht vergessen, dass es in dieser Familie nicht nur ein Opfer gab, sondern *zwei.*«

»Ich weiß«, erwiderte Melanie. »Und ich weiß auch, dass ich es mit meiner Brandrede wahrscheinlich ein bisschen übertrieben hab … aber die ganze Sache hat mich einfach so wütend gemacht.«

»Klara von Weyen hat mich gefragt, ob Susannes Mutter von dem Missbrauch wusste, an dem Abend, als ich den Ring entdeckt habe«, erinnerte er sich. »Und es hat sich nicht gerade so angehört, als wäre sie jemals in einer ähnlichen Situation gewesen.«

»Vielleicht hat sie Übung darin, die Sache zu verdrängen«, gab Melanie zu bedenken. »Überleg doch mal: Sie ist die Galionsfigur von diesem Pfadfinderbund, den ihr Mann gegründet hat, seit Jahren. Schon als er noch lebte, hat sie ihr ganzes Leben an dieser Arbeit ausgerichtet und dabei ihre Tochter aus den Augen verloren. Vielleicht war der Mord an Iris vor allem dazu gedacht, einen möglichen Skandal abzuwenden, der *Impeesa* zerstören würde ... aber Peter von Weyen hat sie sozusagen stellvertretend bestraft. Weil die Erinnerung an ihr eigenes Versagen plötzlich wieder hochkam. Weil sie Walter nicht mehr bestrafen konnte und die Vorstellung unerträglich fand, dass der Mann, der mit ihrer missbrauchten Tochter verheiratet war, nun selbst ein Mädchen missbrauchte.«

»Klingt schlüssig.« Jacobsen drehte seine Espressotasse zwischen den Händen hin und her. »Aber an dem Abend habe ich ihr erzählt, dass ihr Schwiegersohn Susanne nie etwas angetan hat. Dass er ihr helfen und sie vor ihrem Vater retten wollte. Wenn sie Peter von Weyen getötet hat, weil sie geglaubt hat, dass er sich an Susanne vergeht, dann muss die Tatsache, dass er unschuldig war, für sie ein gewaltiger Schock gewesen sein. Und davon hab ich rein gar nichts gemerkt.«

»Möglicherweise ist sie einfach nur eine sehr gute Schauspielerin.« Melanie warf ihm einen ironischen Blick zu. »Vielleicht spielt sie ja auch mit *dir*. Es ist ziemlich offensichtlich, dass du die alte Dame bewunderst. Und wenn *ich* das schon mitkriege, dann ist es ihr erst recht nicht entgangen.«

Sie unterbrach sich, zog eine Schublade in ihrem Schreibtisch auf und holte etwas heraus ... ein glitzerndes Kugelkettchen aus Silber mit einem Anhänger in Form einer Biene.

»Du hast recht gehabt«, sagte sie. »Iris war tatsächlich am bewussten Abend in der Villa. Das Kettchen hat mir vorhin ein Kollege der Spurensicherung gebracht. Es wurde bei der Hausdurchsuchung in einem Hortensienbusch gefunden, der unter einem Balkon im ersten Stock wächst. Außerdem haben sich in den Blättern von diesem Busch auch noch Stofffasern verfangen. Die werden aber noch mit den Stofffasern aus dem Lieferwagen abgeglichen.«

Sie machte eine kleine, dramatische Pause. Jacobsen nahm es ihr nicht übel; das Gefühl, endlich einen handfesten Beweis vor sich zu haben, tat ihm genauso gut wie ihr.

»Hinter dem Balkon liegt eine Art Lesesalon … mit vielen Sofas und Büchern. Und von diesem Salon aus führen zwei Türen in die Zimmer von Yvonne von Weyen – und von Klara. Möglicherweise hat sie das Mädel aus ihrem Zimmer nach draußen geschleift und über das Geländer gehievt. Hinuntergeworfen hat sie sie nicht – dann müssten mehr Äste geknickt und Blätter abgerissen sein, hat der Kollege gemeint. Vielleicht hat sie sie ja in die Decke verschnürt und langsam mit einem Seil hinuntergelassen – falls du wirklich meinst, dass sie dafür kräftig genug ist.«

»Ich würde es ihr zutrauen«, sagte Jacobsen. »Aber wenn wir sie nicht zu einem Geständnis bringen, werden wir ihr das anhand von Indizien nachweisen müssen. Mit diesem Kettchen, das Iris laut Aussage von Amelie Häger ständig getragen hat. Mit den Stofffasern in dem Lieferwagen und aus dem Busch – gesetzt den Fall, sie stimmen überein – und mit den Medikamenten in der Hausapotheke und aus Klaras Zimmer. Falls es die gleichen sind, die wir im Blut von Peter von Weyen gefunden haben. Und wir müssen unbedingt herausbekommen, ob sie sich in der Nähe des Lagerplatzes in Auenwald aufgehalten hat, als Peter von Weyen starb.«

»Und ob sie wirklich Zeit hatte für beide Morde.« Melanie nickte. »Schließlich ging die Jubiläumsfeier bis abends um halb zehn, und wir haben genügend Fotos von ihr, die beweisen, dass sie die ganze Zeit dort war.« Sie studierte den Autopsiebericht. »Lothar schreibt hier, der Tod ist bei Peter von Weyen irgendwann zwischen elf Uhr abends und zwei Uhr morgens eingetreten. Näher ließ es sich nicht eingrenzen.«

»Laut Aussage von Julian Maurer war ab halb elf Nachtruhe, und Peter von Weyen hatte von elf bis eins Nachtwache«, sagte Jacobsen. »Und er hat die anderen Kinder schlafen geschickt ... normalerweise haben immer wenigstens zwei Leute den Lagerplatz im Blick. Anschließend hat er natürlich niemanden mehr für die nächste Schicht wecken können ... aber das ist erst aufgefallen, als Sven Bender seine Leiche gefunden hat.«

»Also ist Klara – gehen wir mal davon aus, dass sie es war – irgendwann zwischen elf und eins dort aufgetaucht, hat ihn betäubt und im Wald erhängt«, spann Melanie den Faden weiter. »Wir sollten sämtliche Tankstellen bis zehn, fünfzehn Kilometer im Umkreis abklappern. Die Chance, dass sie ausgerechnet in dieser Nacht tanken musste und dabei von irgendwem gesehen worden ist, ist zwar minimal, aber versuchen müssen wir es. Dass sie an einem Unfall beteiligt war, glaube ich noch weniger – so viel Glück haben wir wohl kaum, und außerdem war der Wagen bei der Hausdurchsuchung unbeschädigt. Er ist nach dem Lager auch nicht mehr in der Werkstatt gewesen, nicht bei ihrem Haus-Schrauber und auch sonst nirgendwo in Backnang und Umgebung.«

»Eigentlich hätte Yvonne einen mindestens ebenso guten Grund, Peter von Weyen umzubringen«, warf Jacobsen ein. »Als Missbrauchsopfer mit einem Mann verheiratet zu sein, der vermutlich eines seiner Sippenmädchen missbraucht, wäre ein wirklich starkes Motiv.«

»Vergiss es.« Melanie studierte ihren Computerbildschirm. »Ihr Alibi ist noch stärker als ihr Motiv. Sie hat den ganzen Mordabend in ihrem Bett verbracht. Die Haushälterin hat sie mehrmals gesehen, das letzte Mal um kurz vor eins. Ich zitiere: ›I hab nommol nach ihr gschaut, als die Küch wieder sauber gwäse isch, und bevor i schlafe gange ben.‹«

Jacobsen seufzte. »Wenn wir mit diesem Fall durch sind«, sagte er, »dann wird uns die Presse fragen, wieso wir nicht eher auf die Idee gekommen sind, gegen die Familie zu ermitteln. Man wird uns einen gewissen Promi-Bonus vorwerfen.«

»Meinst du?« Melanie schüttelte den Kopf. »Ich bin noch nicht so lange bei der Kriminalpolizei wie du, aber ich weiß auch schon, dass Aufklärungsarbeit so was Ähnliches ist wie Zwiebeln schälen … immer eine Schicht nach der anderen. Und jetzt sind wir halt allmählich bei der Schicht angekommen, wo es spannend und aufschlussreich wird.«

Jacobsen dachte an das Gespräch mit Lukas nach der Hausdurchsuchung.

»Zu blöd, dass Zwiebelschneiden in den Augen brennt«, sagte er. »Vielleicht nicht bei uns, aber ganz sicher bei anderen.«

»Du meinst den Jungen, oder? Klaras Enkel.«

»Ja.« Er nickte. »Natürlich tu ich das.«

* * *

Melanie machte sich an die undankbare Aufgabe, ein gutes Dutzend Tankstellen abzutelefonieren. Jacobsen übernahm dafür den gesamten Papierkram, der anstand. Er wollte nicht, dass sie sich eines Tages vorkam wie seine Sekretärin.

Spät an diesem Nachmittag hatten sie beide ihr Pensum geschafft, und Melanie erstattete ihm Bericht. Noch bevor sie damit anfing, konnte er an ihrem Gesichtsausdruck erkennen, dass sie fündig geworden war.

»Das Auto war frisch repariert«, sagte sie, »daher kam eine Panne kaum in Frage. Und Unfälle gab es in der Nacht und in der Gegend bloß zwei. An keinem davon war ein schwarzer Lieferwagen beteiligt, aber das war ja auch kaum zu erwarten. Also hab ich mich auf die Tankstellen beschränkt, die dem Lager am nächsten liegen. Es gibt eine OMV-Tankstelle in Weissach; das ist drei Kilometer vom

Lagerplatz entfernt, aber die schließt bereits um acht Uhr abends. Und es gibt eine JET-Station in Oppenweiler, das ist 4,6 Kilometer weit weg. Die kam schon eher in Frage, denn sie hat deutlich länger auf. Ich hab dort nachgefragt – und weißt du was? Dort hat ausgerechnet am Abend des 27. Mai ein Autofahrer beschlossen, beim Tanken nicht zu bezahlen. Das kommt heutzutage häufiger vor, und die allermeisten Tankstellen haben Überwachungskameras. Normalerweise werden die Videos nach zwei, drei Tagen allerspätestens wieder gelöscht, aber wegen dem Spritklau hat der Pächter die Aufnahme aufgehoben.«

Sie zog mehrere Ausdrucke aus der Klarsichthülle, die vor ihr auf dem Schreibtisch lag, und reichte sie ihm.

Die Bilder waren überraschend scharf. Im hellen Licht der Lampen über einer Reihe von Zapfsäulen sah Jacobsen einen Renault Espace, der von einem Mann betankt wurde. Auf dem nächsten Ausdruck stieg der Mann ein, auf dem dritten fuhr der Renault aus dem Bild. Ein Stück weit im Hintergrund war deutlich der Sprinter zu erkennen, der dem Pfadfinderbund gehörte. Eine dunkel gekleidete Gestalt, die sich offenbar eine Kapuze über den Kopf gezogen hatte, beugte sich über die Tanköffnung und hielt einen Schlauch hinein. Marijke DeVries hatte recht gehabt … Es war schwer zu erkennen, ob es sich hier um einen Mann oder eine Frau handelte.

»Wann war das?«, fragte Jacobsen.

»Viertel nach zehn«, sagte Melanie. »Diese Tankstelle schließt um elf.«

Jacobsen überlegte. »Wissen wir, wann das Foto von Klara von Weyen aufgenommen wurde, auf dem sie die Urkunde überreicht? Das, das du im Internet gefunden hast?«

»Ich hab den Fotografen angerufen, der es gemacht hat«, sagte Melanie. »Er war fast den ganzen Abend auf der Jubiläumsfeier, weil die Firma möglichst viele Bilder für ihr Archiv haben wollte. Die Verleihung der Urkunden war der Höhepunkt der Veranstaltung; das Bild wurde gegen halb neun aufgenommen. Und er sagt, die letzten Gäste sind gegen halb zehn gegangen.« Sie lächelte schwach. »Nachdem sie das Büfett kahlgefressen hatten.«

»Also wartet Klara, bis alle weg sind«, sagte Jacobsen. »Ihre Tochter ist von dem Migräneanfall außer Gefecht gesetzt, also muss sie nur der Haushälterin gute Nacht sagen. Sie zieht sich was Unauffälliges an. Dann setzt sie sich in den Sprinter und fährt nach Auenwald. Dummerweise muss sie zwischendurch tanken.« Er unterbrach sich, als ihm etwas einfiel. »Ach ja ... Haben wir auch die Aufnahme von der Kamera im Inneren den Tankstelle, vielleicht über der Kasse? Eine, die ihr Gesicht zeigt? Denn wenn der Pächter die Aufnahmen von diesem Abend wegen dem Spritklau aufgehoben hat, dann doch bestimmt alle?«

»Hat er«, erwiderte Melanie. »Die von der Kamera hinter der Kasse sind sogar schon bei der Polizei ... hoffentlich.«

»Wieso hoffentlich?«

»Der Pächter hat mir gesagt, die Kamera sei ›ein ganz neues Digitalteil‹, aber sie spinnt. Er konnte die Aufnahmen weder auf seinen Computer überspielen noch sonst wie anzeigen, also hat er das Ding einfach ausgebaut und den ermittelnden Beamten überlassen. Ob die Jungs von der Hacker-Fraktion fündig geworden sind, weiß ich nicht, aber ich hab den zuständigen Kollegen auch noch nicht erreicht. Ich versuch's morgen noch mal.«

»Tu das«, sagte Jacobsen. »Sobald wir die Aufnahmen kriegen und die Ergebnisse der Spurensicherung vollständig vorliegen, sollten wir endlich genügend in der Hand haben für einen Haftbefehl.«

* * *

Der vollständige Bericht mit sämtlichen Analysen lag am nächsten Morgen vor. Jacobsen studierte ihn sorgfältig, ging hinüber in Finkbeiners Büro und erläuterte ihm, was es an

Theorien und Beweisen gab. Er erwähnte auch, dass der Film aus der Überwachungskamera noch fehlte. Als er mit seiner Aufzählung fertig war, lehnte er sich zurück und erwartete halb und halb, unverrichteter Dinge wieder gehen zu müssen.

Aber Finkbeiner überraschte ihn. »Konfrontieren Sie Klara von Weyen mit dem Material«, sagte er. »Machen Sie eine Befragung daraus.«

»Müsste ich sie nicht eigentlich vorladen?«

»Müssten Sie.« Finkbeiner seufzte. »Aber wir sind gebeten worden, so wenig Staub wie möglich aufzuwirbeln, erinnern Sie sich? Ich ruf den Staatsanwalt an und stimme unser Vorgehen mit ihm ab. Sie sagen der alten Dame, was wir wissen, und belehren sie über ihre Rechte. Dann kann sie ihren Anwalt anrufen und wir lassen sie gemeinsam mit ihrem Rechtsbeistand sozusagen in aller Stille herbringen. Den Haftrichter verständige ich, wenn es so weit ist.«

Nachmittags um drei klingelte Malte Jacobsen am geschlossenen Tor vor der Jugendstil-Villa. Es schwang ohne Nachfrage aus der Gegensprechanlage zur Seite. Als Jacobsen und Melanie die Tür erreichten, wurde sie sofort von der Haushälterin geöffnet.

»Guten Tag«, sagte Jacobsen. »Wir würden gern mit Frau von Weyen reden – mit Klara von Weyen.«

Die Haushälterin warf ihm einen Blick zu, der überdeutlich signalisierte, dass sie unter einem *guten* Tag etwas gänzlich anderes verstand. Aber sie sagte nichts; stattdessen ging sie ihnen voraus in das Wohnzimmer.

Genau wie beim ersten Mal sah Jacobsen Yvonne und Klara von Weyen nebeneinander auf dem Sofa sitzen. Yvonne von Weyen, die seit knapp einer Woche wieder zu Hause war, wirkte müde, aber sehr gefasst.

»Wo ist Lukas?«, fragte Jacobsen unwillkürlich.

»Wir veranstalten am Anfang der Sommerferien eine Mitarbeiterschulung auf dem Gelände im Park«, erwiderte Klara von Weyen, »und er hilft mit, die große Jurte aufzubauen.«

Dem Himmel sei Dank.

Wenn Jacobsen irgendetwas nicht wollte, dann dass der Junge das, was jetzt folgte, direkt mitbekam.

»Aber Sie sind doch bestimmt nicht wegen meinem Enkel hier.«

»Nein, sind wir nicht.« Jacobsen holte tief Luft, wie vor einem Sprung in tiefes Wasser. »Ich habe Ihnen versprochen, dass ich Ihnen Bescheid sage, wenn wir den Täter haben. Und ich glaube, jetzt ist es so weit.« Er wandte sich an Yvonne von Weyen. »Es besteht kein Grund, dass Sie dabei sein müssen«, sagte er. »Wir würden gern mit Ihrer Mutter unter vier Augen sprechen.«

»Ich habe nichts vor meiner Tochter zu verbergen.« Klara von Weyen klang überaus entschieden. »Und wenn es darum geht zu erfahren, wer der Mörder von Peter ist, dann hat sie als seine Witwe ein beinahe noch größeres Recht auf diese Information als ich.«

Yvonne von Weyen nickte. »Ich bleibe hier«, sagte sie leise.

Jacobsen ließ den Blick von der älteren Frau zu der jüngeren wandern; zum ersten Mal war die Ähnlichkeit der beiden überdeutlich zu erkennen. Er seufzte. Sei's drum. Finkbeiner wollte Samthandschuhe … er sollte sie haben.

»Dürfen wir Platz nehmen?«

Klara von Weyen machte eine unbestimmte Geste zu den Sesseln, die gegenüber von dem Sofa aufgestellt waren. Aus den Augenwinkeln registrierte Jacobsen, dass Melanie sich zögernd in einem davon niederließ, und tat es ihr nach.

»Wir haben uns mit dieser Ermittlung sehr schwergetan«, begann er, »weil wir einfach niemanden finden konnten, der ein Motiv hatte, Ihren Schwiegersohn – Ihren Mann – umzubringen.«

Er nickte Yvonne von Weyen zu, die seinen Blick immer noch nicht erwiderte.

»Er machte eine hervorragende Jugendarbeit; die Kinder, die zu seinem Stamm und seiner Sippe gehörten, liebten ihn.

Er hatte viele Freunde und eigentlich überhaupt keine Feinde. Susanne Steffens allerdings, eins seiner Sipplingsmädchen, war nicht so glücklich. Jemand mobbte sie mit gezielten Verleumdungen im Internet. Und dieser Jemand war Iris Schäuble.«

Klara von Weyens Augenbrauen stiegen in die Höhe. »Wirklich? Das kann ich mir überhaupt nicht vorstellen.«

»Konnten wir auch nicht«, erwiderte Jacobsen. »Inzwischen wissen wir es besser, und wir können es beweisen. Iris Schäuble schrieb auf Facebook diffamierende Geschichten über Susanne. In einer davon deutete sie an, Peter von Weyen hätte ein Verhältnis mit ihr.«

»Wie bitte?« Klara von Weyen blickte entsetzt drein. »Das ist ja widerlich! Und er hätte das nie getan – *nie im Leben*!«

Ihre Verblüffung wirkte höchst überzeugend.

Yvonne von Weyen regte sich zum ersten Mal und musterte ihre Mutter kurz und scharf von der Seite. Aber sie sagte kein Wort.

»Iris Schäuble hat es jedenfalls geglaubt. Und wir haben Grund zu der Annahme, dass der Mörder Ihres Schwiegersohnes es ebenfalls glaubte. Wir sind nicht ganz sicher, aber wir vermuten, dass er es war, der sich an die Presse wandte. Er hat einem Journalisten der Backnanger Kreiszeitung eine E-Mail geschickt, mit einem Bild Ihres Sohnes und Mannes und Susanne, und mit einem Text dazu, in dem er schwere Anschuldigungen erhoben hat.«

Jacobsen machte seinen Aktenkoffer auf; die Schlösser klackten laut in dem stillen Zimmer und Yvonne von Weyen fuhr zusammen. Er holte einen Ausdruck der E-Mail heraus und reichte ihn Klara von Weyen, die ihn stirnrunzelnd überflog.

»Zum Glück für *Impeesa* war der Journalist auch Vater von einem Ihrer Pfadfinderkinder; er hatte Peter von Weyen gut gekannt und sehr geschätzt und weigerte sich, bloß auf diese anonyme Diffamierung hin eine Schlammlawine in der Presse loszutreten. Stattdessen ging er zur Polizei.«

Klara von Weyen seufzte; es klang rechtschaffen erleichtert.

Jacobsen sah sie an. »Sie haben mir erzählt, dass Iris Schäuble in derselben Nacht gestorben ist wie Ihr Schwiegersohn. Und wir sind lange Zeit davon ausgegangen, dass ihr Tod ein Unfall war. Aber nachdem wir im Mordfall an Peter von Weyen so lange auf der Stelle getreten sind, haben wir beschlossen, die Sache ganz neu und aus einem anderen Blickwinkel zu untersuchen. Angeblich hatte Iris den letzten Abend ihres Lebens in einem Hotel verbracht, das den Eltern einer Freundin gehört, und war gegen Mitternacht nach Hause gegangen. Wir und alle anderen haben geglaubt, sie sei im Zustand der Trunkenheit ausgerutscht, hätte sich unglücklich den Kopf angeschlagen und sei danach in den Backnanger Mühlkanal gefallen und ertrunken.«

»Und das ist sie nicht?«, fragte die alte Dame.

»Nein, das ist sie nicht«, antwortete Jacobsen. »Ihre Freundinnen sagten aus, sie hätten für Iris gelogen, wüssten aber nicht, wo sie an diesem Abend wirklich war. Und eine schlaflose Frau, die nachts um vier einen Spaziergang am Kanal gemacht hat, hat gesehen, wie ein Lieferwagen im Leerlauf und ohne Licht dicht ans Ufer gefahren ist. Der Fahrer hat Iris Schäuble aus dem Wagen geladen und sie ins Wasser geworfen. Die Zeugin hat sie einwandfrei erkannt.«

Klara von Weyen wurde bleich.

»Wir haben das Ganze unter anderem auch deswegen für einen Unfall gehalten, weil wir dachten, ein klügerer Mörder müsste doch den Versuch gemacht haben, sie gründlicher verschwinden zu lassen, und im Mühlkanal ist das kaum möglich. Das Wasser ist viel zu flach, und es ist erstaunlich, dass sie überhaupt vom Parkplatz der griechischen Gemeinde bis zur Schleuse am Ungarndeutschen Heimatmuseum getrieben ist. Inzwischen glauben wir aber, dass es dem Täter eher darum ging, dass die Leiche so rasch wie möglich wieder auftaucht. Damit es dann tatsächlich für die Polizei und alle anderen danach aussieht, als wäre Iris ein dummer, tragischer Unfall passiert.«

Klara öffnete den Mund, als wollte sie etwas sagen ... dann schloss sie ihn wieder, als hätte sie es sich anders überlegt.

»Den Fahrer hat die Zeugin leider nicht erkannt«, fuhr Jacobsen fort, der sie nicht aus den Augen ließ. »Aber sie hat am Ufer *das* hier gefunden.«

Er streckte die Hand aus; Perle, Rosenknospe und Rubin leuchteten auf seiner Handfläche.

Klara von Weyen gab einen zutiefst verblüfften Laut von sich. »Aber ... aber wie ist das möglich?« Sie wandte sich ihrer Tochter zu. »Wie kommt denn der an den Mühlkanal? Der Stecker war doch noch an deinem Ohr, als du dich am Abend der Feier mit deiner Migräne hingelegt hast!«

Scherbenhaufen

Jacobsen starrte Yvonne von Weyen an. »*Sie* haben die Ohrringe getragen?«

Das klang außerordentlich stupide, sogar für ihn selbst.

Yvonne von Weyen sah aus, als würde sie jeden Moment die Geduld mit ihm verlieren, nahm sich aber mit einer deutlich spürbaren Anstrengung zusammen.

»Ich hab an dem Abend fast das gesamte Ensemble getragen, den ganzen altmodischen Klimbim, bis auf den Ring. Und dann habe ich gemerkt, dass ich einen Migräneanfall bekam. Ich dachte erst, ich halte durch, bis die Feier vorbei ist, aber als die Migräne immer schlimmer wurde, hab ich mich in meinem Schlafzimmer hingelegt. Ich habe mich nicht einmal umgezogen; ich bin am nächsten Morgen in dem roten Cocktailkleid aufgewacht, das ich für die Feier ausgesucht hatte. Das Collier habe ich aber vorher abgenommen und unserer Haushälterin gegeben, damit sie es in den Haussafe bringt. Es ist schwer und kratzig, und ich war froh, dass ich es los war. Frau Lämmle hat mir später noch einen Kräutertee hingestellt, aber ich hab mich viel zu elend gefühlt, um ihn zu trinken.«

»Wann war das?«

»Yvonne hat sich gegen Viertel nach acht verabschiedet«, antwortete Klara von Weyen. »Und mir war kurz zuvor die Goldkette gerissen, die ich an dem Abend getragen hatte – der Verschluss ist schadhaft, ich habe ihn anschließend reparieren lassen. Also dachte ich, ich könnte genauso gut ab sofort das Collier tragen, weil es zu meinem roten Hosenanzug gepasst hat und weil ich den Ring sowieso am Finger hatte. Den trage ich ja fast ständig. Ich hab Frau Lämmle gebeten, es mir zu geben. Dann hab ich es umgelegt, und als die Gäste weg waren, hatte sie endlich Zeit, Yvonne einen Tee zu kochen. Vorher war viel zu viel Trubel.«

Jacobsen wandte sich an Yvonne von Weyen. »Wann hat Frau Lämmle Ihnen den Tee gebracht?«

Inzwischen betrachtete sie ihn, als sei er ein lästiges Insekt, das ihr unablässig um den Kopf schwirrte und sich einfach nicht vertreiben ließ.

»Ich habe nicht die geringste Ahnung. Ich dachte, mir platzt der Kopf, und bei dem bloßen Gedanken, mich aufsetzen zu müssen, wurde mir speiübel. Ich bin ganz bestimmt nicht auf die Idee gekommen nachzuschauen, wie spät es ist.«

»Das mit dem Tee war etwa um Viertel nach zehn«, warf Klara von Weyen ein. »Frau Lämmle kam anschließend zu mir und hat mir gesagt, Yvonne ginge es gar nicht gut. Wir haben überlegt, unseren Hausarzt anzurufen, aber ich hab mich entschieden, bis zum nächsten Morgen zu warten. Danach bin ich ebenfalls ins Bett gegangen – das war ein langer, anstrengender Tag, für uns alle.«

Viertel nach zehn. Jacobsen spürte, wie die Zahnräder in seinem Kopf heißliefen. Dann konnte es unmöglich Klara gewesen sein, die in Oppenweiler den Sprinter betankt hatte.

»Sind Sie sich bei der Uhrzeit ganz sicher?«, fragte er.

»Absolut«, erwiderte Klara von Weyen fest. »Frau Lämmle wird Ihnen das gerne bestätigen.«

Jacobsen wandte den Kopf und sah den alarmierten Blick, den Melanie ihm zuwarf. Offenbar dachte sie genau dasselbe wie er.

Genau in diesem Moment unterbrach ein Klingelton die angespannte Stille – Melanies Handy. Sie grub es aus der Tasche ihrer Lederjacke und hob es ans Ohr.

»Brendel? – Ja, genau. – Sie haben die Datei repariert? Wirklich? – Das ist großartig! Können Sie mir den Film schicken, jetzt gleich? Danke. Ich danke Ihnen sehr.«

Sie beendete das Gespräch, steckte das Handy weg und holte stattdessen das kleine Tablet aus der Tasche, das sie immer bei sich trug. Wieder sah sie Jacobsen an, und die Aufregung, die von ihr ausstrahlte, war beinahe mit Händen zu greifen.

»Ich bin mal kurz draußen, ja?«

Jacobsen nickte knapp, und Melanie verließ mit raschen, leisen Schritten den Raum.

»Um was für einen Film handelt es sich?«, wollte Klara von Weyen wissen.

»Das Video der Überwachungskamera einer Tankstelle in Oppenweiler«, sagte er ruhig. »Darauf ist der Lieferwagen von *Impeesa* zu sehen. Es ist nämlich so: An einem Knopf der Bluse, die Iris Schäuble getragen hat, als sie gestorben ist, haben sich blaue Stofffasern verfangen. Dieselben Fasern haben wir im Laderaum des Lieferwagens gefunden … zwar nicht sehr viele, weil der Wagen nach der Tatnacht offensichtlich gewaschen und ausgesaugt worden ist. Zum Glück kommt aber auch der beste Staubsauger nicht in jede Ritze, und unsere Leute sind gründlich. Deswegen können wir beweisen, dass Iris in dem Sprinter transportiert wurde. Sie war in die Decke gewickelt, von der die Fasern stammen. Die Zeugin, die gesehen hat, wie Iris ins Wasser geworfen wurde, hat sowohl die Decke gesehen als auch den Wagen, morgens gegen vier. Das Video von der Tankstelle zeigt, dass derselbe Wagen am Abend zuvor – vor dem Mord an Ihrem Schwiegersohn – außerdem ganz in der Nähe des Lagerplatzes in Auenwald war. Wir gehen davon aus, dass der Täter hinter dem Steuer saß.«

Klara von Weyen richtete sich kerzengerade auf. »Wollen Sie damit sagen, dass dieser Täter Peter und Iris umgebracht hat? Alle *beide*?«

Die Flügeltür in Jacobsens Rücken öffnete sich. Er drehte sich herum, halb verärgert darüber, dass er ausgerechnet jetzt unterbrochen wurde. *Melanie.*

»Kommst du mal eben?«

Er atmete tief durch. »Ich bin sofort wieder da. Einen Augenblick bitte.«

Draußen hielt ihm Melanie wortlos das Tablet hin. Er starrte nervös auf das Display, sah den Rücken des Mannes, der hinter der Kasse der Tankstelle stand, und ein älteres Ehepaar, das eine Flasche Wein und eine Tüte Chips bezahlte. Dann öffnete sich im Hintergrund die Tür und die dunkel gekleidete Person mit der Kapuze, von deren Identität nichts weniger als die Aufklärung von zwei Mordfällen abhing, betrat den hell erleuchteten Innenraum und ging auf den Tresen zu.

Er erkannte das Gesicht, spürte, wie sein Herzschlag stolperte, und warf instinktiv einen Blick über Melanies Schulter in Richtung Eingang.

»Ich geh nach draußen«, sagte Melanie. »Vom Vorplatz aus kann ich diese Tür und obendrein die beiden Türen zum Seitenflügel im Auge behalten … nur für alle Fälle.«

Er nickte ihr dankbar zu und kehrte rasch wieder ins Wohnzimmer zurück. Als er die Tür hinter sich schloss, fielen ihm zwei Dinge auf.

Klara von Weyen saß immer noch auf dem Sofa. Aber Yvonne von Weyen war verschwunden.

»Wo ist Ihre Tochter hin?«, fragte er.

Klara von Weyen betrachtete ihn ein wenig verwirrt.

»Sie wollte in die Küche, um uns beiden ein Glas Wasser zu holen«, meinte sie. »Sie sagten doch, Sie wären eigentlich gekommen, um mit mir zu reden.«

»Das war durchaus auch so«, entgegnete Jacobsen grimmig, »jedenfalls bis vor etwa zwei Minuten. Aber jetzt muss ich ganz dringend mit Ihrer Tochter sprechen. Auf der Stelle. Würden Sie mir bitte zeigen, wo die Küche ist?«

Es war ein kategorischer Befehl, keine Bitte. Aber Klara von Weyen erhob keinen Einspruch gegen seinen Ton, sondern stand sofort auf, als begriffe sie den Ernst der Lage.

»Hier entlang«, sagte sie und deutete auf eine Tür an der linken Seitenwand.

Als sie die Tür öffnete, wurde die schläfrige Stille des warmen Sommernachmittags von einem unerwarteten Geräusch unterbrochen – ein lautes Klirren und Krachen, als ginge irgendwo im Haus Glas zu Bruch. Sehr viel Glas.

»Das kommt aus dem Museum!«, sagte Klara von Weyen erschrocken.

Sie rannte ihm voraus, und für eine Dame ihres Alters legte sie ein wirklich ordentliches Tempo vor. Jacobsen hetzte hinterdrein, einen langen, weiß gestrichenen Korridor mit mehreren seitlichen Durchgängen entlang. Am Ende dieses Korridors befand sich eine weitere Tür, die offenbar in den Seitenflügel führte. Klara von Weyen riss sie auf – und blieb wie angewurzelt stehen. Jacobsen konnte gerade noch verhindern, dass er gegen sie prallte und sie umwarf.

Über ihre Schulter hinweg blickte er auf ein Bild der Verwüstung. Von den vier großen Tischvitrinen, die in dem kleinen Museumszimmer standen, waren zwei vollständig zertrümmert. Die Metallrahmen, die die dicken Glasscheiben eingefasst und gehalten hatten, lagen umgekippt auf dem Boden, und überall herrschte ein heilloses Durcheinander aus Scherben und verstreuten Ausstellungsstücken.

Mitten in dem schockierenden Chaos stand Yvonne von Weyen, direkt vor dem Glaskasten mit der Schaufensterpuppe, die die Pfadfinderkluft ihres Vaters trug. Sie hielt einen

Golfschläger in der Hand, und in dem Moment, als Jacobsen sie anschaute, holte sie so formvollendet aus, als wollte sie mit einem gutgezielten »Birdie« den Ball einlochen. Stattdessen traf der Schläger den Kasten, und der zerbrach mit einem ohrenbetäubenden Knall und einem Regen aus Glassplittern. Die Puppe schwankte und kippte um. Der Hut fiel ihr vom Kopf und rollte über den scherbenglitzernden Boden.

»Yvonne, *nein!*« Klaras Stimme, schrill vor Entsetzen.

Yvonne hielt inne und wandte sich in ihre Richtung; sie schien erst jetzt zu merken, dass sie nicht mehr allein war. Als sie ihre Mutter entdeckte, verzerrte sich ihr Gesicht zu einer Maske der Wut.

»Das hätte ich schon viel eher tun sollen!«, zischte sie. »Dann hättest du vielleicht endlich einmal genauer hingesehen, an deinem dämlichen Pfadfinderbund vorbei ... vorbei an diesem idiotischen Schrein, den du dir aus deinen Erinnerungen gebaut hast. Und vorbei an deinem ach so vollkommenen Schwiegersohn, von dem du nur das Bild sehen wolltest, das dir am besten in den Kram gepasst hat. Peter, der Heilige! Der perfekte Vater, der perfekte Pfadfinder. *Allzeit bereit* – dass ich nicht lache!«

Sie schnaubte verächtlich und versetzte der Puppe einen kräftigen Tritt ... als wollte sie ihren Vater noch im Nachhinein dafür bestrafen, dass er ihren Mann überhaupt erst in die Stammesarbeit hineingezogen hatte.

Jacobsen spürte, wie Klara von Weyen heftig zusammenfuhr.

»Obwohl es ja doch irgendwie stimmt«, fuhr Yvonne von Weyen fort, den Golfschläger immer noch fest in beiden Händen. »Mein guter Peter war allzeit bereit, sich an einem Mädchen zu vergreifen, das jung genug war, seine Tochter zu sein. Sie ist erst sechzehn – und wer weiß, wie lange er sie vorher schon befummelt hat! Aber niemand wäre darauf gekommen, nicht wahr ... bei einem so respektierten und geachteten Mann!«

»Aber Peter hat doch nie ...«

Jacobsen legte Klara von Weyen rasch eine Hand auf die Schulter, als plötzlich ein weiteres Teilchen des Puzzles an seinen Platz fiel. Die alte Dame fuhr herum, starrte ihn an … und er schüttelte sachte den Kopf. *Still jetzt. Noch nicht.*

»*Sie* haben die E-Mail an den Journalisten von der Backnanger Kreiszeitung geschrieben, nicht wahr, Yvonne?«, fragte er leise. ›Ein respektierter und geachteter Mann, dem Eltern bedenkenlos ihre Kinder anvertrauen‹ – das waren doch Ihre Worte.«

Yvonne von Weyen musterte ihn angriffslustig.

»Irgendwer musste doch was tun!«, sagte sie zornig. »Meine Mutter hätte das nie gemacht – die hat lieber weggesehen, immer schon. Und sie hätte diesen Skandal bestimmt unter den Teppich gekehrt, damit der Bund keinen Schaden leidet. Aber jemand musste ihn aufhalten!«

Das Bild vor Jacobsens innerem Auge wurde immer klarer. In diesem Moment war nirgendwo in ihm Platz für Mitgefühl oder Zorn, und die emotionalen Folgen für alle, die mit diesem Fall zu tun hatten, waren ihm herzlich egal. Er empfand nur eine tiefe Genugtuung darüber, dass er endlich das Ende des Ariadnefadens in der Hand hielt, und dass der Weg aus dem Labyrinth deutlich vor ihm lag.

»Sie dachten, niemand tut etwas«, sagte er. »Also haben Sie beschlossen, dass *Sie* etwas tun müssen. Allerdings haben Sie die bewusste E-Mail erst am 6. Juli verschickt. Da war Ihr Mann schon sechs Wochen tot. Sie wollten der Öffentlichkeit auf die Sprünge helfen – aber erst eine ganze Weile nachdem Sie die Dinge bereits in die eigenen Hände genommen hatten.«

Er schob Klara von Weyen sanft zur Seite und trat in den verwüsteten Museumsraum hinein. Glas knirschte laut unter seinen Schuhsohlen. Yvonne machte keinerlei Anstalten, den Schläger als Waffe gegen ihn zu benutzen; stattdessen warf sie ihn weg und wich zurück.

»Als ich vorhin von dem Überwachungsvideo der Tankstelle gesprochen habe«, sagte er, »da muss Ihnen klar geworden sein, dass Sie aus der Sache nicht mehr unbehelligt herauskommen. Deswegen haben Sie wahrscheinlich beschlossen, dass Sie genauso gut *tabula rasa* machen und Ihrer Mutter endlich einmal zeigen können, was Sie von ihr und dem ganzen Pfadfinderbund halten. Indem Sie all die Andenken zerstören, die Ihrer Mutter in Ihren Augen wichtiger waren als ihre eigene Tochter.«

Klara machte eine Bewegung, als wollte sie widersprechen. Erneut schüttelte Jacobsen den Kopf, und erneut entschied sie sich, zu schweigen.

»Papas Kluft!«, sagte Yvonne. Ihre Stimme war ätzend bitter. »Papas Hut und sein Halstuch ... jedes Teil aufbewahrt, ausgestellt und mindestens so heilig wie eine Reliquie! Die Arbeit kam zuerst, der Bund hatte Vorrang ... und ich war nur so lange interessant, wie ich dazugehört habe. Ich war nur so lange sichtbar, wie ich dieses verdammte Hemd getragen habe!«

Sie bückte sich und hob etwas auf. Jacobsen erkannte das Fahrtenmesser, das er bei seinem ersten Besuch im Museum in der Vitrine hatte liegen sehen. *Griff handgeschnitzt aus Kirschholz und Wasserbüffelhorn,* erinnerte er sich, während sein Puls urplötzlich zu galoppieren begann. *Klinge Edelstahl, Solingen 1980.* Diese Klinge war mit Sicherheit rasiermesserscharf ... und er musste jetzt sehr genau überlegen, was er tat, bevor noch jemand zu Schaden kam.

»Sie wollten Ihren Mann bestrafen«, sagte er. »Dafür, dass er Sie in Ihren Augen links liegen ließ, und dafür, dass er die Finger nicht von einer seiner Schutzbefohlenen lassen konnte. Das stimmt doch, oder?«

Yvonne reagierte nicht. Sie starrte wie hypnotisiert auf das Messer, das in seiner handgenähten Lederscheide steckte. Jacobsen machte einen behutsamen Schritt vorwärts, dann noch einen. Er war so konzentriert, dass er das Knirschen der Glasscherben nicht mehr wahrnahm.

»Sie hatten beschlossen, dass er sterben muss«, fuhr er fort. »Und ich gehe davon aus, dass Sie am Abend des 27. Mai zum Lager nach Auenwald hinausgefahren sind, um ihn dort zu töten. Wir wissen auf alle Fälle, dass Sie um Viertel nach zehn ganz in der Nähe des Lagers waren. Auf dem Video von der Tankstelle sind Sie deutlich zu sehen.«

Ein dritter Schritt, ein vierter.

»Niemand hier würde sich bei Ihnen über eine Migräne wundern ... also mussten Sie den Anfall nur vortäuschen, als perfekte Ausrede, sich zurückzuziehen. Und dann haben Sie gewartet, bis die Feier vorbei war, damit Sie sich unbemerkt aus dem Haus schleichen konnten, um Ihren Mann während seiner Nachtwache abzupassen.«

Er stand direkt vor ihr. Yvonne von Weyen hob den Kopf und sah ihm ins Gesicht. Ein seltsamer, kalter Glanz schimmerte in ihren Augen.

»Wie soll denn das möglich sein?«, fragte sie. »Um Viertel nach zehn war ich hier in meinem Bett und konnte vor lauter Übelkeit keinen Schluck von dem Tee herunterbringen, den Frau Lämmle mir hingestellt hat. Sie hat mich gesehen – schon vergessen?«

»Sie hatten Glück, dass Ihre Mutter den Arzt nicht ins Haus geholt hat«, sagte er. »Bei Migräne verdunkelt man das Zimmer, weil oft nicht nur jedes Geräusch, sondern auch jeder überflüssige Lichtstrahl Schmerzen bereitet. Der Arzt hätte die Lampe vielleicht eingeschaltet – Frau Lämmle hat es ganz bestimmt nicht getan. Also hat sie eine Frau im roten Cocktailkleid in Ihrem Bett liegen sehen ... wahrscheinlich mit Ihrer Frisur, und ganz bestimmt mit Ihren Ohrringen. Denn die haben Sie Frau Lämmle nicht gegeben – nur das Collier.«

Der kalte Glanz in Yvonnes Augen erlosch und das Messer fiel ihr aus der Hand. Jacobsen fing es auf, bevor es in dem Scherbenhaufen zu seinen Füßen landen konnte.

»Und das in dem Bett waren gar nicht Sie, oder? Das war Iris Schäuble.«

Das große Wohnzimmer war sehr still. Das einzige Geräusch, das Jacobsen hören konnte, war das verzweifelte Gesumm einer Fliege, die irgendwie ins Zimmer gelangt war, wieder und wieder hektisch gegen die Scheibe prallte und den Weg ins Freie nicht mehr fand.

Melanie hatte mit Finkbeiner telefoniert und ihn rasch ins Bild gesetzt; inzwischen war sie zurück und saß in demselben Sessel wie vorher.

Klara saß wieder auf dem Sofa, Seite an Seite mit ihrer Tochter. Sie sah blass und erschöpft aus und zutiefst erschüttert. Seit der Szene im ruinierten Museum hatte sie kein Wort mehr mit Yvonne gesprochen. Sie hatte allerdings einen Anruf gemacht. Hinter dem Sofa stand der Anwalt der Familie, ein hagerer Mann um die fünfzig mit dichtem grauem Haar und einer schmalen Metallrandbrille; Jacobsen hatte Yvonne von Weyen geraten, ihn hinzuzuziehen, und Klara hatte ihn sofort verständigt.

Normalerweise hätte diese Vernehmung in Waiblingen oder wenigstens auf dem nächsten Polizeirevier in Backnang stattfinden müssen, aber Klara von Weyen hatte sich geweigert, ihre Tochter allein zu lassen. Gleichzeitig wollte sie unbedingt verhindern, dass Lukas nur Frau Lämmle im Haus vorfand, wenn er demnächst vom Lagerplatz zurückkam. Nach einem Blick auf ihr Gesicht hatte Jacobsen sich einverstanden erklärt, Yvonnes Aussage zunächst hier in der Villa aufzunehmen, und das Diktiergerät hervorgeholt.

Bevor er anfing, musterte er Yvonne von Weyen gründlich; er wollte sichergehen, dass sie nach der vorhergegangenen, aufwühlenden Szene überhaupt vernehmungsfähig war. Die krampfhafte Anspannung war aus ihrem Körper gewichen. Sie wirkte auf Jacobsen merkwürdig gelöst – als wäre die Zerstörungsorgie im Museum das dringend notwendige Ventil gewesen, durch das endlich der jahrelang aufgestaute

Druck gewichen war. Und jetzt wollte sie nur noch eines: die ganze entsetzliche Geschichte loswerden.

»Wie sind Sie auf die Internetgeschichten von Iris gekommen, Yvonne?«, fragte er leise.

»Die kleine Schlange hat mir ein paar von den Geschichten per E-Mail geschickt«, erklärte sie, »nachdem Peter sie aus dem Stamm geekelt hatte. Ich hab mich dann über Susanne umgehört und sie mir ein bisschen genauer angeschaut. Ich war ganz sicher, dass das mit dem Missbrauch stimmt.«

»Wieso?«

»Weil sie ausgesehen hat wie ein Kind, das sich ständig fürchtet«, sagte Yvonne. Ihre Stimme klang plötzlich gepresst. »Ein Kind, das Angst hat, berührt zu werden und das sich lieber außer Sichtweite duckt, damit man ihm nicht noch mehr wehtut.« Sie rieb sich die Stirn, als hätte sie plötzlich Kopfschmerzen. »Ich habe Peter nach ihr gefragt. Er ist ständig ausgewichen; er wollte mir einfach nicht sagen, was los ist. Aber ich hab gemerkt, dass er etwas vor mir verbirgt. Dass ihm meine Fragen lästig und unangenehm waren, genau wie ich. Er hatte sich nicht nur durch *Impeesa* von mir entfernt – jetzt fing er auch noch an, mich anzulügen und zu betrügen.« Sie biss sich auf die Lippen. »Ich hab die Geschichten von Iris immer wieder gelesen. Und solange Iris noch im Stamm war, kam sie regelmäßig her. Ich habe sie ständig gesehen, auf dem Lager-Übungsplatz oder in den Sippenräumen im Seitenflügel. Irgendwann habe ich sie mir genauer angeschaut und festgestellt, dass sie mir ziemlich ähnlich sah ... als Mädchen in ihrem Alter hatte ich genau dieselbe Haarfarbe, war ungefähr so groß wie sie und hatte so ziemlich dieselbe Figur.«

Jacobsen nickte. »Und da kam Ihnen eine Idee, nicht wahr? Sie haben beschlossen, Iris als Werkzeug für Ihre Rache einzusetzen«, antwortete er. »Also haben Sie das Mädchen am Abend der Feier in aller Heimlichkeit in die Villa geholt. Wahrscheinlich haben Sie ihr weisgemacht, Sie wollten Ihrem Mann eine Lektion erteilen und sie hätte die Chance,

Ihnen dabei behilflich zu sein. Iris hat den Köder mitsamt dem Haken bereitwillig geschluckt. Sie hat Ihren Platz eingenommen und Sie sind nach Auenwald gefahren. Und auf dem Hinweg ist Ihnen das Benzin ausgegangen, vermute ich.«

Der Anwalt machte eine Handbewegung, als wollte er sie davon abhalten zu antworten, aber sie warf ihm einen ärgerlichen Blick zu und schüttelte den Kopf.

»Ist das zu fassen?« Ein freudloses, kleines Lachen. »Dieser Vollidiot von der Werkstatt tankt unsere Wagen nach der Wartung sonst immer voll – und ausgerechnet an dem Tag hatte er es vergessen. Mir ist gar nichts anderes übrig geblieben – hätte ich mich abschleppen lassen sollen? Und als ich weiterfahren konnte, musste ich außer Sichtweite des Lagers noch geschlagene eineinhalb Stunden warten, bis endlich Nachtruhe war. Peter hatte die erste Wache übernommen. Um zwölf hab ich mich mit ihm getroffen, als endlich alle auf dem Lager geschlafen haben.«

Sie rückte ein Stück von Klara ab, als wollte sie ihrer Mutter ersparen, vor ihr zurückweichen zu müssen.

»Ich hatte Wein dabei, der war mit Schlafmittel versetzt. Ich hab mir das Zeug von einem Migränespezialisten in Stuttgart verschreiben lassen, nicht von meinem Hausarzt hier, damit es nicht auffällt. Peter hatte im Küchenzelt ein Feuer gemacht und Gläser organisiert. Er schien sich richtig zu freuen, dass ich gekommen war.« Ein winziges Lächeln irrlichterte um ihre Mundwinkel und verschwand wieder. »Wissen Sie, was komisch ist? Für eine ganz kleine Weile war er wieder der Mann, in den ich mich einmal verliebt hatte … auch wenn ich wusste, dass es nicht mehr als eine Illusion war. ›Schön, dass du gekommen bist‹, hat er gesagt, und er hat meine Hand gehalten. Jedenfalls so lange, bis das Diazepam gewirkt hat und er eingeschlafen ist.«

»Und was haben Sie dann getan?«

»Mich vergewissert, dass niemand auf dem Lagerplatz herumläuft. Den Holzkarren dichter ans Küchenzelt geschoben, Peter mit dem Affengriff aus dem Zelt geschleppt und auf den Karren geladen. Ich hab den Karren im Leerlauf zum Hackplatz am Waldrand rollen lassen; die Wiese ist da gerade abschüssig genug. Im Wald hab ich dann aus dem Seil, das ich aus unserem Materiallager mitgebracht hatte, eine Henkerschlinge geknotet und sie ihm um den Hals gelegt. Dann hab ich das Seilende über den untersten Ast des nächsten Baumes geworfen und am Holzkarren festgemacht. Der Motor ist ziemlich kräftig, damit hat sich Peter erstaunlich leicht in die Höhe ziehen lassen.«

Sie sah ihn an; ihre Augen waren fast schwarz und straften ihre ruhige Stimme Lügen.

»Ich fand, dass es passt. Wie in dem Lied, wissen Sie?«

»Ja«, erwiderte Jacobsen sehr leise. »Der Piet am Galgen.«

Er sah, dass Klara von Weyen entsetzt eine Hand auf den Mund presste.

»Und dann sind Sie zurück nach Hause gefahren, wo Iris in Ihrem Zimmer auf Sie gewartet hat. Und Sie hatten ein Problem, stimmt's? Iris hätte spätestens am nächsten Tag mitbekommen, was geschehen war.«

»Ich … ich wollte sie eigentlich überhaupt nicht umbringen.« Yvonne schloss die Augen, als versuchte sie, das helle Licht des Sommertages auszusperren. »Wirklich nicht. Aber während ich vom Lagerplatz zurück nach Hause gefahren bin, wurde mir klar, dass ich einen furchtbaren Fehler gemacht hatte. Sie war zwar nicht halb so gerissen, wie sie dachte, aber sie würde trotzdem zwei und zwei zusammenzählen und sich alles zusammenreimen. Zumindest würde sie mich verdächtigen … Vielleicht würde sie sogar versuchen, mich zu erpressen.«

Yvonne starrte ins Leere, als ließe sie den verhängnisvollen Abend noch einmal vor ihrem inneren Auge an sich vorüberziehen.

»Als ich zuhause ankam, war der Empfang natürlich längst vorbei, und sie war noch wach. Sie wollte unbedingt wissen, was passiert war. Ich machte ihr vor, es hätte einen heftigen Krach gegeben, und Peter wäre am Boden zerstört.

Das war natürlich ganz nach ihrem Geschmack. Ich habe ihr angesehen, dass sie bereits darüber nachgedacht hat, wie sie die neueste Entwicklung in eine ihrer abscheulichen Geschichten verwandeln könnte … so ein dummes, gehässiges, kleines Biest!« Sie wandte den Blick ab, als sei ihr der Ausbruch peinlich. »Spätestens in dem Moment wusste ich, dass ich sie nicht mehr gehen lassen darf.«

»Was haben Sie gemacht?«

»Ich habe ihr überschwänglich gedankt und ihr angeboten, auf den Erfolg unserer kleinen Intrige etwas zu trinken. Der Cocktail, den ich für sie gemixt habe, war extra stark, aber das hat sie nicht bemerkt.« Ihr Gesicht verzog sich, als hätte sie einen schlechten Geschmack im Mund. »Sie hat jeden fertiggemacht, der ihr nicht in den Kram passte, und dabei hat sie immer so getan, als könnte sie kein Wässerchen trüben. Es machte ihr Spaß, anderen dabei zuzusehen, wie sie sich für sie zum Narren gemacht und mit Alkohol zugeschüttet haben. Und dabei hat sie selbst kaum was vertragen – komisch, was? Nach nur zwei großen Gläsern Grenadine-Orange mit reichlich Wodka ist sie genauso eingeschlafen wie … wie Peter.«

»Und dann?«

»Ich hab eines der Holzpodeste genommen, auf dem meine Pflanzen stehen. Dann hab ich sie vom Bett auf den Boden gerollt und sie auf den Bauch gedreht, damit ich ihr Gesicht nicht sehen musste. Ich hab ihr den Fuß von dem Podest über den Hinterkopf gezogen, so fest ich konnte. Zweimal. Danach hat sie sich nicht mehr gerührt.« Yvonnes Stimme war tonlos und gleichmäßig, aber Jacobsen konnte sehen, dass ihre Hände zitterten. »Ich hab sie in eine Decke gewickelt und mit ein paar Seilen verschnürt. Dann hab ich sie unter mein Bett geschoben. Ich hab das Kleid wieder angezogen und mich hingelegt – falls meine Mutter oder Frau Lämmle noch einmal gekommen wären, um nach mir zu sehen. Als ich ganz sicher war, dass wirklich alle schlafen, hab ich die Kleine in den Salon und auf den Balkon hinausgezerrt. Ich hab sie über die Brüstung gehievt und an einem Seil hinunter in den Garten gelassen. Es war wesentlich mühsamer als die Sache auf dem Lager, das dürfen Sie mir glauben. Mir haben noch Tage danach die Arme wehgetan.«

Jacobsen warf Melanie einen kurzen Blick zu; sie nickte sachte. Kein Wunder – ziemlich genau das hatte sie vermutet, auch wenn die Täterin im früheren Szenario eine andere gewesen war.

Der Anwalt betrachtete seine Klientin wachsam. Und Klara starrte ihre Tochter an, als säße eine furchteinflößende Fremde neben ihr.

»Der verschwundene Ohrring ist Ihnen nicht gleich aufgefallen?«

»Nein.« Yvonne von Weyen schluckte trocken.

Ihr Anwalt kam um das Sofa herum und reichte ihr stumm ein Glas Wasser. Sie trank durstig und reichte es ihm zurück.

»Die Stecker und das Kleid hat sie inzwischen nicht mehr getragen; sie hatte sich schon umgezogen, als sie den ersten Drink von mir bekommen hat. Die Ohrringe lagen auf dem Nachttisch, als ich sie vom Bett gerollt habe ... Wahrscheinlich ist einer davon in ihren Sachen hängen geblieben. Das ist mir erst am nächsten Tag aufgefallen, und ich hab das ganze Zimmer abgesucht, immer wieder. Ich hatte panische Angst davor, was passieren würde, wenn man die Leiche der Kleinen findet und den Ohrring gleich mit dazu. Aber dann hat man sie zwar aus dem Kanal gefischt, aber man hat ihren Tod für einen Unfall gehalten und der Ohrring wurde mit keinem Wort erwähnt. Ich dachte, ich hätte unglaubliches Glück gehabt.«

Wieder kehrte Stille ein. Von der Fliege war nichts mehr zu hören.

Jacobsen dachte an das allerletzte Puzzleteilchen dieser Geschichte, das noch in seiner Aktentasche lag, und war einen schwindelerregenden Moment lang wild versucht, es dort zu lassen, wo es war. Aber dann erinnerte er sich wieder daran, dass Klara von Weyen bereits über Susannes Schicksal und Peter von Weyens Rolle darin Bescheid wusste, auch wenn sie ihrer Tochter eindeutig noch nichts davon erzählt hatte. In dieser Familie hatte man sowieso viel zu wenig miteinander geredet – mit tödlichen Folgen.

Er konnte weder Klara noch Yvonne diesen Schmerz noch länger ersparen. Und die Wahrheit vertrug keine weiteren Lügen mehr.

Jacobsen holte das Blatt Papier aus dem Koffer, das so lange in der Mappe mit Yvonnes Bildern verborgen geblieben war, und hielt es ihr hin. Schwarz wirbelnder Hintergrund, ein angsterfülltes Kindergesicht.

»Wann haben Sie das gemalt – mit acht?«

Yvonnes Augen weiteten sich. »Wo haben Sie das her?«

»Aus einer Mappe mit vielen Ihrer Zeichnungen, die mir Ihre Mutter vor einigen Wochen gezeigt hat.«

Yvonne warf Klara von Weyen einen verblüfften Seitenblick zu. »Ich wusste nicht, dass du das aufgehoben hast. Ausgerechnet *das.*«

»Sie meinte, Sie hatten damals einige Probleme«, sagte er. »›Schwierig‹ war das Wort, das sie benutzt hat. Sie hat gesagt, Ihr Vater hielt es nicht für eine gute Idee, Sie einem Kinderpsychologen oder einem Therapeuten vorzustellen. Er dachte, Sie seien bei Walter Staiger gut genug aufgehoben und Ihre Wildheit würde sich schon irgendwann … auswachsen.«

Der Raum summte von einer Sekunde zur anderen vor Spannung. Es fühlte sich an, als befänden sie sich allesamt dicht an einer Leitung, durch die Tausende von Volt an Strom liefen, und jeden Moment konnte einen von ihnen der Schlag treffen.

»Sie haben vorhin erklärt, Sie wären nur so lange ›sichtbar‹ gewesen, wie Sie das Pfadfinderhemd getragen haben«, wagte er sich weiter vor. »Und Sie meinten, Ihre Mutter hätte immer schon ›weggesehen‹. Außerdem haben Sie für Susannes Lage ziemlich treffende Worte gefunden: ›Ein Kind, das Angst hat, berührt zu werden, und das sich lieber außer Sichtweite duckt, damit man ihm nicht noch mehr wehtut‹, haben Sie gesagt. Das klingt, als ob Sie ganz genau wüssten, wie sich das anfühlt. Sie wollten für Ihre Eltern unbedingt sichtbar sein und waren böse auf sie, weil sie nicht richtig hingeschaut haben – aber unsichtbar sein wollten Sie gleichzeitig auch. Ein ziemlich furchtbares Dilemma, finde ich.«

»Hören Sie auf damit!« Yvonne zog die Beine an und machte sich auf dem breiten Sofa so klein, als wollte sie darin verschwinden.

Ihre Mutter musterte sie verständnislos. »Was soll das? Ich verstehe nicht …«

»Ich habe das Bild hier einer Frau gezeigt, die mit missbrauchten Kindern arbeitet«, sagte er. »Das und noch ein paar andere aus der Mappe. In ihrer Praxis hängen viele solcher Bilder, wissen Sie. Vielleicht nicht so gut wie Ihre, aber doch ähnlich.«

Yvonne schlang die Arme um die angezogenen Knie und drückte ihr Gesicht dagegen. Sie erinnerte ihn an ein verstörtes, kleines Mädchen … das Mädchen, das sie einmal gewesen war.

»Dr. Vetter meint, solche Bilder malen Kinder eigentlich nur, wenn sie versuchen, schreckliche Erfahrungen zu verarbeiten. Brutale Gewalt etwa … oder sexuelle Übergriffe.« Jacobsen sprach sehr sachte, als er sich wieder an Yvonne wandte: »Ich möchte, dass Sie mir eine Frage beantworten. Wann hat Walter Staiger angefangen, Sie zu bedrängen? Als Sie acht waren, oder schon vorher?«

Yvonnes Kopf hob sich ruckartig, ihre Augen waren schwarz vor Qual.

Neben ihr stieß ihre Mutter einen leisen, entsetzten Schrei aus. »*Nicht!* Nein, Kind, das kann doch nicht wahr sein!«

»Ich fürchte doch.«

Jacobsen wusste, wie furchtbar der Schlag war, den er der alten Dame versetzte, aber es war nicht zu ändern.

»Der Mann, dem Sie als vielbeschäftigte Eltern Ihre Tochter anvertraut haben, weil Sie dachten, dass er so gut mit ihr umgehen kann, hat sie missbraucht, wahrscheinlich jahrelang. Ich bin sicher, dass es so war. Vielleicht hat es mit einem Streicheln angefangen, und irgendwann wurde es mehr und eindeutiger, bis er sich irgendwann sicher gefühlt hat und sich nicht mehr zurückhielt. Und er hat es schon vorher getan … Er hat eine Beziehung mit einer Mitarbeiterin seiner früheren Kanzlei in Böblingen angefangen und ihr einen Heiratsantrag gemacht, wahrscheinlich damit er an ihre Tochter herankam, ein kleines Mädchen namens Ulrike. Die Mutter hat ihn eines Nachts im Bett des Kindes erwischt und wollte ihn anzeigen. Aber er hat sie unter Druck gesetzt. Er hat ihr weisgemacht, niemand würde ihr glauben, und ihr schließlich Geld gezahlt, damit sie schwieg.«

Er wandte sich wieder Klaras Tochter zu; sie zitterte am ganzen Körper.

»Als er herkam, wird er sich eine Weile zurückgehalten haben, weil er das letzte Mal haarscharf an einer Katastrophe vorbeigeschrammt war. Aber irgendwann wurde der Hunger übermächtig … und ich bin ganz sicher, das nächste Opfer waren Sie.« Er beugte sich vor und sah ihr in die Augen. »Yvonne … was hat er geantwortet, wenn Sie ihm gesagt haben, er soll Sie in Ruhe lassen?«

Tödliches Schweigen.

»Was hat er geantwortet? Sagen Sie es mir, Yvonne.«

Als sie endlich sprach, konnte er sie kaum verstehen. »Er hat gemeint, es wäre ganz egal, ob ich es ihnen sage. Er hat gesagt, er darf mich haben, um mit mir zu spielen, und dass es ihm ganz egal ist, ob ich es ihnen erzähle. ›Du bist ein schlimmes Mädchen gewesen‹, hat er gesagt. ›Du hast dich sehr schlecht benommen. Sie haben mir erlaubt, mich um dich zu kümmern. Dann bist du nämlich aus dem Weg, sie können ihre Zeit endlich statt mit dir mit all den *netten* Kindern verbringen … und wenn du ihnen unser kleines, schmutziges Geheimnis verrätst, werden sie dir niemals glauben.‹« Plötzlich begann sie zu weinen. »Und weil sie mir nie zugehört haben und weil sie nie wirklich *hingeschaut* haben … da war ich sicher, er hat recht.«

»Ganz genau.« Jacobsen nahm ihre Hand; sie zog sie nicht zurück. »Und Sie haben es tatsächlich nie ausgesprochen, nicht wahr? Sie haben es Ihren Eltern nie gesagt, und Ihrem Mann auch nicht?«

Sie schüttelte stumm den Kopf.

»Ich wünschte, Sie hätten es getan«, sagte er. »Möglicherweise hat er Ihnen nicht immer so viel Aufmerksamkeit erwiesen, wie Sie sich das gewünscht haben, und die Arbeit für den Bund hat ihn zusätzlich abgelenkt. Aber wenn Sie mit ihm gesprochen hätten, dann hätte er Ihnen bestimmt geholfen, oder er hätte es zumindest versucht. So, wie er versucht hat, Susanne zu helfen. Sie hatten vollkommen recht mit Ihrer Vermutung, dass Susanne missbraucht worden ist. Aber der Kinderschänder, der ihr das angetan hat, war ihr eigener Vater.«

Yvonnes Finger verkrampften sich um seine.

»Peter von Weyen hat Susanne nie angerührt«, fuhr Jacobsen fort. »Und wenn Sie ihm vertraut hätten, dann wüssten Sie das.«

Sie begriff urplötzlich, was er ihr sagen wollte, und ihr Mund öffnete sich zu einem stummen Klageschrei.

»So aber sind Sie Ihrer Eifersucht gefolgt und haben sich von Ihrer Bitterkeit vergiften lassen, und Ihr altes Trauma hat Sie in die Irre geführt.« Seine Stimme war leise, behutsam und unerbittlich. »Deswegen haben Sie zwei Menschen getötet … und einer davon war der Mann, der Sie geliebt hat.«

Epilog

Jacobsen stand auf dem Vorplatz, in sicherem Abstand von der Verzweiflung und der Bitterkeit im Haus. Die Luft roch nach Sommer und Holzrauch. Im Park hinter dem Museum wurden immer noch die Zelte aufgebaut; Kinder und Mitarbeiter hatten vom Höhepunkt des Dramas nichts mitbekommen. Gelächter und das regelmäßige Zischen einer Säge waren das einzige Geräusch in der friedlichen Stille.

Er blickte hinüber und sah, wie das schwarze Dach einer Jurte nach oben stieg. »Immer sauber verspannen«, hatte es früher geheißen, »damit nichts durchhängt und nachts der Regen nicht von der Plane ins Zelt tropft.« Er ließ für einen erholsamen Moment zu, dass seine Gedanken abdrifteten, und wünschte sich beinahe das Wochenende zurück, an dem er dort drüben mit den Wölflingen gegessen hatte.

Jemand kam vom Lagerplatz über die Wiese in seine Richtung gelaufen. Jacobsen riss seinen Blick von der Jurte los und erkannte Lukas, in abgeschnittenen Jeans, dem grünen Klufthemd und dem sauber aufgerollten, blau-gelb geringelten Halstuch. Der Junge musterte ihn mit einer Mischung aus freundlicher Neugier und Wachsamkeit.

»Herr Jacobsen – was machen Sie denn hier?«

Der Pfadfinder spricht die Wahrheit.

»Deine Großmutter hat mich gebeten, sie zu informieren, wenn der Fall gelöst ist«, hörte Jacobsen sich selbst sagen. »Deswegen bin ich gekommen.«

Er merkte, dass Lukas versuchte, in seinem Gesicht zu lesen, und hielt unwillkürlich die Luft an.

»Das heißt, Sie wissen, wer es war?«

Der Pfadfinder weicht Schwierigkeiten nicht aus.

»Ja, Lukas«, erwiderte Jacobsen leise. »Ja, das weiß ich.«

»Dann möchte ich es auch wissen.«

Jacobsen hatte das Gefühl, als läge ein Bleigewicht auf seiner Brust. Eine Woge schierer Hilflosigkeit schwappte über ihn hinweg. Er raffte den kläglichen Rest seiner Professionalität zusammen und dankte seinem Schicksal, dass der Streifenwagen, der Yvonne von Weyen nach Waiblingen und zum Haftrichter brachte, schon vor fünf Minuten weggefahren war.

»Du solltest zu deiner Großmutter hineingehen«, sagte er müde. »Am besten sofort. Sie wartet auf dich und sie wird dir die ganze Sache erklären. Wenn du … wenn du anschließend noch Fragen hast, kannst du dich jederzeit an mich wenden.«

Er holte eine Visitenkarte aus seiner Jackentasche und reichte sie Lukas. Der nahm sie entgegen und steckte sie sorgsam weg, ohne den Blick von ihm abzuwenden. Dann drehte er sich langsam und zögerlich um und ging die wenigen Schritte Richtung Haus. Gleich darauf war er hinter der Eingangstür verschwunden.

Galahad, dachte er. *König Artus' nobelster Ritter.*

Galahads Mutter Elaine war an gebrochenem Herzen gestorben, weil Galahads Vater Lancelot sie nicht liebte. Lukas' Mutter war geliebt worden, aber sie hatte nicht länger daran geglaubt. Deshalb hatte sein Vater sterben müssen.

Jacobsen verspürte einen heftigen Stich der Scham. Automatisch fuhr seine Hand in die Jackentasche, und er holte die Zigarettenpackung und das Feuerzeug heraus. Vom ersten Inhalieren wurde ihm leicht schwindelig; er entfernte sich ein Stück von der Villa, in der vermutlich gerade Lukas' Welt endgültig zusammenbrach.

Schritte knirschten auf dem Kies und jemand trat neben ihn. Er stieß eine blaue Rauchwolke aus, aber der vertraute Dufthauch von Vanille und Zeder stieg ihm trotzdem in die Nase. *Melanie.*

»Gibst du mir eine?«

Er wandte den Kopf, um sie anzusehen, aber sie blickte starr geradeaus. Wortlos fischte er eine zweite Zigarette aus der Packung, hielt sie ihr hin und gab ihr Feuer.

»Der arme Kerl«, murmelte sie. »Du hast es ihm nicht gesagt, nehme ich an?«

»Nein.« Wieder ein tiefer Zug. »Hab ich nicht. Ich war zu feige, verdammt noch mal. Und jetzt wird er mich immer als den Mann betrachten, der seine Mutter ins Gefängnis gebracht hat.«

»Das glaube ich kaum«, sagte Melanie. »Du bist der Mann, der dafür gesorgt hat, dass die Wahrheit ans Licht kommt. Natürlich ist so eine Wahrheit immer mit Schmerz verbunden, und in seinem Fall ganz besonders. Aber er wird bestimmt nicht ausgerechnet dir die Schuld daran geben. Er hat dich gern.«

»Danke.«

Sie zog an ihrer Zigarette und er wartete halb und halb auf einen Hustenanfall. Aber der blieb aus. Sie schwieg eine ganze Weile, und auch dafür war er ihr dankbar.

»Dieser Walter Staiger hat Yvonne das erste Mal missbraucht, da war sie acht«, sagte sie unvermittelt. Sie schauderte leicht zusammen. »Als er damit aufgehört hat, war sie vierzehn. *Lieber Gott.* Und ihre Eltern haben es nicht gemerkt. Oder *wollten* sie es nicht merken, so wie die Mutter von Susanne?«

»Das weiß ich nicht«, antwortete er. »Manchmal ist das Schweigen der Furcht so umfassend, dass die, die dem Kind am nächsten stehen sollten, tatsächlich nichts mitbekommen. Passiert immer wieder. Das macht die Schuldgefühle hinterher nur noch größer.«

Melanies Zigarette fiel auf den Boden, und er schaute aus dem Augenwinkel zu, wie sie die Glut energisch austrat.

»Lass mich raten«, sagte er leise. »Es hat nicht geholfen?«

»Nein«, gab sie ebenso leise zurück. »Aber ich dachte, es vertreibt vielleicht den schlechten Geschmack aus dem Mund.«

Er schüttelte den Kopf. »Kaum«, erwiderte er. »Es ersetzt ihn bloß durch einen anderen.«

»Die Frau hat ein mobbendes kleines Biest dazu benutzt, um sich ein Alibi für den Mord an ihrem Mann zu verschaffen. Dann hat sie das Mädle besoffen gemacht, bewusstlos geschlagen und ersäuft. Das klingt alles so schrecklich abgebrüht.« Melanie biss sich auf die Lippen. »Aber nur, wenn man nicht so genau hinschaut.«

Sie wandte sich ihm zu, und er nahm ihre ganze Erscheinung in sich auf; die gebleichte Jeans, die Wildlederjacke und den schokoladenbraunen, glänzenden Zopf. Ihr Gesicht hatte kaum Farbe, die Sommersprossen auf Stirn und Nasenrücken sahen aus wie blasser Glimmer auf der durchscheinenden Haut. Die grünen und goldenen Pünktchen in ihren Augen waren erloschen.

»Yvonne tut mir genauso leid wie Lukas. Und wie sein Vater.« Ihre Stimme schwankte ein ganz klein wenig. »Diese Geschichte macht mich furchtbar traurig.«

»Ja«, antwortete er. »Mich auch.«

»Gewöhnt man sich irgendwann daran?«, fragte sie.

Er schüttelte den Kopf. »Mach dir keine Hoffnung. Das tut man nie.«

Dank

Ich danke Klaus Hinderer, dem Pressesprecher der Polizeidirektion Aalen, sowie Horst Haug vom Landeskriminalamt Stuttgart. Beide haben mir geduldig sämtliche Fragen beantwortet. Etwaige Freiheiten im Procedere der Polizeiarbeit gehen gänzlich auf meine Kappe.

Herzlichen Dank an das Jugendamt Stuttgart für die bereitwillig und überaus freundlich erteilten Auskünfte.

Danke an Ingrid, die auch die Fehler sieht, die mir nie auffallen würden.

Danke an meine Lektorin Bettina Kimpel: Sie ist ein Juwel ihrer Zunft. Ganz ehrlich.

Danke an meinen Sohn Julian, der das Manuskript nach peinlichen Fehlern im Umgang mit der Jugendsprache durchforstet hat … auch für seine guten Ideen.

Und zuletzt … danke an meinen Mann: Er hat Malte Jacobsen und die Geschichte von *Nachtruhe* auf einem eiskalten, verregneten Pfadfinderlager gemeinsam mit mir angeschubst. Und seinetwegen hab ich sie geschrieben.
Kai – das ist für dich.

Simone Dorra